5人の王 外伝 I

ENIWA

恵庭

CONTENTS

第一幕　歴代最高のアリーヤ　10
第二幕　青の学士　50
第三幕　目　116
第四幕　近衛隊長　194
第五幕　青の宰相　230
幕間　水道長官の特別　338

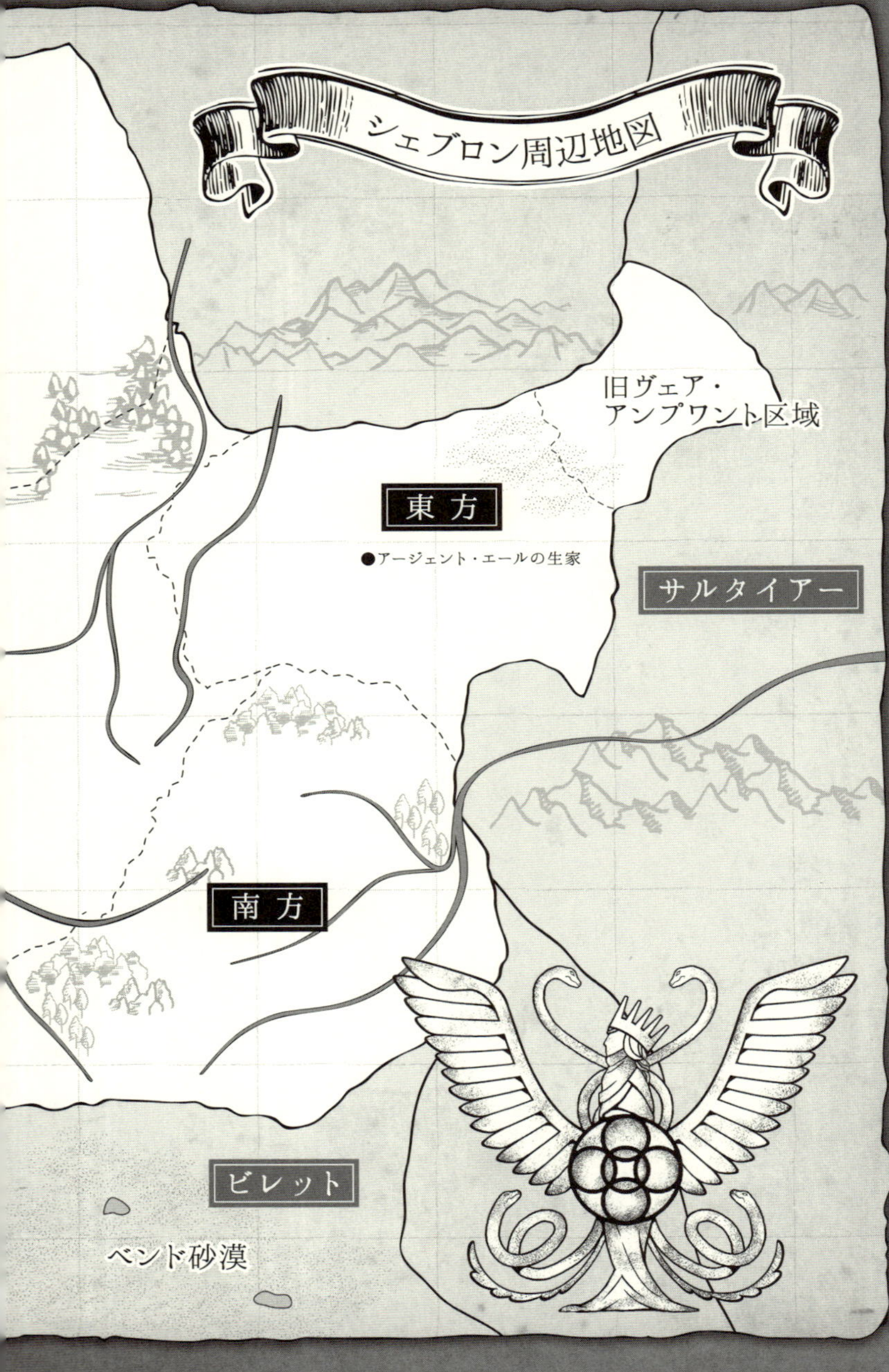
シェブロン周辺地図
旧ヴェア・
アンプワント区域
東方
●アージェント・エールの生家
サルタイアー
南方
ビレット
ベンド砂漠

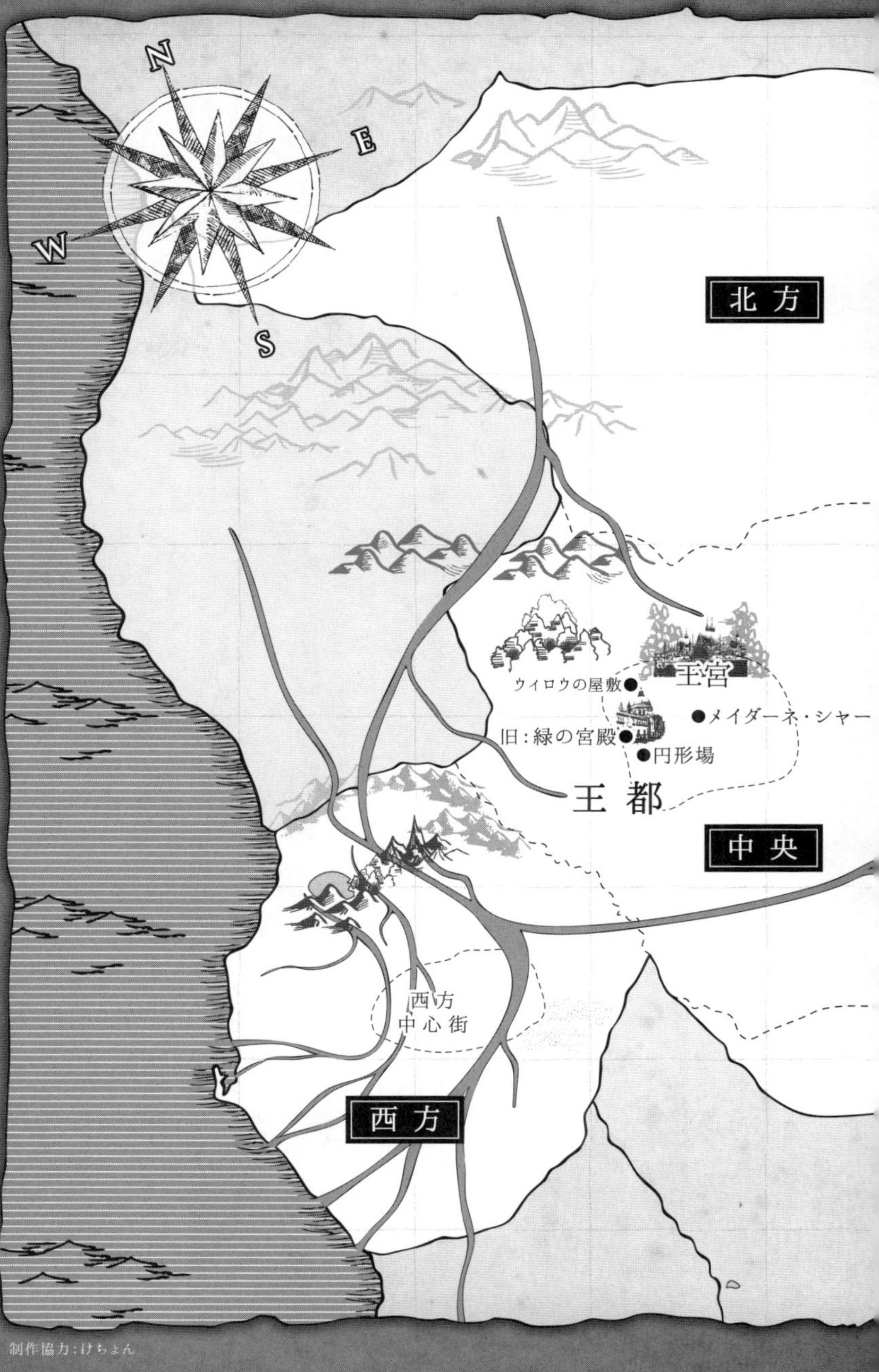

制作協力：けちょん

人物

✽シアン【青の宰相】
白銀の髪に青い瞳。天才的な頭脳を持ち、過去には〈青の学士〉と呼ばれていた。宰相になる前は青の近衛隊長を務め、学問、武術共に数々の功績を残した。

✽ウィロウ【水道長官】
赤味がかった茶色の髪にオレンジの瞳、そばかすの目立つ顔立ちをしている。シアンの勧めで史上最年少の水道長官に就任した元・緑の宮殿の建築士で、幼いころから〈青の学士〉に心酔している。祖父のベールロデンは王宮付の高名な建築士。

✽青の王【王が代々受け継ぐ名前：アジュール】
旧名：アージェント
領地：中央
金髪、青い瞳、長身の、不遜な男。東方出身で、前青の王・エールの兄。王になる前は、エールを守るため、青の近衛兵として仕えていた。

✽緑の王【王が代々受け継ぐ名前：ヴァート】
旧名：セージ
領地：西方
黒いくせ毛に黒い肌、大きな緑の瞳を持つ年若い王で、強大な神の力を秘めている。

✽紫の王【王が代々受け継ぐ名前：パーピュア】
領地：北方
金色の髪に作り物のような美しい顔立ちをした女性王で、戦場に出ていくのが好きな男勝りな性格をしている。過去に前青の王・エールと愛し合っていた。

✽エール【前青の王】
現青の王・アージェントの弟。シアンやルリと幼なじみのように育った。故人。

✽スクワル【青の近衛隊長】
大柄な見た目に反し、気安い口調で警戒心を抱かせない雰囲気がある。

✽ブロイスィッシュブラウ【青の近衛副隊長】
諸侯の跡継ぎでありながら近衛に入隊した変わり者。

✽アルカディア【賢者の孫娘】
学士になるための教育を受けた美貌の才女。

✽ルリ【元・青の宮殿の侍女長】
過去にエールを愛していたが、彼の死の原因を作った女性。

✽ソーサラー【元・黒の術師】
青の宮殿に引き取られた後、シアンが世話係となった少女。故人。

用語

✽シェブロン
5人の王が治める国の名前。中央・東方・西方・南方・北方に分けられ、それぞれを5人の王が統治している。

✽王
両手の甲にティンクチャーを持つ者。王に選ばれた者は今までの名を捨て、王としての名を持つことになる。死ぬと、すぐさま他にティンクチャーを持つ新しい王が現れる。

✻王の禁忌
—「王同士が抱き合うと死ぬ」という、王宮に伝わる呪い。初代紫の王が人心を操る能力を使い思い込ませたもので、実際に呪いはないが、その事実を知るのは一部の人間のみ。

✻シャー
—仕える王を呼ぶ時に使う敬称。

✻パーディシャー
—中央を治め、一番の権力を持つ王。現在は青の王。

✻オーア
—シェブロンを創った神の名。

✻ティンクチャー
—王の両手に現れるオーアを模したしるし。

✻羽のティンクチャー
—王に抱かれると胸に現れる、王の色をした羽の模様。

✻宰相
—別名:ワズィール。王の側近の最上位。

✻サトラップ
—王から領土の統治を命じられた諸侯。権力を持っている。

✻マギ
—各宮殿、もしくは王宮の直轄機関に勤める役人。

✻賢者
—学士の最高位。多分野で功績を上げた者から選ばれる。王宮の研究所所長が就任することが多い。

✻カテドラル
—王宮内にある大聖堂。

✻研究所
—王宮の敷地内にある研究機関。学士になるための教育を受けられる養成棟と、マギが勤務する学術棟に分かれている。

✻ユーアービラ
—都市の治水のために作られた大規模な水路。

✻カレーズ
—西方のユーアービラに組み込まれた地下水路。ウィロウが設計、指揮をとって建設した。

✻シャトランジ
—チェスのようなボードゲーム。王の駒は「シャー」、宰相の駒は「ワズィール」、チェックメイトのことは「シャーマット」と言う。

✻アリーヤ
—シャトランジの大会で優勝者に与えられる称号。

他国

✻サルタイアー
—東方の隣にある軍事大国。かつてシェブロンとヴェア・アンプワントを巡り争っていたが、青の近衛や軍の功績によりシェブロンが勝利を収めた。

✻ヴェア・アンプワント
—東方とサルタイアーの間にある、資源が豊富で医療技術が発達した小国。現在はシェブロンの領地となっている。

✻ビレット
—南方の下にある国。砂漠が広がっており、鉄が豊富に取れる。

✻ブレイゾン
—北方に隣する国家。

Illustration

絵歩

5人の王　外伝Ⅰ

第一幕　歴代最高のアリーヤ

青の王がもったいぶった様子で「次の新月の夜、メイダーネ・シャーでシャトランジの大会が開かれるのだったな」と切り出した時、シアンは嫌な予感がした。

ちょうど二十二年前、当時の青の王からシャトランジ大会の話を切り出された時のことを思い出して、なおさら嫌な気持ちになった。あの時、まだ五歳だったシアンには王命が下された。緑の宮殿の主催するシャトランジ大会に出るように、そして大会で優勝してくるようにと。そう命じたのは、青の王であるシアンの父親だった。

表情には出さず、「先週から予選会を開いています。明日の夜、優勝者をきめる決勝戦を執《と》り行います」と静かに答えた。

「今年から青の宮殿の主催となるのだったな」

「以前に許可をいただいたとおりです。民だけではなくマギからも大会の復活を望む声がありましたので、青の宮殿の主催となることに問題はございません。少なくとも、かつてのように緑の宮殿が主催するのは財力的に難しいかと思います」

先代の緑の王が始めたシャトランジの大会は、王宮の前にある広場『メイダーネ・シャー』で年に一度、行われていた。緑の神獣であるオオカミが、月を飲み込む怪物であると伝えられていることから、大会の日取りは新月の夜が選ばれた。

シャトランジは六種類の駒を使い、六十四マスに区切られた盤上で最も重要な駒である〈シャー〉を奪い合う遊びだ。

〈シャー〉とは王を指す。王を奪い合う——つまりは国同士の戦いを模した遊びは、駆け引きにみちた知略戦で、盤と駒さえ揃《そろ》えばどこでも手軽に楽しめるため、大衆に広く受け入れられていた。そして、民は年に一度のその大会を目指し腕を磨いていたのである。

しかし西方でヴェア・アンプワントの生き残りによる反逆が起き、緑の宮殿の財政は悪化。いよいよ宮殿を手放すまでに至ると、大会を開く余裕がなくなり、恒例の行事は途絶えてしまった。

先代の悪名高かった緑の王よりも、あとを継いだ幼い緑の王は王都の民に嫌われていたが、その理由が、シャトランジ大会の見送りにあったというくらいなので、民の大会に寄せる期待は馬鹿にできない。

今年は数年ぶりに青の宮殿の主催でシャトランジの大会が開かれるとあって、王都はそのうわさでもちきりだった。青の宮殿への期待も高く、それを裏切らないようにとシアンも大会の準備に余念がなかった。

「アルカディアが予選を勝ち抜いているそうだな。民の関心は彼女に集まっている。これもおまえの采配《さいはい》か？」

「……これまでの大会で女性が決勝戦まで勝ち進んだ例はありません。それに彼女は賢者の孫娘です。話題作りにはうってつけでしょう」

青の王は執務用の椅子に座ったまま、底の見えない藍《あい》色の目でシアンを見上げ、「なるほど、おまえはアルカディアが出場していることを知らなかったのか」と見透かすようなことを言い、まるでシアンがそれを事実だと認めたかのように鼻で笑った。

それが事実かどうかといえば。当たり前だ、事前に知っていたら賢者の孫娘の介入など許すはずがない。

大会の優勝者には『アリーヤ』という称号が与えられる。アリーヤは常に三人までしか存在できず、挑戦者に負ければその地位を譲り渡すことになる。

今行なっている予選会の優勝者が、挑戦者として決勝戦に進みアリーヤと戦うのだが、今度の大会には、現在のアリーヤが三名とも決勝戦に参加することになっていた。そのほうが盛り上がるだろうと、彼らに出場を促《うなが》したのはシアンだった。ただし、それは彼らが負けないとふんでのことだ。

もしもアルカディアがアリーヤの誰か一人にでも勝てば、次のアリーヤとなる。負けたアリーヤは話題作りのためにシアンに利用されたと思うだろう。間の悪いことに、三名のアリーヤはみな王宮に仕える重職者で、こんな馬鹿げたことで逆恨みされるのも面倒だ。

ただの女が優勝できるはずがないと侮《あなど》るのは簡単だが、結果を心配するほどにはアルカディアの知能は優れていた。

「アルカディアの目的を調べさせた」

青の王の声に引き戻される。

「彼女の望みは歴代最高のアリーヤとの対戦だ。それさえ叶《かな》えられれば決勝戦は辞退すると言っているそうだ。三名のアリーヤの名誉も傷つかずに済む。悪くない取引だと思うだろう、シアン？」

「……つまり」

「歴代最高のアリーヤが予選会の終わりに出場し、彼女を負かせばいい」

シアンが言いたいのは別のことだ。

「つまり、アルカディアが出場することをみなが私に隠していたのは、シャーのご命令だったということですね」

語気の荒いシアンの言葉が聞こえなかったかのように、青の王は穏やかな笑みを浮かべた。

「初の女性アリーヤの誕生を差し置いても民が飛びつく余興だろう。なにしろ、歴代最高のアリーヤが公《おおやけ》で試合を行うのは十五年ぶりだ」

シアンがシャトランジの最高位である『アリーヤ』の座についたのは五つの時だ。

初めて大会に出場した年に決勝戦まで進んだ。アリーヤ全員と戦い、彼らを負かしたことで新しいアリーヤとなった。その後、誰かに地位を譲ることなく、数年後には終身称号を得て大会には出場禁止となった。

出場禁止となった理由ははっきりしていないが想像はつく。緑の宮殿の主催する大会で青の王の子どもが活躍するのを、ヴァート王が面白く思うわけがない。しかし、出場禁止となったことでかえって『歴代最高』という評価が広まってしまった。

つまり、青の王の言う『歴代最高のアリーヤ』とはシアンのことだ。だから、「お断りします」と即答した。余興のために民の前に出ろと言われてうなずけるはずがない。

「大会を盛り上げたいのだろう」

「私が出ずとも、アルカディアがアリーヤに負けるように仕向けることはできます」

「シアン、王命だ」

悪い予感は、やはり二十二年前と同じだった。王命と言われれば断ることはできない。

それを知っている相手に食い下がるのは無意味だ。無意味だとわかっていたが腹が立つのを止めるのは難しかったので、執務室を出る時に、「私が大会に出場するあいだに、王宮を抜け出そうとなさっているのではありませんよね」とくぎを刺した。

「王宮を抜け出し、メイダーネ・シャーへ行くと思っているのか？　おまえが見世物になっているのを見物するほど悪趣味だと思われているのなら心外だ」

「それを聞いて安堵《あんど》しました」

冷笑を浮かべる。

「もしもメイダーネ・シャーでお見かけするようなことがあれば、スクワルの首を飛ばさなくてはなりません。スクワルほど王に忠実な近衛隊長もおりません。失うことになればシャーもお困りになるでしょう」

青の王はわずかに不審がる表情を浮かべた。

シアンはそれを見逃さず、「スクワル以外の近衛隊長であれば、王の部屋に出入りする奴隷のような外見の少年がいればすぐに捕えてしまうでしょうから」と続けた。

執務室を後にする。くぎを刺したところで大人しくなる相手ではないとわかっている。むしろ火に油を注いだかもしれないと思ったが、シアンが後悔をしなくてはならないというのも理不尽だ。

まったく、王なんてろくなもんじゃない。腹の奥底から絞り出したような重いため息を吐くと、頭を切り替えた。

青の王が抜け出す気でいるのなら、メイダーネ・シャーに王を捕まえるための罠《わな》を仕掛けるしかない。近衛を張り込ませればいいが、スクワルではだめだ。スクワルと、青の王の付き合いは長い。王を見つけたとしても、いいように丸め込まれるのがオチだ。

スクワルの代わりに、副隊長のブロイスィッシュブラウを呼びだした。

黒髪に黒目、整った顔立ちの男は、引き締まった身体の後ろで手を組み、直立不動の姿勢を崩さない。メイダーネ・シャーの警邏《けいら》を命じると、「なぜ俺が？」と不服そうな表情を浮かべた。

王宮外での仕事が、近衛兵に与えられることはまずない。王や重職者の警護を任された時に、護衛として出向くことはあるが、青の王が宮殿を抜け出す前から、『シャーを捕まえるために広場を見張っていろ』とは言えない。

「シャトランジの大会は、多くの諸侯も観戦する予定だ。騒ぎでもあれば、主催した青の宮殿の責任となる。大事に至らないように警邏を怠《おこた》るな」

「そんなものは警備兵に任せればいいだろう」

ブロイスィッシュブラウはあからさまに嫌な顔をして、食い下がった。おそらく、シアンが大会に出場すると言えば重職者の警護ということで丸く収まるだろうが、誰にも教える気はなかった。

そして、宰相の地位にあるシアンは、近衛にとっては上官にあたる。部下の機嫌を伺う必要はなかった。

「聞こえたのなら下がれ」

命じると、ブロイスィッシュブラウは不服そうな表情を隠しもせず部屋を出て行った。

彼は近衛兵にはめずらしく、東方の諸侯の家に育った。根っからの坊ちゃん育ちゆえ、自尊心が高い。出会った当初は彼のほうが上官だったこともあり、扱いづらい部下だと思うこともある。けれど、鈍《にぶ》い男というわけではないので、メイダーネ・シャーで青の王を見つければ、王宮を抜け出したと察して連れ帰ってくれるだろう。

翌日、メイダーネ・シャーに到着すると、目を疑った。

広場を警護していたのはブロイスィッシュブラウではなく、スクワルの部下だった。あたりには、ブロイスィッシュブラウはおろか彼の部下の姿も見えない。なぜ自分の役目をスクワルに押し付けたのかは知らないが、勝手な真似をしたことには間違いない。

嫌な予感がした。

近衛から事情を聞くため、一歩、踏み出した瞬間、シアンの目の前をオオカミが横切った。それはもちろん野生の獣ではなく、オオカミの頭部を模した被《かぶ》り物を被った人間である。犬のように鼻の高い顔は、尖《とが》った牙を強調することでオオカミに似せている。

長身の男は、首が隠れるくらいまですっぽりと被っていた。肩に幼い子どもを乗せているところを見ると、父親なのだろう。肩車された少年は、後頭部で髪をひとつにまとめ、髪留めにオオカミの尻尾のようなふさふさした飾りがつけられていた。

あたりの露店には、似たものがいくつも売られている。かろうじてオオカミとわかる簡素なものから、演劇に携わる職人がいらぬ本気を出して作ったかのような凝《こ》った被り物まで出来は様々だったが、飛ぶように売れているのを見れば、みなが祭りを楽しんでいるのがわかる。

今夜、メイダーネ・シャーは、オオカミの格好をした者であふれかえっていた。

陽が傾き、薄暗くなり始める。工夫《こうふ》が広場周辺の建物の屋根にのぼり、蜘蛛《くも》の巣のように屋根に渡されたひもに、ガラス製の火筒の取っ手を引っかけ滑らせた。いくつも吊《つ》り下げられた火筒の明かりが、広場をオレンジ色の光で満たしている。

広場のまわりは露店がひしめき合い、店先には丸い机がいくつも置かれている。どの席も、露店で買い求めた食べものや、酒を楽しむ民でにぎわっていた。そして彼らは食事だけが目的ではなく、机の上に備え付けられているシャトランジの盤で、食事を楽しみながら、今夜に相応《ふさわ》しい遊びに興じていた。

「おい、もうすぐ決勝が始まるぞ！」

大きな声が響き、声に反応した者たちが次々と卓上の勝負を放り出し、広場の中心に設置された八角形の天井を持つテントへと駆けて行く。

テントのまわりには、一定間隔で旗が立てられていた。風にたなびく三角の旗には、馬の頭や塔など、シャトランジで使う駒の模様が縫い取られ、そこがシャトランジの大会の会場であることをわかりやすくしている。

客の出入口はひとつだけだ。舞台の緞帳《どんちょう》のようにたわんだ布が垂れ下がっており、人であふれていた。警備の兵に次の試合が始まったら客を出入りさせないように指示を出し、関係者の出入口に回った。そこは舞台の裏側で、観客席や試合をしている壇上からは見えないようになっている。そこでは、試合の終わった棋士《きし》たちに諸侯たちが声をかけていた。金をかけてアリーヤを育てようとする者は意外と多く、自分の屋敷で宴をひらく時、お抱えの棋士に模擬試合をさせるのもよくある余興だった。

シアンも子どもの頃、同じように声をかけられた。返事もせずに無視していたら、「ろくにくちもきけないのか。さすがは阿呆《あほう》といわれる白銀王《はくぎんおう》の子だけはあるな」と、言われたことがある。

そのとおりだと思った。当時のシアンは、『ヴァート王に恥をかかせてやったらいい』というろくでもない王命のために大会に送り込まれたのだ。シャトランジになんか、なんの興味もなかった。

そして、それは今でも変わらない。椅子に座り、盤を睨《にら》みつけるだけの遊びには意味を見いだせない。退屈な遊びを喜んでする意味が、まったくわからなかった。

予選会が終わり、天幕の中が騒がしくなった。壇上で試合をしていた棋士が降りてくる。涙ぐんでいるのは中年の男で、法において罪人を裁く機関『ファウンテン』に勤めているマギだ。壇上に残っている相手が、予選会の優勝者だろう。進行をつとめていた男が声をはりあげる。

「このような結果を誰が予想したでしょう。予選会を制したのは、まばゆいばかりに美しい女性です！　アルカディア嬢に、どうぞみなさま盛大な拍手を！」

進行役が高らかに宣言すると、観客席からは大雨のような拍手がわきおこった。

応えるように上品に微笑《ほほえ》んだのは、紹介されたとおり小綺麗《こぎれい》な女だ。肉感的な肢体《したい》と、毛先をくるりと巻いたつややかな髪が美しい。

アルカディアを見て、舌打ちしたくなる。彼女とは初対面ではない。十代の頃から何度となく顔を合わせてきた。あまり相性が良くなかったため、今でも顔を合わせると、なにかと好戦的なことを言われるので、恨まれている可能性すらある。

彼女は〈賢者〉の孫娘だ。賢者は表向きはどの宮殿にも属さず、しかし、政務に関わることが認められている。広い知識を有し、国益に貢献した学士から選ばれることが多く、任期は決まっていない。アルカディアの祖父は十四年もその地位に就いていた。

アルカディアは賢者の身内という立場を最大限に利用し、女性としては異例の扱いで、王宮内の『研究所』で学んだ経歴を持つ。たしかに才女ではあったが、シェブロンでは女性が王宮の重要な役職に就くことはなく、政略結婚の道具として扱われてきた。つまり、シアンにとって興味をひかれる相手ではないということだ。

「ここでひとつ、特別な方式を提案いたします」

進行役が話を続ける。

「大会史上、初の女性の挑戦者の誕生となりましたが、本来、女性は予選会に出場する資格がありません。彼女が本当に決勝戦に進むだけの才能を有しているのか、最後の試合でその実力を確かめてみましょう」

客席からは非難の声が上がった。初の女性アリーヤ誕生を阻止するような提案なのだから、仕方ない。進行役もそれがわかっているので、余裕をもって観客をなだめる。

「かつてこの大会は、緑の宮殿の主催で執り行われていました。数年のあいだ大会が行われず、多くの方が残念に思われていたことでしょう。かくいう私もそのひとりです。しかし今夜、青の宮殿主催の大会としてあらたに生まれ変わります。そして、この特別な夜にぴったりの演目を用意してくださったのは、なにを隠そう、アルカディア嬢なのです」

客のざわつきが収まるのを待ち、進行役はアルカディアにうなずいて見せた。彼女はよく通る声で観客席に呼びかけた。

「特別な夜には、特別な方を。青の宮殿主催の大会に出場されるのでしたら、これ以上の方はいらっしゃいません。みなさま、歴代最高のアリーヤの試合を間近でご覧になられたことがあって？」

彼女がゆるりと微笑む。それを合図にシアンが壇上に姿をあらわすと天幕は歓声に包まれた。

向かいあった椅子に案内され、シャトランジの盤が目の前のテーブルの中央に置かれると、客席は水を打ったように一気に静まり返った。

アルカディアは白い手を差し出した。

「対戦できて光栄です、〈青の学士〉」

シアンが握手に応じると、彼女は驚いた顔をしたが、それはすぐに不敵な笑みに変わった。シアンにだけ聞こえるくらいの小さな声で、「会場に誰が来ているのか、ご存じかしら?」とささやく。

「知っている」

シアンは客席を見下ろした。壇上と違い観客席は薄暗く、二百人ほどがひしめいているため顔の判別はつかない。けれど、どこにいるかは見当がつく。大人数が集まる密閉空間で、近衛出身である青の王が、出入口から離れた場所に居るはずがない。

彼女の手を離した。

「急ぎの用ができた。失礼する」

シアンの言葉に観客も進行役も唖然《あぜん》として、静まり返った。アルカディアは困惑した声で、「まさか、試合を放棄するの?」と言った。

「あなたがいなくなったら、わたくしはアリーヤを倒してしまう。それでもよろしいの?」

「そうできるのなら」

「わたくしにその力がないと見くびっているの⁉」

シアンは観客席を向き、こう呼びかけた。

「メイダーネ・シャーに賊が紛《まぎ》れ込んでいるという情報があったので、残念だが行かなくてはならない。アルカディア嬢は対戦相手を所望している。私の代わりに彼女をもてなしてくれる者はいないか? われこそはと思う者は、前に進み出て欲しい」

うら若い女との対戦の誘いに歓声が上がった。ひとりが舞台に上がろうとすると、せきを切ったように他の者を押しのけてでものぼろうとする客が一斉につめかけた。警備兵との衝突が起きる。これで、このあとの決勝戦は流れるだろう。

シアンは舞台の裏に回り、天幕から外へ出た。客のための出入口は、先ほど指示を出した兵によって封鎖されている。誰も天幕の中からは逃げられない。

その時、大きな音がした。鉄を殴りつけたような音とともに、藍色の天幕が揺れる。客たちが「なんだ、今の音は」と動揺するなか、遠くで怒鳴り声がした。

「男が外へ逃げた！　ぼさっとするな、追いかけろ！」

出入口を守っていた兵たちは、声に従い走り出そうとした。

「持ち場を動くな」

シアンが命じると兵は足を止めたが、先ほどの音に驚いた観客がすでに出入口に押し寄せていた。歯止めがきかない状態で、揉《も》み合いの末にあっけなく封鎖は崩れ、あたりは大混乱となった。

また声がした。

「ふたてに分かれて北と東を捜索しろ！　広場を出る前に捕まえるんだ」

舌打ちしたくなる。先ほどと同じく、青の王の声だった。天幕を壊して抜け出した挙句《あげく》、兵の動きを攪乱《かくらん》するとは、本気でシアンから逃げる気のようだ。

声のした方向から男がやって来た。頭からすっぽりとオオカミの被り物を被っている。あっという間に天幕を出て行く大勢の観客たちの波に紛れた。

オオカミの被り物をしている男は他にも山のようにいる。人ごみに紛れて逃げるつもりだろう。

人の波に目を凝らす。シアンは一度見たものを忘れることはない。そして、知り合いの体型ならば、たとえ顔が隠れていてもそれと判断がつく。青の王の身体を見間違えるはずはなかった。

ふと、意識が逸《そ》れた。

視界の端で、緑色のフードをすっぽりと被った男が近くを通り過ぎるのを捕える。

顔が見えないように深くうつむいて、シアンから逃れるように向きを変えた。シアンは男に近づくと、片腕で抱きしめるように羽交《はが》い絞《じ》めにした。

「か、勘違いだ！」

男が悲鳴を上げた。

「そらとぼける気か、ウィロウ」

フードを外すと、やはり水道長官のウィロウだ。なぜか真っ青な顔をして、裏返った声で「とぼけてなんかいねえよ！」と怒鳴った。

「い、言っとくけどな、勘違いすんなよ。別にあんたを見に来たわけじゃないんだからなっ!?　久々にシャトランジの大会が開かれるっていうから見に来ただけで、あんたが出るって聞いたから来たわけじゃ」

「おまえの事情はどうでもいい」と遮《さえぎ》った。

「それよりもヴァート王と会わなかったか」

「はああ!?　王様のことなんか、それこそどうでもいいだろ！」

シアンの腕を振りほどくと、なにか言いたげにくちをぱくぱくと動かしたが、結局はフードを深く被り直してその場を走り去った。

落ち着きのない男だと、ため息をつく。ウィロウに構ったせいで青の王を見失ってしまった。

大会に出る前に、青の王の部屋を訪れたことを思い出す。

いつもなら気配で目を覚ます青の王は、めずらしくシアンが寝所まで入っても起きなかった。裸の胸の上には小さな黒い頭がのっていて、緑の王が寝息を立てていた。声をかけずに出てきたので、青の王には気づかれていない。

シアンは周囲の兵に聞こえるよう声を上げた。

「浅黒い肌に、背中までの黒い巻き毛。緑の瞳の少年を探せ！」


大捕り物となったシャトランジの大会から、一ヶ月後。

カテドラルの一室では、西方の情勢報告が行われていた。本来ならば緑の宮殿の財源で西方再建を行うべきだが、今はその費用の大半が国庫から出ているため、パーディシャーへの報告は定例となっている。

会合のあいだシアンと目を合わせなかった緑の王は、マギたちが退室するのと同時にそそくさと立ち去ろうとしたが、部屋の入口で足を止めると、処刑場へ赴くような重い足取りでシアンのもとへやって来て頭を下げた。

「あの、先日はシャトランジの大会を台無しにしてしまい、申し訳ありませんでした……」

「本心からそう思っておられるのですか」

「も、もちろんです、ごめんなさい！」

腰が折れるのではないかと心配になるくらい、勢いよく深々と頭を下げる。

「王が臣下に頭を下げるものではありません」

「はいっ、すみません！」

パッと顔を上げる。緑色の瞳にはすでに涙が浮かんでいる。青の王のように性格のねじ曲がった男でなくともこれではからかいたくなるだろう。

そもそも、シアンがメイダーネ・シャーで青の王を見つけ出した時、緑の王はそばにいなかった。緑の宮殿の近衛兵に見つかって連れ戻された後だったのだから、しらばっくれればいいものを。

緑の王は非常に素直な性格ではあるが、素直というのは、問題を起こさないという意味ではないし、シアンの知る限りこれほど面倒事を引き起こす人間もそうはいない。簡単に許すと今後のためにならないので、甘い顔はしないように気をつけた。

「本当にすみませんでした。シアン様は数年ぶりにシャトランジの大会に出場されたのですよね。試合を楽しみにされていたのではありませんか？」

きらきらした目で見上げられる。

「宴の余興です。希望して参加したわけではありません」

「えっ、でもすごくお強いんですよね？　子どもの頃からずっとアリーヤでいらして、どんなに強い挑戦者が現れても、誰もシアン様にはかなわなくて、その時からすでに歴代最高のアリーヤと言われていたって聞きました」

昔話は好きではないので、話を切り上げるために素っ気なく「尾ひれのついたうわさ話です」と答えてその場を去ろうとしたが、あいにく緑の王は空気が読めなかった。

「ただのうわさじゃないってウィロウも言っていましたよ！　子どもの頃から毎年、〈青の学士〉の試合を見に行っていたから間違いないって」

「ウィロウが？」

メイダーネ・シャーで出会ったことを思い出し、少しだけ驚いた。

ウィロウの〈青の学士〉への執着は、自分で言いふらしているほどなので知っていたが、子どもの頃からとは思わなかった。シアンは十三歳を最後に大会には出ていない。ウィロウはふたつ年下なので、当時はまだ十一歳。そんなに昔から憧れているとは知らなかった。

緑の王はシアンが話を続けるつもりになったと思ったのか、とたんに目を輝かせた。

「ウィロウは数年ぶりにシアン様がシャトランジの大会に出ると聞いて、楽しみにしていたんですよ！　結婚式はあっさり視察の後まわしにしたくせに、大会までは王都を出ないって言い張って……」

「結婚式？　誰のです」

シアンが問いかけると、緑の王は大きな瞳を丸くして「はい？」と不思議そうに言った。

「ええと……あの、もしかしてシアン様はウィロウが婚約していることをご存じないのですか？」

困ったように視線をさまよわせて、助けを求めるように青の王に目を向ける。青の王は椅子の背にもたれて、すっかりくつろいでいた。

そして、助けを求めた緑の王ではなくシアンを見ながら、「ウィロウの結婚式は南方視察が終わればすぐにでも、という話だったな」と言った。

「たしか今日、視察団は王都に戻ってくるはずだ。そうだろう、シアン」

「――ええ」

「披露目の式を一ヶ月も延ばされて、花嫁もさぞ腹を立てているだろう。新婚のうちからこれでは先が思いやられる」

楽しげな様子から察するに、青の王はすっかり事情を知っているようだ。知っている上で、シアンが知らなかったことを楽しんでいる、と察して気を引き締めた。

「ずいぶんと前からお話は進んでいたようですね」

緑の王は言いづらそうに、「はい……あの、シャトランジ大会の少し前です。シアン様は話を聞いていると思い込んでて……すみません」と答えた。

なるほど、南方視察の打ち合わせでウィロウとよく顔を合わせていた頃だ。緑の王が居心地悪そうにするのも仕方がない。

ウィロウはシャトランジ大会の直後から南方へ出向いている。隣国のビレットから、砂漠化に対応した都市構造を研究する視察団が来るため、帯同して南方のユーアービラを案内するのが役目だ。

シアンとしては、外交に適した者を水道省から選びたかったが、ウィロウは『視察ったって、砂漠化対策はビレットのほうが進んでるんだから、この機会に技術について聞き出さないともったいないねーよ！』と、南方行きを譲らなかった。

意欲を買い、ウィロウが帯同することを認めたが、そのぶん事前の打ち合わせは長引き――やはりその間、『婚約』などという単語は一度たりとも聞いたことがなかった。

そもそもウィロウとはこれまで仕事の話しかしていない。婚約などという個人的な用件を聞いていないからといって気にすることはない、と結論付けたが何故かわだかまりが残る。

苛《いら》つく原因はわかっている。青の王がにやにやと楽しげだからだ。

シアンが青の宰相になって初の仕事が、水道長官の任命だった。他の宮殿の建築士を重職に推薦したため、周囲の猛反対を押し切ったかたちになった。ウィロウはシアンの子飼いと思われているし、実際にそうだ。

青の王の視線は、子飼いのしつけもできていないのかと言わんばかりだった。

「ウィロウもわざと黙っていたわけではないだろう。南方から戻ったら、婚約者をともない上官であるシアンに報告するつもりじゃないのか」

シアンは青の王を冷ややかに睨みつけ、心の中で『面倒事ばかり言い出す緑の王をさっさと連れていけ』と念じた。青の王は化け物じみていて、自身に向けられた強い感情なら読みとる能力がある。だが、顔色すら変えずに座っているのはすっかり無視したからだろう。

緑の王はシアンと青の王を交互に見て「そう、ですね。たぶんそうだと思います」と、投げかけられた藁《わら》にすがった。

「でも、ほんとに急な話だったんです！　ウィロウも特に結婚に乗り気というわけではなかったんですけど、ベールロデン様に『ひ孫の顔が見たい』と言われて。それで、紹介くらいはしてもらおうって話になったら、あっという間に話が広がってお嫁さん候補が集まってしまったんです」

「お嫁さん……」

妙に可愛らしい言葉だ。行政を話し合った後でいい年をした男たちがくちにするのは似つかわしくない。

それよりさらに現実味がないのは、あの短気で、無神経で、子どものようにわめき散らすウィロウが妻をめとって家庭を作るという話だ。冗談だろう、と呆《あき》れたが、内心の思いはもちろん微塵《みじん》も顔には出さず、「ウィロウは西方復興の立役者です」と言った。

「水道長官としても評価は高く、彼の妻の座ともなれば自ら名乗りを上げる女性はごまんといるでしょう。身を固めることで彼が落ち着き、いっそう職務に身が入るのでしたら、王宮としても喜ばしい限りです」

「え、えっと……」

「顔を合わせることがあれば、私からも祝いの言葉をかけましょう。お話がそれだけでしたら、退席させていただきたいのですがよろしいですか」

緑の王はおろおろと視線をさまよわせている。

肝が据わっているくせに、駆け引きや腹芸にはまったく向いていない。こういった場面に最高に適している青の王は、「王宮からも祝いを贈ってやろう。シアン、手配をしておけ」と、追い打ちをかけることを忘れなかった。

「かしこまりました。ところで、お部屋に緑の方を招かれるのでしたら、人払いが必要でしょう。近衛にはシャーのお心を伝えておきますので、どうぞ日ごろの責務の疲れを癒《いや》してください」

渾身《こんしん》の嫌味に、「兵には明日の朝まで戻ってくるなと伝えておけ。おまえも邪魔はするなよ」としれっと答えられる。ほおを染めて困っているのは緑の王だけで、青の王は共犯だとでも言いたげな笑みを送ってきた。

返事をするのもバカらしくて、一礼して部屋を後にする。背後の部屋から青の王を責める声が聞こえてきたが、聞かなかったふりをした。

廊下に控えていた近衛兵たちに、青の王が自室に戻ったら、しばらくの間、持ち場から離れるように伝える。彼らは困惑した表情を浮かべたが、結局はシアンの指示に従った。

西方にはカレーズという地下水路が築かれている。その設計を含めた西方のユーアービラの計画書を作成したのがウィロウだった。

シアンは近衛隊長の職を辞した後、一年以上、正体を隠して地方を旅して回っていた。西方へたどり着いた時、ウィロウはカレーズ建設の指揮をとっていた。

その際、サトラップへの根回しの悪さや、奔放《ほんぽう》な物言いのせいで作業をする工夫からの反感を買いやすい、という欠点があった。

そんな彼を水道長官に推薦したのはシアンなのだから、ウィロウの失態はシアンの評判にかかわる。そう思って、当初こそ集められるだけの資料を手配し助言もしたが、ウィロウの建築技術や都市計画に関する知識はシアンでさえ舌を巻くほどで、気遣うことなどすぐに申請手続きのような事務処理にかかわる業務だけになった。

水道省の役人たちとの軋轢《あつれき》も、いざとなればとりなすつもりでいたが、更迭《こうてつ》の嘆願は今のところ上がっていない。水道長官の任命式なみに、重職者たちが怒り狂ったという話もまだ聞いていなかった──あれはひどかった。ウィロウが式典の言葉を途中で放り出した時には、シアンでさえ推挙したことを後悔したほどだ。

しかし就任後は、予想に反して大きな問題を起こすこともなく、そうなれば驚くほど仕事の話は進む。会合を開くと、気づけばシアンとウィロウだけの会話になってしまうこともあった。

問いかければ的確に答えを出すし、却下しても代替案をあげて食い下がる。数通りの返答がすぐさま返ってくるのは、小気味よかった。

新参の水道長官に株をうばわれた役人は、そういう時の常で陰口を叩《たた》いた。

ウィロウは意外にもやっかみに慣れているのか、陰口に気を滅入《めい》らせる様子もなく、平気でそんな相手にも話しかける。彼らに図々しく作業の協力をかけあい、断られると同情気味に「あんた、ずっとこの仕事してるくせにこんなこともできねーのかよ」と嘆息した。

困らせようとしていた相手は高い気位を刺激されて手を貸す羽目になり、次第にシアンがそういった間抜けなやりとりに気づくことも減った。

上手くいっているといえる。安心していいはずだが、上手くいっていることに対する驚きが勝《まさ》って、なんとなく落ち着かなかった。


青の王の部屋の人払いを済ませると、シアンは苛立つ気持ちを持て余し近衛の訓練所に向かった。

宰相になってからも時おり鍛錬は行っている。利き手である左腕に怪我をしたため、右手で剣を扱えるように訓練したが、スクワルには「あんたがなんでもやったら、俺たちの出番がないっすよ」と苦笑された。

近衛兵は王宮内で暮らしている。王宮といっても宮殿の中ではなく、住居用の建物が別に用意されており、敷地内には訓練所、武器庫、厩舎《きゅうしゃ》を併せ持つ。近衛は大きくふたつの班に分けられ、それぞれの班をふたりの副隊長が指揮をとる。宮殿の警邏は一日半交代だが、王や重職者が出掛ける際にはその警護、他に軍の訓練指導などが仕事となるため、自由な時間は少ない。

彼らの息抜きといえば、たまの非番に娯楽所で酒を楽しむことくらいだ。

スクワルはちょうど非番のはずだ。訓練の相手をさせようと娯楽所に足を向けた。

娯楽所からはにぎやかな笑い声が聞こえた。十人以上はいる。まだ陽が高いのに、すでに酒を飲んでいるのだろうか。いくら非番でも、羽目を外すのは好ましくない。一言いっておくかと考えたが、近衛を辞した身で隊長のスクワルを差し置いてくちを出すのは良くないだろう。

「あれ、シアン隊長？」

娯楽所の窓から上半身を乗り出しているのは、たった今、頭に浮かべたスクワルだった。頑丈な体躯《たいく》からは想像もつかない身軽さで、窓枠を飛び越えた。

「こんな所へ来るなんてめずらしいっすね」

「おまえを探しに来た。近頃、身体がなまっているから付き合え」

「なまってんすか？　先日もブラウをぶちのめしたって聞きましたけど」

スクワルを睨みつけ、「おまえたちが勝手にメイダーネ・シャーの警邏を代わったせいだろう」と言った。

ブロイスィッシュブラウにシャトランジ大会の警邏を指示したはずが、シアンの知らないところでスクワルと役割を入れ替えていた。

さらにメイダーネ・シャーで青の王を見つけた時、そばにはスクワルがいた。ふたりで示し合わせて宮殿を抜け出したのかと疑っていたが、スクワルは「ブラウがあんたに広場なんかの警邏を命じられて落ち込んでたから代わってやったんっすよ。シャーの見張りならそう言ってやりゃ良かったのに」と言った。

「私は任務を命じたんだ。ブロイスィッシュブラウの機嫌を伺う必要はない」

「あー、そうっすね」

「なにか言いたいことがあるのか」

「人には感情があるんですよ？」

「知っている。面倒だ」

シアンはそう答えると、「訓練所が空いていたら鍛錬でもしようと思って来たが、出直したほうがいいか？」と尋ねた。

「俺らは問題ないですけど、その格好じゃ汚れちまいますよ」

スクワルはシアンを指差す。会合の後、そのままやってきたので正装だった。

「着替えなら、前に預けた服があるだろう」

「あれって、やっぱり忘れたわけじゃなかったんっすね。洗っておけってことですよね。まあそうじゃないかと思って用意はしてありますのでご安心を、シアン隊長」

「誰が隊長だ」

言い間違いを指摘すると、スクワルはきょとんとしてから新兵のようにキビキビした動きで、「失礼しました、青の宰相殿！」と敬礼した。

「飲んでいるのか？」

「少々」

「おまえは顔に出ないから、少なくはないのだろう。娯楽所が宮殿から離れているとはいえ、真っ昼間から馬鹿騒ぎなどして近衛の外聞にかかわるとは思わないのか。有事の際に揃って酔いつぶれていたらどうするつもりだ」

スクワルはにこりとして、「それなら、大丈夫っすよ。今日はブラウの隊が任務についていますから。なにか起きてもあいつがなんとかしてくれるでしょ」と手を振った。

「ブロイスィッシュブラウは副隊長でおまえが隊長だ。貴様、いい加減に隊長としての自覚を持って……」

「ま、まーまー!?」

「まーまーまー、今日はお祝いっすから」

あまりにも軽い返事に目まいがする。スクワルは近衛隊長だが、シアンは宰相という側近の頂点をつとめる役職で、近衛を外れたからといって上下関係が変わったわけではない。

子どもの頃からの付き合いとはいえここまで軽くあしらわれたことはなかった。スクワルの胸倉をつかんで顔を引き寄せると予想通り酒臭い。

「酔っているのか、スクワル」

「まっさかあ」

「酔っているんだな。おい、誰かまともに話ができるやつはいないのか！」

大男を片手で押しのけて部屋の中に声をかけた。背中に重みを感じる。スクワルが倒れ込むように抱きついてきた。反射的にひじでみぞおちに一発入れて、同じところにひざ蹴《げ》りを叩《たた》きこんだ。スクワルはうめきながら地面に転がった。

部屋の外に出てきた兵が、感心したように手を叩いた。

「シアン様は相変わらず、手加減というものがないですねえ」

片手には細長い酒の器を手にしている。近衛にはめずらしく細身の優男《やさおとこ》で、おっとりとした口調だ。

「手加減はした。服のせいで動きづらいから、普段よりは威力が落ちているはずだ」

「こうおっしゃってますがどうです？　スクワル隊長」

倒れて悶絶《もんぜつ》しているスクワルは、震える両腕を交差させてバツの字を作って見せた。

「嘘をつくな、スクワル。とっさに身体をひねって急所を避けただろう」

なんだ今日は？　スクワルがこれほど酔うのは見たことがない。

「いったいなんの騒ぎだ」

「ウィロウが結婚するんでその前祝いですよ。宰相に報告書を持ってきたとかで青の宮殿に来たところをスクワル隊長が拉致《らち》してきまして、奥の部屋で潰してるところです。なかなか潰れないんで困ってるんですよねえ」

「……ウィロウが？」

青の近衛兵が当たり前のように話すくらいだから、結婚の話は周知の事実ということになる。知らされていなかったのは自分だけなのか。驚いていると、兵はシアンの表情を勘違いして、「水道長官のウィロウですよ？」と言った。

「もしかして宰相、ウィロウのこと覚えていらっしゃらないんですか？　王宮じゅうの蔵書は一字一句もらさず頭に入っているのに、興味のない人間は一秒で忘れられるってうわさは本当だったんですね！」

余計なことを言う兵は、壁に頭から激突して床にのびた。

娯楽所に入ると丸い木製の机がふたつと、それを囲むように椅子が置かれている。ゆったりと腰かけていたのは年輩の兵だ。

「ルクソール」と声をかける。

「宰相、どうなさいました」

「水道長官が来ているのか」

ブロイスィッシュブラウと同じく近衛副隊長をつとめる男は、苦笑して奥の部屋を指差した。

「ええ、ですが宰相は中には入られないほうがよろしいですよ。あっちは無法地帯です」と、あきれたように忠告した。彼は酒ではなく香りのいい茶を飲んでいる。他国から茶葉を取り寄せるほどこだわっていると、言っていた。ひげ面には似つかわしくない優雅な趣味だ。

「一緒に飲まれますか」

「結構だ。すぐに出ていく」

奥の部屋に足を踏み入れる。横に長い部屋の中央には、等間隔で机が並べられていたはずだが、いまはそれが邪魔だといわんばかりに隅に積まれていた。

椅子だけがあちこちに無造作に置かれ、座りきれない者たちは床の上にあぐらをかいていた。酔いつぶれていびきをかいている者もいる。

床には酒瓶と陶器のうつわや、炒《い》った豆や木の実をのせた小鉢が置かれ、大皿にはしゃぶった後の鶏の骨が盛られていた。おびただしい数の空瓶が転がる室内の、むっとする酒のにおいは窓から入り込む風でもかき消せていない。

娯楽所をつぶすべきか、どの規則を改定したらいいかを考えた。

「くっそおおお」

野太い叫び声が上がった。

「四人も女をはべらせるなんてうらやましい話だぜ！　ひとりくらいこっちにまわせよ、ウィロウ。俺たちの付き合いじゃねーか」

「はあ？　あんた誰だよ。馴《な》れ馴れしくさわんじゃねーよ、おっさん」

強引に兵に肩を組まれたウィロウは、うるさそうに腕を振り払った。毒舌はいつもどおりだが、酔っているためか語尾がとろりとしている。向かいに座っていた男が立ちあがり、ウィロウの胸もとを両手でつかみ上げた。

「なんでウィロウなんかと婚約したがる女がいるんだ？　クイーンアンは西方出身とはいえ、王都一の美人ってうわさだし、ローデンは大商人の娘だろ。ベラミントなんか、まだ十四だぞ!?　十四なのに巨乳なんだぞ！　てめえ、男の夢を体現するつもりか!?」

ウィロウは顔をしかめた。

「知るかよ。おれが選んだわけじゃなくて向こうから申し込んできたんだから。もう一人だって……えーと、名前なんだっけ」

「アルカディアちゃんだろ!?」と兵の声が重複した。

「おまえ、この前のシャトランジの大会、見に行ったたって言ってたじゃねえか！　アルカディアちゃんはなあ、アリーヤ候補って言われるくらいの才女なんだぞ。おまけに賢者の孫娘なんて、俺たちには手が出ないくらいのお嬢様じゃないか！」

「そうそう、アルカディアだ。やっぱり四人もいたら名前覚えるのめんどくせーな」

ウィロウは火に油を注ぐようなことをつけたして、くちを尖らせた。当然のように、兵たちはその暴言にまた騒ぎ始めた。

シアンは呆れた。婚約者候補の名前すらろくに覚えていないなんて最低男の見本か。

「あ、宰相！」

ひとりがシアンに気づいて、慌《あわ》てて立ち上がった。酔いどれの中にも理性の残る者がいたようで、つられたように立ち上がって次々とシアンに頭を下げた。シアンは片手をあげる。かしこまるのをやめていいという合図だ。

「水を差して悪かった。だが、ほどほどで切り上げろ」

「ハッ、承知しました！」

驚くほど揃った返事を聞いて、シアンは忠告をあきらめてくるりと背を向けた。今日は何を言っても無駄そうだ。

がたん、と椅子の倒れる音がした。音に振り向くと、ウィロウがよろけながらシアンの服をつかんだ。オレンジ色の目がまるで睨むように見上げている。

「手を離せ」

「あ……え？　えっと、シツレイシマシタ」

ウィロウはハッとしたように表情を変えると、素直に手を離して後ずさった。なんだそのふざけた謝罪は。というか、謝罪……ウィロウが謝罪。兵たちのあいだでどっと笑いが起きる。

「ウィロウ、おまえ大人になったな！『謝る』なんておまえの辞書にはないと思ってたぞ。緑の王どころか、パーディシャーにすら敬語使えねーんだろ？」

「うるっせえな！　公の場じゃ気をつけてるよ」

「そう、ぶすくれるなって。おまえでも怖いものはあるんだな」

両側から武骨な手で髪をかきまわされ、ウィロウは迷惑そうに顔をしかめた。シアンはため息をついて部屋から出て行こうとした。

「あ、待てよ！」

「……なんだ」

今度こそ苛立つ。不機嫌を極めたしかめっつらにびっくりしたのか、ウィロウは酔いの覚めたような顔をした。

「別になんでもないけど。あんた、めったに娯楽所には来ないんだろ。おれに会いにきたんじゃないの？」

見当違いな問いかけを無視して部屋を出ると、ちょうど娯楽所に入ってきたスクワルと鉢合わせた。

「うわー凶悪。人でも殺しそうな顔してますよ。まさかあいつらになんかされたんっすか？」

「どけ、邪魔だ」

スクワルは黙って両手をあげ、道を譲ろうとした。

「はは、ウィロウのやつ宰相殿にふられてやんの」と、背後から笑い声が聞こえる。

「いい気味だぜ。おまえだってこんな話きかれたら困るだろ。いっぺんに嫁さん四人も貰《もら》うなんて、あの清廉潔白《せいれんけっぱく》な御方に知られたら、お小言じゃすまないぞ」

聞き間違いを疑った。きびすを返して部屋へもどると、「おい、四人全員と結婚するつもりなのか？」と声をかけた。

「どうなんだ、ウィロウ」

ウィロウは気まずげな様子もなく、「結婚相手が四人だよ」と答えた。

「官職が重婚したらなんかまずいのか？」

シェブロンは一夫多妻もその逆も認められている。夫婦関係は法で定められているわけではなく事実婚でしかないため、経済力のある諸侯やマギなどは屋敷に多くの女をはべらせることが多い。他国のように妾《めかけ》という扱いもないのですべてが『妻』となる。

「まずいということはないが……」

問題になることはないはずだったが、なんだか釈然としない。シアンが結婚話に切り込んだことで、兵たちは「シアン様、聞いてくださいよ！」と、にわかに盛り上がった。

「ウィロウのやつ、もともとは婚約者候補が二十人もいたんですよ。その中から四人に絞ったって、どう思います？　さっさと水道長官の肩書き、はく奪してやってくださいよ。官職じゃなくなりゃ、女は逃げ出しますよ」

「確かになー、だってこいつ馬鹿だもん。俺が嫁ならぜったい騙《だま》されたと思って出てくよ。つーか、すぐに出てくんじゃねえの？　そしたら、アルカディアちゃんは俺の嫁！」

「おまえなんか見向きもされねーよ」

悪乗りしてゆく男たちに囲まれて、ウィロウは「うるせーアホども！　悔しかったらおまえらも結婚すればいいだろっ」と怒鳴った。

「馬鹿いうな！　宰相ですら妻帯されていないのに、俺たちが上官を差し置いて結婚などできるわけないだろ」

「待て。それではおまえたちが結婚できないのは私のせいか？」

思わず突っ込むと服を引っ張られた。振り向くとスクワルが呆れた顔で見下ろしていて、「あんた、なに混じってんですか」とため息をついた。

手を振り払い、「みなに言っておく」と言った。

「私が妻をめとるまで、結婚を先延ばしにしているのなら無意味だ。私は生涯、結婚はしない。現隊長のスクワルだって妻帯しているだろう。すでに近衛をひいた私に遠慮することはない」

スクワルが背後で、「あーあ、また」と苦々しい声で小さくつぶやいた。

兵の中からおずおずと手が上がる。

「シアン様は……その、なぜ結婚されないのですか」

「パーディシャーに仕えているからだ」

ぎゃ、という悲鳴が上がった。

「や、やっぱり！　恐れていた日がついに来た！」

「いや待て、あの方の言葉足らずに俺たちはどれだけ振り回されてきたと思っている⁉　気をしっかり持て。今がはっきりさせる良い機会だと思え！」

ひそひそと耳打ちする声も丸ぎこえで、なんだか胸糞《むなくそ》悪い雰囲気だ。

「シアン様はシャーをどう思われているんですか⁉　そ、側近というのは存じていますが、実際のところはどういったご関係で……」

「私は王の所有物だ」

静かすぎて時が止まったようだ。スクワルが神妙な顔をして「そりゃ微妙な言い回しじゃないっすか？　こいつら全員、勘違いしますよ」と、くちを挟んだ。指さされた兵たちはコクコクとうなずき、助けを求めるようにスクワルを見上げている。

「青の領地に生きる者は、広義でいえばすべて王の所有物だ」

「はあ……そりゃ入隊した時に、近衛になると残りの人生をシャーに捧げると誓わされますから、そういう意味じゃ所有物なのかな、って、やっぱりおかしくないっすか？」

「言いたいことがあるならはっきり言え」

スクワルは気でも紛らわせるように天井を見上げた。やりたくない仕事を与えられた時のように時間をかけて覚悟を決めると、シアンの目をまっすぐに見つめた。

「じゃあ言わせてもらいますけど、シャーとの関係がおかしな風《ふう》にうわさされるのって、あんたらのせいだと思いますよ。宰相も紛らわしいことばかり口走らないでください。叩く口実を探してる連中に棒を持たせるようなもんでしょ」

「どこが紛らわしいんだ。シャーに仕えている限り恋人など作れるはずがないだろう。あの人のことだけで手一杯で恋人を一番に想うなどできるはずがない。だから結婚もしないと決めている。それがなにかおかしいのか？」

あたりを見まわすと、誰も文句は言わなかったが全員が酔いでも覚めたように真っ青になっている。スクワルは片手で顔を覆《おお》って、「だめだ、この人。頭の病気だ」と失礼なことをつぶやいた。

酒宴は異常な盛り上がりをみせている。異常だ。なぜ、自分はまだここにいるのだ、とシアンは酒の杯《さかずき》に視線を落として、どこで間違えたのか思い出そうとした。

「じゃあ、次の告白いってみよう」と、語尾を上げた陽気な声が響いた。

「ほら、カリブ立て。入隊時から熱く語っていたあれを、宰相にお伝えしろよ」

「は、はいぃぃ！　じ、自分はオータムアジュール出身で、ラズワルド騎兵隊に憧れて入隊を希望しましたッ。血反吐《ちへど》はきそうな訓練に耐えられたのは、いつかシアン隊長とともに出陣できることを夢見ていたからです！」

「……どうも」

他になにを言えと。シアンは脚を組み直して椅子の背にもたれると、うつろな目で部屋を見まわした。兵たちは床にじかにあぐらをかき、なぜか正座している者までいる。椅子に座っているのはシアンと、部屋の隅で監視役よろしく腕組みしているスクワルだけだ。

自然に彼らを見下ろす格好になって、はたから見たらまるで説教でもしているような、非常におかしな絵面だ。

カリブは仲間に背中を叩かれて、「おまえ、なに泣いてんだよ」とあたたかく慰められていた。

「あまり泣くと宰相がうんざりされてしまうぞ。あのお顔を見てみろ、虫ケラを見るような冷めた目をされていらっしゃる」

「す、すびばせん、でも久しぶりにシアン様にお声をかけていただいた感激で涙が止まらなくて」

鍛え上げた肉体をもった兵にうるんだ視線を投げかけられ、シアンは重いくちを開いた。

「カリブ、私は知ってのとおり、利《き》き腕に怪我をして近衛としては使いものにならない。私の代わりに近衛で活躍してくれることを祈る」

「あ、ああ、ありがとうございますっ。オレなんかにはもったいないお言葉です！　シアン隊長に優しくしていただけるなんて、ああそんな、オレもう死んでもいいっ」

隆々《りゅうりゅう》とした筋肉の目立つ身体を両手で抱きしめ、カリブは身を震わせた。カリブの肩を優しく叩いた兵が声を上げる。

「聞いたかおまえたち、シアン様が優しいお言葉をかけてくださったぞ。今日をワズィール記念日と名付けよう！」

「はいはいはい、シアン隊長！　つぎっ、次は俺が告白します」

「馬鹿、てめーなんかに抜け駆けさせるか。隊長っ、次は私の志望動機を聞いてください！」

シアンは場が盛り上がるのと反比例してうなだれた。もはや、『隊長』ではないと突っ込む力もわいてこない。

設備をととのえ、入隊試験を厳しくし、訓練を強化して近衛の育成に力を注いできた数年はいったいなんだったのか。逼迫《ひっぱく》していた予算を軍事中心にした。軍の人事も根回しして、近衛の地位を高めることに苦心し、規律の見直しには特に時間を割《さ》いた。結果がこれか。

何度確かめても、アホな酔っ払いしか見当たらない。『王宮で最も優秀な近衛兵』は幻想にすぎなかったのかと頭を悩ませる。

「おいウィロウ、なに大人しくなってんだよ。せっかくシアン様がいらっしゃるんだから、おまえも〈青の学士〉への心酔ぶりを聞いていただいたらいいだろ」

黙って酒をすすってばかりいたウィロウは、「うっせーな」と顔を背《そむ》けた。兵はしつこくウィロウに絡《から》む。

「ふいうちとはいえシアン様にキスしたこともあるんだから、今さら遠慮なんてらしくないぞ！　はは、懐《なつ》かしいよなあ。あれ何年前だ？」

兵の言葉にウィロウの手から器が滑り落ちて割れた。

それからの喧騒《けんそう》は本当にひどいものだった。事情を知らない兵がキスのその事実に憤り、もみくちゃにされたウィロウは耐えていたが、やがて抵抗して、しまいにはキレた。つかみかかってきた兵相手に挑むように立ち上がって、その胸をドンと押した。

「あんなもん、キスなんて呼ぶわけねーだろ！　男同士でなにがキスだ、気色悪いこと言うんじゃねーよ！」

「確かにあの程度をキスなどと呼ぶなら、近衛に入ったばかりの頃にシャーにされた時のほうがまだひどかったな」

しまった、魔が差した。ついくちを出してしまった。毒がじわりと効くように静けさが訪れて、スクワルのうめき声だけが響いた。

兵たちは顔色を変え、「さ、宰相殿がシャーと……近衛の頃から⁉」とざわめいた。

「それじゃあ、青の女だというわさは本当だったのかっ。では、あの天然か計算かわからん発言もすべて事実ということに⁉」

「おい、おまえら、シアン様に失礼なことを言うと容赦しないぞ！」

好き勝手なことを口走り、つかみあった。今にも殴り合いを始めかねないなという心配もつかのま、殴り飛ばされた兵は別の兵にぶつかって、一緒に床を転がった。当然、下敷きになった兵も怒りに燃えて立ち上がる。

あとはもう場末の酒場のように、あちこちでケンカが始まった。スクワルが腕組みをといて立ち上がると、「宰相、今のうちに出ましょう」と、めずらしく暗い声で言った。

「私のせいか」

「まあ、平たく言えばあんたのせいですね。はあ……もう近衛の宴席に顔だすのはやめてくださいよ」

近衛にいた頃から、シアンは近衛の集まる酒宴に顔を出すことはほぼない。たまに誘われたところで、それまで盛り上がっていた部下たちが、恐縮したように黙りこみ視線をそらすことが多かった。近衛隊長という立場のせいなのか、シアン個人の何かがそうさせていたのかはわからないが、仏頂面だの感情がないだのうわさされていることは知っていた。自然と輪に加わる機会もなくなった。

だから、どうしようもない酔っ払いどもだとしても、手放しで歓迎され、「ここ、座ってくださ い！」と椅子をすすめられるのは悪い気がしなかった。

「わかった、スクワル。二度とここへは来ない。だが、騒ぎが私のせいだというのなら責任をとって争いを止めてから帰ってやる」

「は？」

「おまえたち、キスの話を聞きたいのか？」

呼びかけると、おもしろいくらいぴたりと喧騒がやんだ。つかみ合っていた兵たちはいぶかしげに座っているシアンを見下ろして、あたりをきょろきょろしてから手を離した。行儀よくなったことに満足したがスクワルだけはひとり慌てていた。

「ちょ、ちょっと待ってくださいよ。え？　アレを話すんですか」

「くだらない誤解を解くなら、真相を話してやるのが一番だ。たいした話でもないから、もったいつけると余計におかしなうわさになる」

スクワルは鼻の上にしわを寄せると「いや、でも」と、本気で狼狽《うろた》えている。飄々《ひょうひょう》とした男なので、その姿に少し気分が良くなった。

シアンは見たことや聞いたことはすべて、出来事を記した本を読むように思い出すことができる。天候、風の強さ、出会った人、声、読んだ書物の内容、嗅《か》いだにおい、手触りも記されている。それらの膨大な思い出は、もちろん一冊の本には収まりきらず、本棚に並べられていた。本棚だらけの広い部屋にシアンはいた。

どの本の何枚目に書かれているかはシアンだけが知っていて、必要な時に読み返すことができた。忌々《いまいま》しい思い出は忘れたいと願うこともあるが、今のところ、失くした本はひとつもない。失くしたと思った本も、今はもとの在《あ》り処《か》に返ってきていた。

「あれは、私が近衛に入ったばかりの頃……」

話しはじめたところで、目の前に緑色の服を着た人影が立ちふさがった。てのひらを強引に、くちに押し当てられる。ウィロウだ。眉はつりあがり、赤味がかった薄茶色の髪は猫の毛のように逆立っていた。

「言うな！　おれは青の学士のそんな話は聞きたくない！　あんたがパーディシャーとキスした話なんか聞いたらここの連中が想像するだろ⁉　もうちょっと、自分がどういう目で見られているか意識しろよ、この鈍感っ」

暴言に啞然とする。つい先ほど「男同士でなにがキスだ」と怒鳴ったくせに、それを言うのか。赤くなった顔をまじまじと眺めてから、なんだ、とふに落ちた。

なんだ、この男は自分のことが好きなのだ。数年前から変わらず〈青の学士〉であるシアンのことを好きなのだ。めずらしいものを発見した気分になる。それは決して悪い気分ではなかった。

ウィロウの手からは墨《すみ》のにおいがした。短く切った爪はうっすらと黒ずんでいて、意外なほど大きなてのひらだった。シアンが指先にふれると、ウィロウは熱湯でもかけられたかのように手を引っ込めた。

「アルカディアが出場するからシャトランジ大会を観に来ていたのか?」

「は、はあ?」

「それとも、私も試合を行うことになっていたが、それを知って観に来たのか?」

言葉をゆっくりと区切って尋ねる。ウィロウは首まで赤く染めて、ぶるぶると身体を震わせると「ああ、そうだよっ」と開き直った。

「言っとくけど、おれは女なんか見に行ってねーからな。〈青の学士〉が数年ぶりに公式試合に出るっていうから見に行ったんだ。あんたがアリーヤだった頃、シャトランジの試合は全部観てたし、この前だってめちゃくちゃ楽しみにしてたんだよ。それのどこか悪いのか⁉」

「……いや、別に悪くない」

むしろ、すっきりした。潔いほどの馬鹿だということがわかって安堵した。楽しみにしていた試合を、対局がはじまる前に台無しにして申し訳なかったと、ささやかな罪悪感さえわいた。シアンのせいではない。

それもこれも全部、青の王のせいだった。

第二幕　青の学士

青の学士と呼ばれていたことがある。まだ近衛になる前のことだ。子どもの頃からまわりには大人ばかりがいた。彼らがするように本を読み始めたら、大人たちにちやほやされるようになり、神さまに愛された子どもだと言われた。

賢者に連れられて訪れた研究所の学術棟では、天文学を専門とするマギたちが天体の動きから一年の正確な長さを図ろうとしていた。新しい暦法を作るためだ。聞けば、誤差を小さくするための計算方法を数十年も研究しているという。シアンは資料を一瞥して計算方法を伝えた。マギは子どものたわごとだと取り合わなかったが、賢者はシアンに「誤差は？」と尋ねた。

「五千年に一日」

まもなく暦法が改正され、それは賢者の功績となったが、シアンはそれから『賢者のたまご』と呼ばれるようになった。

どうして、瞬時に計算ができるのかと尋ねられたところで、わかるものはわかってしまうだけで説明のしようもない。頭の出来が違うんじゃないですかと思ったとおりに答えたら、子どものくせに高慢な学士だとうわさされることになった。

世の中はとてもうるさくてわずらわしい。

シアンの足音に振り向いたエールは悪戯《いたずら》っぽく笑った。

「あれ、もう懲罰室から出してもらえたんだ？」

青い瞳はふちがつり上がっていて一見するときつい顔立ちなのに、笑みはいつものように優しい。シアンは王の自室に入るとすすめられて敷布に腰を下ろした。エールは椅子に腰かけているので、見上げる格好になる。本を読んでいる途中だったようで石造りの机の上の本は開かれていた。

「近衛に聞いたよ。またマギにくちごたえしたんだって？」

「くちごたえなんかしていない。尋ねられたから答えただけだよ」

王宮の研究所のマギとは相性が良くない。シアンが大人しく話を聞いているうちは、お仕着せがましくあれこれ教えようとするのに、求められた答え以上に『薬の効能は説明されなくても知っています。しかし、サルタイアーの書物には副作用について書かれていました。頻脈《ひんみゃく》は副作用の予兆です。症状が出はじめているのになぜ別の薬に変えないのですか』と尋ねたら、とたんに顔が引きつった。

「今度は薬理学長を敵に回したんだね。シアンは機嫌が悪いのが顔に出ちゃうからなあ」

エールは侍女の淹《い》れた茶をひとくち啜《すす》ると、ぱたんと本を閉じた。

「懲罰室に入れられる時間も長くなったし、これじゃそのうち研究所も出入り禁止にされちゃうんじゃない？」

「別にかまわない。正直に言って、あの人に合わせるのも疲れてきた。若いならともかく、知識は偏っているし応用もきかない年寄りだ。あれでよく薬理専門のマギを名乗れるものだ」

「そういえば、新しく賢者に就任された方も薬理出身じゃなかったっけ。ほら、シアンを目のかたきにしてた……」

「あの方は話にならない。今だって規則を無視して研究所に身内を入れようとしている。孫だか何だか知らないが、まだ十一でしかも女だというわさだ。思慮が浅いとしか言いようがない」

「そういうことを本人にも言うから目のかたきにされるんだよ」

エールは面白がってくすくすと笑った。

「若いならって言うけど、きっとこれから何年もシアンより若い学士なんて現れないよ。学士の試験に合格した時、最年少記録を十歳も塗り替えちゃったんだからさ」

「学士はただの資格に過ぎない。なんの権限もないし、せめてマギにはならなきゃ国政には関われない」

学士の資格を取ったのは早かったが、マギの登用試験は十七歳になるまで受けられない。シアンはまだ十三歳で試験まであと四年もあるのが口惜しい。

「そうかな。学士になれるだけでもすごいと思うよ。僕はシアンと友達だってことが自慢だよ」

てらいなく褒められシアンは気恥ずかしい思いをかみしめた。懲罰室の前で待ち構えていた学士たちに、「特別扱いされてるからって調子にのるなよ。頭でっかちの小僧が」と悪態をつかれた苛立ちが薄らいでいく。

「四年のうちに〈青の学士〉として功績をあげれば、マギになってすぐに王の側近になることができる。側近になればもう誰にも文句は言わせない。アジュール王の役に立てるはずだ」

エールはうれしそうに、にこりとした。

「頼りにしてる。シアンがいると心強いよ」

でも、といつものように少し困った表情を浮かべた。

「シアンは好きなことをしていいんだよ。僕も好きなようにするからシアンは自分がやりたい仕事を選んでくれればいい。出会ったばかりの時は、マギになって研究職につきたいって言ってただろ？　こうして僕のそばにいてくれるなら、側近として仕えてくれなくても良いんだ」

「そばにいるなら側近が一番いいに決まっている」

シアンはエールの言葉を不思議に思いながら、当たり前の答えをくちにした。

「他の宮殿にも影響力をもつためにマギの頂点に立つつもりだ。〈賢者〉になれば黒の宮殿の宰相にだって意見できる。青の宮殿の地位も高めて、アジュール王をないがしろにした連中をひれ伏せさせてやるんだ」

「うーん……そうだね」

エールはくるりと視線を動かしてから、「きっとシアンならすぐに賢者になれるだろうね」と言った。

「僕もシアンに恥ずかしくない青の王になるよ」

腕を伸ばして、こつんとこぶしを合わせる。東方の傭兵《ようへい》たちが仲間内でする仕草だとエールから聞いていた。仲間、という響きがいつも胸をくすぐる。王と臣下でしかないのにエールは心を通わせた友人のように接してくれる。

エールと出会ったのは二年前だ。新しい青の王として王宮に連れてこられた時、彼は迷子のように頼りなげで泣きはらした目をしていた。同じ年頃のシアンを見て安心したのか、ぱっと顔を輝かせたのが印象的だった。あの時と変わらない笑顔を毎日むけられているのに、いまだ見飽きることがない。

すとんと肩の力が抜けて、イライラしていたのが嘘みたいに消えてなくなる。不思議なくらい安心する笑顔だ。

「ねえ、このあと近衛の訓練所で任命式があるんだ。シアンも一緒に見に行かない？」

「任命式？　じゃあまた兵がいなくなったんだ。近衛が頻繁《ひんぱん》に代わるのは、良くないと思うな」

「うーん、でも、給金が低いのも離隊の原因だろうから、引き留めることもできないんだ。それにあそこはわりと癖のある人が多いし、新任の兵は長続きしないことが多いんだよね……みんな良い人たちなんだけどなあ」

エールが残念そうにため息をつく。ごめん、エール。それについては辞める人間に同感だ。

王宮の隅には、近衛兵の住居がある。広いことだけが取り柄の古い建物だ。あそこは人間のすみかではない。凶暴で下品な動物がたむろしている、むさむさした巣穴だ。

エールが治めている東方はシェブロンで唯一、男子に兵役が課された土地だ。それは外部からの攻撃が多い土地という意味で、必然的に軍の力も強くなるはずなのだが、ここ数年は目に余るほどの弱体化が進んでいる。

度重なるサルタイアーの侵攻を防ぐため軍事には予算を割いているはずだが、青の宮殿の財政を逼迫させるばかりで、東方の治安は一向に改善していない。

しわ寄せはエールが言うように近衛の給金にあらわれている。

それを知ってか近頃では入隊試験に集まる者にろくな者がいないようだ。己の力を過信した尊大な荒くれ者が多く礼儀もなっていない。隊列を乱してでも手柄を求め、褒賞が少なければ「傭兵のほうが稼げる」と辞めてしまう。

小難しいことを並べ立てる文官にも飽き飽きしているが、脳みそまで筋肉のような連中よりは会話が成り立つだけましかもしれない。正直言って関わりたくない。

しかし、エールは期待に満ちあふれた瞳でシアンを見ていた。ため息をつく。

「……行ってもいいよ。何時に行く？」

「やった！　午後からなんだ。訓練所に行く前にさ、一緒にご飯を食べようよ」

うれしそうに言ってそばに控えていた侍従を呼び寄せた。どうせ、またがっかりするだけだろう。そう思ったけれどくちには出さなかった。

近衛は新しく任命されると、近衛として兄が謁見室に参じて王にあいさつすることになる。エールはそれが待ちきれないのだ。いつか必ず、近衛として兄が現れると信じている。

もう何度も何度も聞かされた。厳しいけれど優しく、強い兄の自慢話を。エールはいつか兄がそばにきてくれると、その約束だけを心の支えにしていた。手紙を書いても返事もくれない、薄情な兄のことなど早く忘れたらいいのにと、シアンは顔も知らない男のことを何度も憎らしく思った。

澄んだ色の空を見あげて、これは雷がくるなと思った。

雲の流れや風の匂いが、勝手に一番似ている記憶を呼び起こす。季節やここ数ヶ月の天候も考慮すれば、さらに精度はあがる。

ようは情報量と確率論で、天候をどうやって予知するのかなどと尋ねられても困る。空を見ればわかる。そう答えればまるで、未来を見通す術師のように疑われてしまい、違うと説明したところで理解してくれる者は少なかった。

大抵の人の記憶力では、すべてを詳細《しょうさい》には覚えていられないらしい。

マギたちからはオーアの加護だともてはやされたが、シアンが思ったことは、不便だな、ということだけだった。

たくさんの記憶は、今までにない新しいものを生み出す時に邪魔になる。どうしても過去のことが頭に浮かんでしまって、決まりきった発想になりやすいから、むしろ邪魔なものだと答えれば、高齢のマギたちは子どもを前に黙ってしまった。

思ったことをくちにすると、まわりの者を苛立たせるのだと知って、シアンは心を許した相手以外と話すことが嫌いになった。


食事を終えると、弱い雨が降り始めた。正装に着替えたエールは天気を気にした様子もなく、楽しそうに訓練所へ向かった。シアンは侍従とともに、エールについて歩いた。

廊下は柱で支えられた屋根はあるが、壁がないので床が雨で濡《ぬ》れていた。エールの足元まで届くマントのすそが、歩くたびにひらひらと跳ねている。侍従のひとりが気づいて、汚れないようにと藍色の布を両手に持った。

訓練所は宮殿と渡り廊下で繋《つな》がっている。廊下の右手に訓練のための演習場が広がっているのだが、木と漆喰《しっくい》で造られた壁に囲まれ中は見えない。

「ぎゃあっ」

とんでもない叫び声のあと、けたたましい音がした。

演習場の壁が大破し、中からなにかが飛び出してきた。そのかたまりは宙を飛び、渡り廊下の天井部分にぶつかった。

シアンはとっさに落下地点にいた侍従に体当たりした。抱きつく格好になり、自分まで床に転がる。

かたまりは予想通り、シアンの足元すれすれのところに落ちてきた。

大男が手足を投げ出した格好でのびている。

人？　人のように見えるけれど、空を飛ぶ人など見たことがない。シアンは侍従と顔を見合わせて無言でそれを確認した。

横たわっている男が、人間であることは疑いようがない。けれど、人が空を飛ぶなど下手な笑い話のようで、誰もくちを開かなかった。

エールが男に走り寄り、脈を確かめると「気絶してる。誰か医師を呼んで！」と鋭く声をかける。侍従が弾かれたように命令に従った。

エールの側近が裏返った声で訓練所に向かって叫んだ。

「スクワル、これはどういうことだっ⁉」

視線を向けると壊れた壁からひとりの兵が出てくるところだった。男は渡り廊下の前までやってきた。スクワルは近衛兵でシアンもよく知っていた。体格が良く背が高い。髪も瞳も鳶色《とび》で、今は雨に濡れてさらに濃い茶色に染まっていた。

「申し訳ありません」と、王の前である礼儀として地面に片ひざをついた。廊下は地面と段差があるので、そうするとシアンの位置からは姿が見えなくなる。スクワルはエールに声をかけた。

「シャー、その男から御手をお離しください。汚れてしまいます」

エールは首を横に振った。

「私はかまわない。スクワルがこの者を痛めつけたのか？　胸章をつけていないということは、新しく近衛になる者のはずだ。何があったのか話してくれないか」

「お叱《しか》りはあとで受けます。雨で身体が冷えてしまいますので宮殿へお戻りください。任命式は延期いたします」

エールは立ち上がると、スクワルを見下ろした。素直で優しい横顔がにわかに険しくなっている。

「スクワルが答えてくれないのなら、他の者に尋ねよう」

一歩踏み出すと、地面にむけて跳んだ。青いマントがひらりとはためくのは鳥の羽を思わせる。身のこなしが美しいのは出会った時からで、シアンはエールが飛び降りる姿に見惚《みほ》れた。足元は浅い水たまりができはじめていたのに、しぶきどころか音もたてず着地した。

エールはまっすぐ訓練所に向かって歩いた。側近たちが「シャー！　お待ちください」と慌てふためいた声で呼び止めた。シアンもためらいがちに名前を呼んだ。

壁のむこうからのぞいていた兵たちは、王の姿を見て次々とひざまずいた。

しかし、その中のひとりだけは違った。ゆく手を阻むように、エールの前に立ちふさがった。青の瞳はふちがつり上がっていて、長い金髪はひとつに束ねている。その場にいたどの兵よりも若く見えたが、妙に落ち着き払っていた。

「あの豚を投げとばしたのは、俺だ」

エールは立ち止まり、目を大きく見開いた。雨が強く降りはじめ、ふたりを濡らした。

男はちらりと雨を気にすると、エールに近づいて、慣れた仕草で腕に抱き上げた。たとえ近衛であっても、平時に王にふれることは許されていない。スクワルが、「わきまえろ、アージェント」と鋭く注意したが、男は顔色を変えなかった。

雨の当たらない廊下までエールを運ぶと、その場に立たせた。藍色のマントのすそをすくいとって、自らのひたいにあてる。

「約束を果たしに来た。これより、シェブロンと青の王にお仕えします」

とたんにエールの目から涙があふれた。側近も侍従も慌ててエールのもとに駆け寄ったが、当の本人は彼らの腕を振り切って、「兄さん」と目の前の男に飛びついた。

初めて王宮にやってきた時のようにわんわんと泣くので、誰も彼らを引きはがすことができなかった。


シアンは足音をたてないように、そっと訓練所に入りこんだ。

長い袖の下には、短剣を仕込んでいる。シアンは逆手に柄を握りしめて、汗をかいていないことを確かめた。

深夜の暗闇の中、目を凝らす。ひとつの部屋に十人ほどの兵が眠っていた。個々に与えられた、粗末な寝台に横たわっている。

腹の上にかけられた、薄いシーツが上下していて、彼らがぐっすりと眠っていることがわかった。いびきをかく者がいたので、小さな音をたてたくらいでは気づかれないだろう。

シアンは息をひそめたまま、アージェントの寝台に近づいた。

『田舎から来た、ガキの王だ。飾りにもならない』

それが、吹っ飛ばされた大男の言葉だった。エールを悪しざまに言い、『今のうちに別の王に鞍替《くらが》えしたほうが、いいかもしれないぞ。青の宮殿じゃあ、出世したところでたかが知れている』と、笑ったという。

その男は入隊試験の時からその調子だった。だが一番の成績でくぐりぬけ、鍛え上げられた自慢の体軀は周りに畏怖《いふ》を与えていた。本来であれば、任命式に集められた兵たちは背中で腕を組み、無言で上官を待たなくてはならなかったが、男の発破《はっぱ》に他の者が賛同し盛り上がりはじめてしまった。

そうして、その中でひとり姿勢を崩さないアージェントに、男は絡んだ。

アージェントは口数が少なく目立つ存在ではなかった。一番若く、上背はあっても兵の中では細かった。だから、大男も油断したのだろう。防御の構えをとるひまもなく宙を飛んだ。

任命初日にして、すでに除隊の危機とも言えたが、スクワルがそれをかばった。いわく、のされた男の言動は試験監督をしていた自分の目にも障ったと。

そしてもちろん、エールも兄が追いだされるのを嫌がった。

必死になって側近を説得し、頭まで下げるのを見て、シアンの苛立ちは募った。エールに迷惑をかけるなんて、臣下として許しがたい。そう、ありえないことだ。

シアンは短剣を取り出して、両手で握りしめた。狙いを定め、眠っているアージェントの無防備な左肩に突き立てようと、振り下ろした。

瞬間、シーツがばさりとめくれあがった。身体に巻きつくと同時に、強い力で寝台に引きこまれる。手首をつかまれ、頭の上で押さえつけられた。さらさらした金髪が、シアンの顔にかかった。

「なんだ、夜這《よば》いか」

脳裏にしか存在しない本の山から、『夜這い』の意味を探そうとしたが、めずらしく頭が働かなかった。

　アージェントが目を細めて、にやにやと見下ろしている。恐ろしさが、寒気のように背筋を駆け上がった。ぞっとして、「スクワル、早く来てくれ！」と助けを求めた。

　部屋に明かりがともされた。アージェントは、スクワルを見ると、「手荒い歓迎だな。それとも、これが近衛の二次試験なのか」と言った。

「いつ気づいた？　知った気配で気取られないように、近衛以外の者を使ったのが、無駄になったな」

「数名は寝たふりだ。眠っている時と、目覚めている時では気配が違う。奇襲をかけるなら、誰にも知らせるべきじゃなかったな、スクワル副隊長」

　上官に向かって生意気なくちをきいた。

「それで、俺は合格なのか？」

「……ああ、明日から、シャーの警備につくことを許可する」

　スクワルは苦笑した。

　話が済んだなら、退《ど》いてくれてもいいだろう。じたばたと手足を動かすと、アージェントが「これは？」とシアンを指差した。

「青の侍従のシアンだ。シャーの護衛をつとめるのなら、顔を合わせることも多くなる。前代の青の王の息子で、まだ幼いが王宮きっての学士として名高い。いずれは側近になるだろう」

「ふん、このひょろっこいのがか」

　青色の瞳でのぞきこまれる。やはり身がすくんだ。アージェントは、両手をシアンの顔の横についた。

「うまそうな気配がする」

舌舐《な》めずりでもしそうな、捕食者の気配だった。危険だ、と本能が強烈に告げる。

「早くど……うわっ！」

脚の間にひざを割り入れられた。

「王宮に来てから、長らく女を抱いていない。これくらい整った顔なら男でも悪くないな。さすがは美形と誉《ほま》れ高かった〈白銀王〉の血筋だ」

あまりの言い草に声も出せなくなる。アージェントはシアンの顔を見下ろし、くっ、と笑みをもらした。

「そう慌てるな、冗談に決まっているだろう。どれほど飢えていても、女も知らないような青臭いガキに興味はない。仮にも王の側近になろうと志しているのなら、いちいち相手の言うことを真に受けるな。頭の悪い侍従だな」

さげすむような口調に、ひたりと思考が止まった。アージェントは始めから興味がなかったと言わんばかりに、あっさりと退いた。身体の上から重みがなくなると、遅れて震えがきた。怖くはない。怒りによるものだ。

短剣をさぐりあて、アージェントの背中に向けて突きだした。さっきは、寸前で止めるつもりだったが、今度は本気だった。

腕になにかふれた。つかまれた感触どころか、痛みも感じなかったのに、シアンの身体はくるりと反転して、もう一度、寝台に倒れ込んだ。

ざくりとおそろしい音がして、顔の横に短剣を突き立てられた。

「剣で人を襲う時は、相応の覚悟をしろ。おまえが本当に刺客《しかく》なら犯してやったのに、残念だ」

顔を近づけて見つめられると、悲鳴がもれそうになる。胸の奥が切り刻まれたかのように、痛んだ。

アージェントが剣を引きぬく。薄刃には銀色の髪がからみついて、はらはらと宙に舞った。

ちっとも優しくないじゃないか。

誇らしげに兄を褒めていたエールのことを、心の内で責めた。


「あんなやつが、アジュール王と兄弟だなんて信じられない！」

ひとりごとのつもりだったが、建物の横にはすでにルリがいた。シアンの剣幕に驚いて、身体をこわばらせている。

「驚かせてすまない。ルリに怒鳴ったわけではないから、怖がらなくていいんだ」

取り繕うと、彼女はこくりとうなずいて、ぎこちなく笑みを浮かべた。

「シアン様でも、そんな風に態度にあらわして怒ることがあるんですね。アージェント様となにかあったのですか？」

「……王の側近を目指している者が、賢者の地位も狙うなど、甘い考えだと馬鹿にされた。学問に対する欲が捨てられないのなら、軽々しく一生を捧げるなどとくちにするなと、責められた」

心配げに見つめるルリに気づいて、はっとした。愚痴なんてみっともない。シアンは恥ずかしくなって、視線をそらした。

「忘れてくれ。今日は宝物庫を案内するからついておいで」

鍵を開けて、静まり返った部屋に足を踏み入れる。ルリは見たこともない武器や、文献の数々に目を輝かせた。美しい宝石のたぐいよりも、書物の束に興味を示していて、少女らしくはなかったが好ましかった。

彼女は紫の姫だ。エールが王宮に来たすぐ後に出会った。奴隷の常で無学だったが、おそろしく覚えが良い生徒でもあった。礼儀作法も侍女と比べて遜色《そんしょく》がない。けれど、紫の宮殿へ帰れば、今でも凡庸《ぼんよう》な娘を演じているのだろう。

不幸な境遇にある彼女のために、せめてもの息抜きになればと、エールが宝物庫の鍵を用意し、シアンは案内役を買って出た。ルリをがっかりさせたくなくて、「アジュール王も来たがっていたけど、緑の方が急にいらして、どうしても抜け出せなかったんだ」と伝えた。

「緑の方は、近頃はずいぶんと頻繁に、青の宮殿へいらっしゃるんですね」

「軍の増強に力を入れているのが、気にくわないようだ。王都の郊外に建設中の、演習場の縮小を申し立てに来ている。莫大な金を浪費して宮殿を立てておきながら、どのくちが言えるのだか」

「でも、緑の方の交易手腕によって、王宮の財政悪化が立て直されたのですよね。いっときは、黒の方を退け、パーディシャーになられるかもしれないといううわさも聞きました。これまで国内にはなかった、ヴェア・アンプワントの医術を得て、貢献された方を側近に取りたてたとか。視野の広い方なのですね」

「グリニッジという名の側近だ。研究所で会ったことがある。博識で頭はきれるが、あの容姿に驚かされた。くもった肌に黒の巻き毛なんて、奴隷の外見そのものだからな」

ルリはわずかに眉をひそめた。

物言いたげな表情に、シアンは言い方がまずかったかもしれないと、内心で焦《あせ》った。マギもグリニッジのことを同じように評していたし、緑の王でさえ「奴隷のような者」とふれ回っている。

それなのに、同じことをエールに伝えた時にも、彼はわずかに表情を硬くした。

「緑の方の側近を、『奴隷』と評したのがいけなかったのか？」

「……え、いえ」

「おしえてくれ、ルリ。相手を不快にする言動は、側近として慎まなくてはならない。その……私はあまり、人の機微に敏《さと》くない。普段、話をする相手は腹芸が得意な連中ばかりで、『良く思われる人間』が持つ思考の、情報が足りていないんだ」

彼女は「情報、って……」とつぶやいた。それからとりなすように、小さく微笑む。

「シアン様は難しく考えすぎです。思ったままを素直にくちにされたほうが、よろしいと思いますよ」

「私はもう子どもではない。これも側近になるためには必要なことだ」

しごく真面目に答えたのに、ルリはまるで冗談でも聞いたように、くすくすと笑った。

笑われても不思議と腹は立たない。ルリといると、エールと一緒にいる時のような安らぎを感じる。

ふたりは同じやわらかさを持っていた。

ルリのことは、エールをそばで支えるのに相応しい少女だと、シアンも認めている。初めて出会った時は、傷ついた彼女のことを守ってやろうと思っていたが、今では、王を守る同志のような気持ちを抱いている。

「ルリが男だったら、また違っていたのかもしれないな。ルリのほうが側近に相応しいと、嫉妬していたかもしれない。おまえは賢い娘だし、あのアージェント様のことだって、うまくとりなすことができているだろう」

つい本音をつぶやくと、ルリは驚いたように目をまんまるにした。

「アージェント様はシアン様のことを、お好きでいらっしゃいますよ。見ていたらわかります」

「慰めてくれなくてもいい。どう思われているかは、自分が一番わかっている」

「あの方がわたしにお優しいのは女だからで、なんの期待も持っていないからです。もしわたしが男だったら、本音で付き合ってくださったかもしれないのに残念です」

本音でと言われたって、あの性格の悪い男に本音で接せられるくらいなら、腹芸のほうがまだマシだと思えた。

「もし、わたしが男だったら近衛に入って、シャーをお守りします。王宮の中で起きる権力争いには、シアン様が立ち向かってくださって、わたしは戦《いくさ》で手柄を立ててシャーのお役に立ちたい。そうしたら、ふたりで協力して青の王をお守りできるでしょう?」

花が咲くような笑顔だったけれど、内容は猛々《たけだけ》しかった。彼女の言わんとしている意味をくんで、シアンは苦笑した。

「いずれ側近になろうとしている身で、アジュール王が一番信頼している者と、上手くやれそうもないなどとは言えないか」

「シアン様から仲直りを言いだされたら、アージェント様は驚かれますよ。あまり感情が表に出ない方ですけど、びっくりされるにちがいありません」

そう言われれば、こちらから話しかけるのも悪くないと思えてくる。やはり、ルリが男だったら良かった。こんなに優しい相手となら、上手くやっていけただろう。

しかし現実は、あの癖のある男とずっと一緒なのだから、神は残酷だ。

「この肖像画に描かれている方、シャーと似ていらっしゃいますね。ずいぶん古い絵のようですけれど、どなたを描かれたのでしょう」

「ああ、初代の青の王だ」

仄暗《ほのぐら》い宝物庫に掲げられた、肖像画を見上げた。

初めてエールに出会った時、まるで絵の中から抜けだしてきたようだと驚き、その偶然に運命を感じた。

シアンの父は民から〈白銀王〉と呼ばれていた。銀色の美しい髪をもった男で、見目がよく常に側《そば》女《め》をはべらせていた。

王になる前は、高官の開く宴に呼ばれて詩を披露するのが生業《なりわい》の詩人で、好色ではあったが男らしいとは言えず、政策には興味を示さずハリームにこもって享楽《きょうらく》にふけった。隣国から攻められやすい東方を治める王でありながら、軍には興味がなかった。気が小さかったのだと思う。

シアンはたった一度、父親に側近になることを申し出たことがあった。その時はまだ、六歳だったが、すでに次代の賢者とうわさされ、研究所の学術棟にも特例で出入りを許されていた。

父親の前で、いずれ側近になり青の宮殿の名声を取り戻してみせると伝えたが、一笑に付された。

白銀王は民の評判も、権力にも、興味がなかった。ただ、日々を自堕落に過ごすことしか考えていなかった。

東方の民が〈白銀王〉の名をくちにする時、その陰には〈青の王〉の責務を放棄した、自堕落な暮らしぶりに対する苛立ちが含まれている。5人の王のどれでもない白色の名で呼び、王に相応しくない男をあざけった。

マギたちは、幼いシアンに、「あの方の息子とは思えない」と言った。才能を褒めそやすものだったが、その裏をなめる響きは、いつだって気持ちに細かな傷をつけた。

初代王は精悍《せいかん》な顔つきをしている。十数年後のエールの姿そのものと思えた。エールは穏やかで優しかったが、まわりを魅了する力を備えていた。

王として生まれた男。エールに仕えていくことを誇らしく思った。


楽しげな笑い声が聞こえた。

庭園にいたのはエールとルリだ。シアンは足を向けかけたが、とっさに踏みとどまった。彼らと一緒にアージェントがいるのが見えた。

見たこともない穏やかな顔をしている。幼い弟妹を見守っているようにも見えて、いつもの底意地の悪さを、いったいどこにしまいこんだのかと、癇《かん》に障《さわ》った。

けれど、エールのくったくのない笑顔を見れば、その気持ちもしぼんでしまう。エールは兄が護衛になってからというもの、笑顔を絶やさなかった。

もとから朗らかな性質ではあったが、青の王という大きすぎる責務が苦しかったのか、以前はときおり張りつめた様子で物思いにふけることがあった。しかし最近はよく、年相応の安堵しきった顔を見せる。

アージェントは、「王として振る舞え」と叱っていたが、エールはむしろ怒られることすら喜んでいるようで、冷たくあしらわれても、兄さん、兄さんとなついている。

ルリがいる時だけは、アージェントもあまりきついことは言わなかった。それが、ルリのことを気に入っているからなのか、それとも彼女が思うように、女性だからという理由なのかはわからないが、やはり、はたから見ると仲が良いように思える。

彼らは芝の上にだらしなく寝転がって、シャトランジをしていた。

シャトランジは、シアンがエールに教えた遊びだ。アージェントが黒の駒を動かすと、盤の反対側にいるエールは寝転ぶルリの耳に顔を寄せ、こそこそと相談し合って、赤の駒を置く場所を決めていた。

ぴくりと、アージェントの肩が揺れてこちらを見た。動物並みに勘が鋭い。とっさのことで、物かげに隠れることもできなかった。

アージェントはいつものように、「近寄ってきたらどうだ？　そんなに警戒しなくても、取って食いはしない」とシアンをからかった。

無視して立ち去ろうとしたが、それより先にエールが「シアン！」と、上体を起こした。

「ねえ、一緒にシャトランジしよう！」

楽しげな王の誘いを、断ることはできなかった。

渋々と近づいていけば、予想どおりアージェントは、意地の悪い笑みをくちの端《は》に浮かべていた。

ぐいっと手首を引かれる。芝生に倒れ込むと、両手で肩を押さえつけられた。

「おまえの番だ」

「は？」

「ええっ、兄さんずるいよ！　シアンには僕の味方になってもらおうと思ったのに。兄さんとシアンが組んだら、僕ら絶対に勝てないよ。シアンはアリーヤなんだよ」と、エールがくちを尖らせる。

「アリーヤ？」

「シャトランジの大会で勝つと与えられる位だよ。アリーヤは最高位で、三人までしか選ばれないんだ。シアンは子どもの頃から大会で優勝し続けて、アリーヤの地位を誰にも渡していないんだよ。すごいでしょう」

「なおさら都合がいい。おまえは昔から、目標が高くなければ、本気にはならないだろう？」

アージェントはエールの訴えをあっさり流して、シアンの背をまくら代わりに寝転がった。

「ここは日差しが強いな。目がつかれたのでしばらく休む。シアン、俺の代理を務めるんだから、負けるなよ」

ああ、言いたい。はあ？　と言って、侮蔑《ぶべつ》の視線をおくってやりたい。

勝手なことを言う男は、シアンの苛立ちに気づいた様子もなく、人の背中でくつろいだ。

「兄さん、僕が勝ったら言うことをきいてくれる約束、忘れないでよ。遠乗りに付き合ってくれるんだよね？」

「勝てたらな」

「絶対だよ」

エールがねんを押したが、もう返事はなかった。アージェントは驚くべき素早さで寝入ってしまったようだった。背中が熱くて重い。わずらわしくてふりおとそうと思ったのに、結局できなかった。

うららかな昼下がりで、アージェントがいうほど日差しは強くない。陽気で花が開いたのか、庭には甘い匂いがただよっていた。

遠乗りは馬に乗って出かけることだ。王宮暮らしに慣れれば、馬には乗らず、馬車をひかせるのが当たり前だ。

エールは安全のために乗馬を禁じられているのだが、人目を盗んでは近衛の厩舎に入り込み、連れ戻されることがよくあった。それほど遠乗りが好きならば、馬に乗れるように練習してみようか。そんなことでエールが喜ぶなら乗馬を覚えるのも悪くない。

エールが赤い駒を置き、「次はシアンの番だよ」と言う。シアンはうなずくと同時に、黒い駒を動かした。途中から引き継いだので、ざっと盤上をながめる。

アージェントの布陣は変わっている。大胆に相手の陣に切り込んでいるけれど、攻めいられる隙《すき》も残している。

エールを試そうとしたのだろうか。それとも、誘い込もうとしているのかもしれない。不自然な配置も気になった。他人の思考をのぞき見るようで、興味深くおもしろかった。目の前には真剣に向かってくる対局相手がいるのに、闘う相手は背後にいる。そんな風に思えた。

勝負は案外、早くについた。

「シャーマット」

駒を動かすと、エールとルリはおおげさにがっかりした。遊びくらいで悔しがることはないのに。同時に、素直なふたりが好ましかった。彼らが並んでいると、対になった絵画のようで微笑ましい。

「もう一回！　ね、兄さん、いいでしょ。もう一回勝負して」

「早いな。もう負けたのか」と、背中で男がのそりと動いた。

アージェントは片手をついて身体を起こすと、シアンの頭上から盤をのぞきこもうとした。見づらかったのか、邪魔だと言わんばかりにてのひらで頭を押さえつけられる。

「何手だ?」

「……十一です」

シアンが駒を動かした回数だ。伸ばされた指先が、軽やかに駒を動かして数手前の盤上に巻きもどした。エールの動きがわかれば予想はつく。シアンも一局対戦すれば相手の進め方は把握できた。

赤い駒が、前とは違う場所に置かれた。

「こうきたらどうする?」

「先ほどよりも早く詰みます。シャーマットまで十手」

「九手でいけるだろう」

そう言われて考えなおす。この勝負の相手は『エール』だ。彼は守りに集中しがちなところがあって、いつもある箇所で間違いを犯す。その無駄な動きで、シアンは一手早く詰むことができる。アージェントに指摘されたことが悔しかった。

侍従がエールを呼びに来たので、その日の遊びはおひらきとなった。


エールは短期間でシャトランジの腕を上げ、その陰には兄の存在があるのは間違いなかった。はじめに教えたのは自分なのにと、少しだけ面白くなかった。

アージェントに勝負をふっかけたのは、シアンからだ。キオスクの机にシャトランジの盤を置くと、アージェントは大人しく向かいの席についた。誘いに乗ったことを後悔させてやる、とシアンは意気込んだ。

「ただ対局するだけではつまらないな。なにを賭ける？」

「賭けなど必要ないでしょう。シャトランジは、純粋に知能をはかる遊びです」

「では、俺が勝ったら近衛に入れ」

「……は？」

なにが「では」だ。人の話をきいていないのか？

シアンは苛立ちながら、手前のマスに赤い駒を並べた。

「私はアジュール王の側近になります。無駄な寄り道をしている時間はありません」

「王の身に危険が迫れば、側近は盾となってかばわなくてはならない。ただの盾では、兵が駆けつけるまでの時間すら稼げないだろう」

アージェントは何でもないことのように言って、ひとつめの黒の駒を動かした。

「剣でしたら、王宮付きの剣士だったバーガンディー様に習っていたことがあります」

王の教育の一環でエールが習っていたので、シアンも付き合った。

エールは教えられる前から剣術に秀でていた。バーガンディーの剣の型を模倣する姿は凛《りん》としていて、かたわらでそれをながめるだけでも楽しかった。

「剣士だった、とは？　死んだのか」

「昨年、赤の宮殿の側近になられたのです」

「赤の王というと、南方を治めていたか。穏やかな気候と豊富な資源、住みやすい環境を求めて移住する富裕層が民の一割を占め、隣国のビレットとも交易が盛んで脅威にはならない。その上、王都で一番強い剣士が側近か。エールとは大違いだな」

カツンと音をたて、赤の駒を乱暴に置いた。

「東方の現状を知っているか？　あの領土を治めるには軍事力の強化が不可欠だ。治安が落ち着けば、確かな税収も得られるようになる。政策のすべてを、軍のために傾ける必要がある」

「そのような話はバルナス様に相談されてはどうです。そのために、近衛隊長は側近としても認められているのですよ」

「名目だけの『側近』だ。実際の政策は、私腹を肥やす文官たちの思うままになっている。近衛の力が弱いから、意見など通りようがない。だが、近衛が力を持ち、青の宮殿で最も逆らえない存在となれば、近衛隊長の言葉は無視できなくなる。そうならなくては青の宮殿はいつまでも王宮のお荷物だ」

盤の上では、せわしなく赤と黒の駒が入れ違う。戦局はシアンに有利だったが、落ち着かない気持ちになる。アージェントが王宮に現れてからずっとこうだ。捨て石がわりの赤の駒を、敵陣に切り込ませた。

勝負に勝てることはわかりきっている。でなければ、挑んだりしない。それでも、薄く汗をかいた。

男は腰を浮かせた。ふわりと顔が近づいた。

「シアン、近衛に来い。俺のそばにいろ」

「アジュール王の兄上のお誘いでも、お断りします」

「では言葉を変える。俺のそばで武芸の腕をみがいて、どのような敵からも青の王の身を守れるようになれ。おまえの才があれば、近衛を確かな地位へと押し上げることも夢ではなくなる。誰にも代わりのきかない王の右腕となって、エールを一生、守ってくれ」

顔をあげた。深い青の瞳はやさしく、いつもの憎たらしい笑みを浮かべていたので、どんな男か知っているのに、思わず見とれた。

ああ、女たらしとはこういう男のことを言うのだな。

愛していると言われたい女には、愛していると告げるのだろう。

殺してほしいと言う女には、殺してやるとささやくのだろう。

相手が一番、言われたい言葉を知っている。言葉遊びのようなものだとわかっているのに、悪魔のような誘い文句は甘く、『代わりのきかない王の右腕』という魅惑的な響きは、毒のようにシアンを犯した。


アージェントは近衛の中では浮いていた。そのくせ無視されることはなく、兵の気が立っている時などは、喧嘩相手として選ばれた。

組み合いは長くは続かず、相手はすぐに投げ飛ばされた。飛びかかってくる勢いを利用して投げ飛ばす技は、目を凝らせばかろうじてわかった。

投げる時は手加減している時だ。逆上した相手が武器を手に襲いかかれば、遠慮なく骨を折った。

それは、気に入らない相手でも同じだった。やりすぎではないのかと、それとなくたしなめたことがある。

「血の気の多い犬を躾《しつ》けるには、土の味を噛みしめさせて、主《あるじ》が誰かをはっきりさせるしかない。力のない者は、近衛にいても役には立たないだろう？　この程度の力で王を守れるなどと勘違いしているのなら、知らしめる必要がある」

平然としていた。

その声は訓練所に響き、シアンがこっそり注意した甲斐もむなしく兵たちの耳にも届いてしまい、ますますまわりの怒りを買うことになった。

不意打ちで数人に囲まれても、後ろに目がついているのかと疑いたくなるほど隙がない。気配に敏感で、勘の良さ以上に体術というものが身に染みついていた。

スクワルは、「あれは他国の武術だな。見たことがない」とのんきに評した。

兵に課される訓練は、シアンの想像以上に厳しいものだった。近衛に入るまでは、本を借りにカテドラルの書庫へ行くか、研究所に出入りするか、という程度にしか身体を動かすこともなかったので、同世代の子どもよりも体力は劣っていたはずだ。

へとへとになっても、訓練のあと、アージェントに連れ出される。じゅうぶんに眠ることも許されなかった。

アージェントは平然と、「戦場に行ったら、三晩寝ずに見張りをすることなどざらだ」と、シアンの貧弱さを非難した。

「私は見張り番の兵に甘んじるつもりはありません」

「敵の動きだけを見張るのではない。護衛であれば、王から目を離す暇などないだろう」

エールの名を出されれば、悔しくても彼の稽古についていくしかない。

近衛隊長のバルナスには、直々《じきじき》に剣の手ほどきを受け、筋がよいと褒められもした。彼はシアンの父親に仕えていたから、以前からよく見知っていた。彼は評判の良くなかった〈白銀王〉にも忠誠を誓っていた。

多くを語ることのない男だったが、熱心に剣の指導を受ける間、もしかしたら親代わりのような気持ちで、シアンの面倒をみてくれているのかもしれないなと、少しだけうれしく思った。


エールの部屋を訪れると、先客がいた。

敷布に座り、お茶を楽しんでいたのはパーピュアだった。即位して間もない紫の王で、顔を合わせたことは数度あったが、青の宮殿で会うのは初めてだ。人払いをしたのか、そばに紫の侍従の姿はなかった。

シアンは邪魔になるといけないと思い、「失礼しました」と頭を下げて出ていこうとしたが、パーピュアにひきとめられた。

「まあいいから、ここに座れ」と、あぐらをかいた長い脚をぽんぽんと叩かれて、返答に困る。

棒立ちになっていると、エールが「椅子、用意しようか」と、お茶を淹れはじめた。王にそんなことをさせるわけにもいかず、シアンは自分のお茶を注ぐはめになった。

「どうだ、近衛には慣れたか」

パーピュアは尋ねた。

「おまえのような見目の良い者が入ってきたら、あのむさむさしい連中はそれは色めきたつだろうな。まだ貞操は無事か？　それともジェントあたりには喰われたか？」

彼女はアージェントのことを「ジェント」と愛称で呼ぶ。

けれど、決して仲が良いわけではない。顔を合わせれば、アージェントは儀礼的に挨拶《あいさつ》をし、そそくさと彼女の前を去る。パーピュアも語りかける必要がなければ、エールのそばにいる男を徹底的に無視した。

そのくせ、シアンをかまう時には男の名を出す。効果的に苛《いじ》められると、知っているかのようだ。

「男所帯とはいえ、さすがに男に手を出すような兵はおりません」

シアンは真面目くさって答えた。

パーピュアは、「ふうん？」と不思議そうにした。

「青の近衛は揃って腰抜けだな。こんなに美しい者を放っておくなど、男として恥ずべきことだ。どうだ、近衛などさっさとやめて、紫の侍従にならないか？　シアンならば、すぐわたしの側近にとりたててやるぞ」

「だめだよ、パーピュア。シアンは僕の側近になるんだから、とらないでよ」

エールがくちを挟んだ。拗《す》ねた口調に、パーピュアは顔をほころばせた。

「かっわいいなあ、アジュールは。おまえこそ、青の王でなければわたしの侍従にしてやったのに残念だ。しかし、ルリを青の侍女としてくれてやったのだから、わたしもなにか見返りが欲しい。シアンと交換だ」

「ルリのことは感謝してるよ。パーピュアはルリを気にいっていたものね」

「ほとんど、話したことはないがな。だが可愛らしくて色気があって、おっぱいのでかい子は好きだ。あの歳であれなら、これからも期待できる。手放したくはなかったな」

「……パーピュア」

「はは、おまえもそう思ってるんだろ。なに、恥ずかしがることはない！」

エールは助けを求めるようにシアンを見たが、シアンにも差し出せる藁はなかった。

「ルリと約束したんだ。いつか青の侍女にしてあげるって。何度も紫の方に交渉したけれど、僕がこだわるほどルリのことを手放そうとしなかった。こういう言い方は不謹慎だけれど、逝去《せいきょ》されてよかったと思う」

「そうだな。あんな下種《げす》野郎は生きていても害をまき散らすだけだ。早めに死んで正解だった」

パーピュアは、自分の前の王を、からりと笑いながら批難した。

「でもシアンは渡さないよ」

「それは本人の意思次第だろう。青の王の子どもだからといって、青の宮殿に仕えなければいけないという決まりはない。シアンはどうしたいのだ？」

急に矛先が向いて、シアンは少し戸惑った。

わがままで奔放なパーピュアとはいえ、王たちのひとりだ。素直に胸中を答えていいものかわからない。

「シャーと、アージェント様のお許し次第です」

無難なところで手を打った。

「アジュールはともかく、なぜジェントの許可が必要なのだ？　青の近衛の隊長はたしかバルナスだろう。やつの許しがいるならともかく、ジェントは関係ないのではないか」

「それは……」

近衛になった経緯を、エールは知らない。興味深そうに、シアンの答えを待っていた。

アージェントとともに近衛を強くしていくことが、いずれエールのためになる。

けれど、パーピュアの前で、そこまで答えるべきではないと思い、くちごもった。

「ジェントが好きなのか？」

「……先に近衛に入られた方ですから、敬う気持ちは持ち得ております」

「おまえは本当にかたくなで可愛いなあ。ますます欲しくなったぞ。ジェントなどに忠実に仕えていてもおいしい思いはできまい。ああいう男は、遊び飽きたらポイ捨てだぞ？　わたしなら、ずっと可愛がってやれる。紫の宮殿の近衛は精鋭ばかりだし、隣国の書物も手に入る。シアンにとっても悪い話ではないと思うがな」

「お声をかけていただいたことは光栄に思います。しかし、アジュール王にお仕えすることこそが私の幸福なのです」

パーピュアは「ちっ」と舌打ちしたが、それ以上は無駄な誘いをしなかった。

もとから、言葉遊びのつもりだったかもしれない。

お茶を飲み干す。早々に席を立つつもりでいたが、パーピュアは新しい茶を注がせて、淡い黄色の陶器を差し出した。

「北方の田舎町ではよくある菓子だ。茶うけにいいから、シアンもひとつどうだ」

にこにこしながらふたを開けた。

中を見たシアンはくちに含んでいた茶を吹き出しそうになった。

飴《あめ》色に輝く小さな粒は、砂糖を溶かして固めた菓子にも似ていた。

けれど、決定的におかしなところがあった。細長い楕円《だえん》の粒の側面から、ひょろりとした突起が数本生えている。

まゆをひそめてそれを見つめてから、正体に気づいた。

「虫……!?」

「北方では昆虫を料理に使うのだ。そのままで食事として出したり、このように砂糖水を炒ったみつをからめて菓子にもする。虫だということは忘れろ。香ばしくてうまいぞ」

そういって、パーピュアはひょいとつまんで、それをくちに入れた。

バリバリと噛み砕く音が、いっそうの恐怖をさそう。

虫。ありえない。けれど、エールもそれを小皿に取り分けながら「パーピュアやめてよ」と、ため息をついた。

「誘いを断られたからって意地悪するのは大人げないよ。王都では虫を食べる習慣はないんだ。まして、王宮じゃ出されるはずもないんだし、シアンが気持ち悪く思うのもわかるよ」

「なにをいうんだアジュール。これは決していじめなどではない。わたしはシアンを鍛えてやろうとしているのだ。戦場に出たら食べ物に困ることもあるだろう? 雑草や虫を食べなければ、飢えて死ぬ可能性もある。そういった時のために、今から慣れておくのだ。好き嫌いしていては生き延びられないぞ?」

最後の言葉は、シアンに向けてだった。

パーピュアの目が輝いている。嫌がらせだ。わかってはいたけれど、ここで食べられないと拒否すれば、紫の王の勧めを断ることになる。

青の近衛と名乗るくせに、ゲテモノのひとつもくちにできない男では、エールに恥をかかせてしまうかもしれない。どうしたらいいのか一瞬だけ、逡巡《しゅんじゅん》した。

「……いただきます」

勇気をふりしぼってつまみ上げたが、すでに感触が気持ち悪い。みつをからめているとはいっても、表面をおおう琥珀《こはく》色の薄い膜は、目隠しにはならない。

今にも動き出しそうだ。

特別、虫が苦手というわけではなかったが、それは食糧と思わなかったからだ。体内に入ると思えば、嫌悪感しかわいてこない。

前歯で少しだけ噛んだ。くちびるに足の感触がふれる。胃から酸っぱいものがせりあがってくるが、王たちの手前、吐くわけにはいかない。

「無理しないで出しちゃってもいいよ、シアン」

エールは困った顔をしていた。

優しい声に従いたくなった。一気に飲み込めばいいと思うのに、それ以上、下あごが動かせなかった。

ふわりと甘い匂いが鼻につく。それが余計に、生きている時の虫とは結びつかなくて、全身が粟《あわ》立《だ》った。

「めずらしいものを食べているな」

視線だけで部屋の入口をみれば、そこにはアージェントとスクワルがいた。上官の前では礼を尽くさなくてはいけない。

あごに力が入ったら、虫の一部を嚙みちぎってしまった。

口内にころりと転がる。異物がふれた舌がびくついた。ひーわー！

くちびるに挟んでいた残りは、そのままになっていて、声を出したければ、吐き出すか、すべてを飲み込むしかない。シアンはパニックに陥《おちい》った。

アージェントが近づいてくる。

肩に手をかけられて、男が身をかがめたと思ったら、くちびるになにかがふれた。

ずいぶん、近くに顔があると思った。合わさったくちびるは、虫の残骸を奪い取って、ためらいなく嚙み砕いた。

「シアン、くちを開けろ」

あごをつかまれて、呆然としたままくちを開かされる。

アージェントの舌が入り込んできた。口内をぬるりとしたものが這う。つばにまみれた虫の身をすくい取って、男は自分のくちに引き込んだ。

味わってから、くちびるを指でぬぐって、薄く微笑んだ。

「北方名物の虫の甘露煮《かんろに》か。なつかしいな、東方でもよくこれと似たものが出回っていた」

そこ、笑うところじゃない。

スクワルが取り乱した声で、「な……おまえ、アージェント！　今なにやった⁉」と咎《とが》めた。

「ああ……弟と間違えた。よくこうして、嫌いなものを代わりに食べてやっていたんだ。シアンがあまりに面白い顔をしてるから、つい癖で同じことをしてしまった」

「ちょ、兄さん、誤解を招くような言い方はやめてよ！　それって三歳くらいまでの話だろ⁉　うわあああ、思い出させないでよ！」

エールは頭をかかえた。

「ジェント！　貴様、わたしに見せつけようという魂胆だな⁉　くっそー、その手があったのか。嫌がりおびえるシアンを、舐めまわすように眺めただけで満足してしまった。わたしはなんと浅はかだったのだっ！　今からでも遅くない、もう一個食べろ、シアン！」

パーピュアが叫んだ。

みんな消えてなくなればいい。

「気にするな、男同士では数にも入らない」

アージェントはしゃあしゃあとそう言った。死ねばいいのにと、思った。


近衛の訓練がないときは、シアンはカテドラルの書庫に出入りしていた。

顔見知りのマギに新しく入った本を借り受け、自室に戻ろうと廊下を歩いていると、向かいからアージェントがやってくるところだった。

出会い頭に、「おまえは行かないのか」と尋ねられる。

「何のお話ですか」

「娼館《しょうかん》だ。兵たちが、王都に女を買いに行くと言って、盛り上がっていた。話の途中でおまえがいなくなったと、探していたぞ」

シアンは内心でため息をついた。

騒ぎに巻き込まれないうちに抜け出したのだ。休みにくだらない話にまで付き合う義理はない。

「私はけっこうです。娼館になど興味はありません」

「女に興味がない？　なぜだ」

めずらしく、心底おどろいたように返されて、シアンは気分を害した。

「スクワルから聞いたが、すり寄ってきた女をこっぴどく振ったそうだな。賢者の孫娘で、そうとうな才女だというわさだが、なぜ付き合いもせず断った？　側近を目指すのならば今のうちから重職者と繋がっておいたほうが有利だろう」

「……有利？」

しつこくまとわりついてきたアルカディアをかばうつもりはないが、嫌な気分になった。

アージェントは彼女を道具のように言った。利用価値がなければ、こんなことをうるさくは言わなかっただろう。

そして、シアンが側近になろうとしていなかったら、きっと誰を恋人にするかなど、気にも留めなかったはずだ。

じわりと、苛立ちがわいた。

アルカディアと引き合わされたことも、おそらくは〈賢者〉である男の思惑《おもわく》だった。

シアンは一部のマギからはいまだに大切にされている。仲間に引き入れておいて損はない。彼もアージェントと同じように考えたのだろう。

私欲でふりまわされるのはたくさんだった。

「アージェント様に私生活まで詮索《せんさく》されるいわれはありません。お話はそれだけでしょうか？　部屋で本を読みたいので失礼いたします」

「男がいいのか？」

「……は？」

耳を疑った。

「王宮ではよくある遊びだと聞くが、エールに手を出すつもりなら容赦はしないぞ。あれにはいずれ、相応しい女が現れる。子どもだからといって、おかしな遊びを覚えさせるつもりはない。おまえが一方的に思っているだけだとしても、迷惑だ」

ぽかんとした。思わず、本を取り落とすところだった。

この親バカ……いや、兄バカの過保護野郎、と怒鳴り散らしたかった。

「シャーに懸想《けそう》などしておりません。誰が聞いているとも知れないのですから、アジュール王まで誤解をうけるような発言は慎んでください。女性に興味がないと言ったのはそのようなことに時間を割く暇がないからです。側近としての勉強も近衛の訓練もしているのですよ」

「息抜きは必要だ。近衛のように、緊張を強《し》いられる職務についているのなら、なおさらだ」

「私にとっては、書物を読むことが息抜きなのです。だいたい、息抜きに娼館へ行くなどというのは、近衛の名折れになるでしょう。女性を抱きに行くといいふらし、金で買うなど低俗だ。せめてその自覚くらいは持ち得てほしいものです」

「……なるほどな」

アージェントは、呆れたように息をもらした。

「あいつらがやっきになって、おまえを娼館に連れて行こうとする気持ちがわかった。いつもそうやって見下しているのか？」

「なっ……！」

ふいになにかを投げつけられて、シアンはとっさに両手でそれをつかんだ。

重量のある剣だ。柄のところに青い石が埋め込まれている。足元には本が散らばった。

「これは……なんのおつもりですか」

「いつもの訓練だ。剣で勝てたら、俺が連中を黙らせる。休暇には好きなだけ部屋に閉じこもって、本を読めばいい。おまえが負けたら、一度くらいは娼館に付き合ってやれ」

「無理です。私の実力はよくご存じでしょう。副隊長でさえアージェント様に勝てたことがないのに、相手が私では勝負にもなりません」

剣を返そうとしたが、相手はそれをとりあわなかった。

こんなのは横暴だ。目のかたきにされているのはわかっている。嫌がらせを受けていると感じることさえある。他の兵には気安いところも見せるのに、シアンにはいつだって厳しかった。

柄を握る手に、力がこもった。アージェントが帯刀しているのは短剣で、シアンの剣と比べて半分以下の長さしかない。鞘《さや》から引き抜くと、両手で剣をかまえた。相手は剣に手もかけず、無防備に立ち尽くしている。

なめられている。

そう思うと、静かな怒りがわいてきた。近衛に引きずり込まれてから、ずっとこの男にいなされ打ち据えられてきた。苛立ちはすぎるほど刻まれていた。

剣を身体に引き付けて、踏み込んだ。

アージェントは大ぶりの太刀筋から身をそらした。すかさず突くように繰り出したが、その動きも見切られていた。

通りがかった侍女が、短い悲鳴を上げた。

「静かにしろ、ただの訓練だ」

男は言い、手で制した。それを隙とみて、シアンは足払いをかけた。

手ごたえはあった。アージェントは体勢を傾けたが、廊下のふちを蹴って庭へと降り立つ。

シアンもそれに続いて庭に降りた。剣をふるうと、鋭く空気を裂く音がした。

とっさにアージェントが手にした棒は、三分の一を残してすぱりと切れて飛んでいった。野鳥や動物を追い払うために置かれていた木の棒で、表面には薄い鉄も塗られていた。

男はつかの間、驚いたように目を見張って、それから手にしたものをくるりと片手でまわした。

腕くらいの長さしか残っていないが、シアンの振り下ろした剣は、棒の端ではじかれた。先ほど一刀にした感覚を思い出して、盾となっている棒を斬りつけた。

剣を抜くつもりがないのなら、この男を倒せるかもしれない。そう思うと、身体の奥から快感に似た、強烈な興奮がわきあがってきた。

角度を変えた棒は、剣先をとらえて跳ね上げようとした。

指先にしびれが走った。動揺を見逃さず、アージェントはシアンの手首を蹴った。痛みで手から離れた剣は、柄を蹴りあげられてアージェントの手におさまった。

男の手に剣が握られた瞬間、斬られると覚悟した。

その時、音もなく飛び込んできた影が、鈍く光る剣をふるった。

ぶつかり合ってキンと澄んだ音がした。それは剣ではなく、シアンが廊下に捨てた鞘だった。

エールは水平に構えた鞘で剣を受けとめて、勢いを完全に殺していた。目の覚めるような青い服が、風になびいた。

「兄さん、なにをしているの。ここは僕の宮殿だよ」

咎める声は、いつになく剣呑《けんのん》な色を含んでいた。

「訓練だ。本気で斬るつもりはない」

「当たり前だよ。遊びたいなら、もう少し穏やかなやり方があるだろ。訓練所以外で剣をふるうことは禁止されていたはずだけど？」

アージェントは黙って剣をひいた。

エールはそれを確かめてから、兄に鞘を手渡した。剣をおさめると、腰に巻かれた革のベルトに繫ぎなおした。

「シアン、一体なにが原因なの。また兄さんにからまれただけ？」

手をひかれて、立ち上がった。

「からまれたというか……」と、事の顚末《てんまつ》を話してしまう。

「娼館？」

エールが呆れたように繰り返したから、話さなければ良かったと反省した。たいしたことでもないのに、泣きついたことが恥ずかしかった。

「近衛兵は花街によく出入りしているもんね。でも、シアンは行きたくないんでしょう？　だったら、無理に行く必要なんてない。別に僕らが女遊びに興味がなくたって、兄さんには関係ないだろ。あんまり意地悪が過ぎると、シアンにも嫌われるよ」

「女に興味がないなど異常だ。男にしか目が向かないのなら、おまえのそばに置いておくことも危険だ。将来、シアンを側近に取り立てるつもりなら、今のうちにはっきりさせておいたほうがいい」

「ちょっと待って。僕の友達に失礼なことを言うなら、本気で怒るよ」

エールは兄の言い草に、鼻白んだ。

「じゃあさ、僕が相手をするよ。剣じゃ危ないから素手にしよう。兄さんに勝ったら、シアンは娼館に行かなくてもいい。そういう勝負でどう？」

「剣も持たず、俺に勝てると思うのか」

「どうかな。体術を教えてくれたのは兄さんだろ。このところ背も伸びてきたし、案外いいところまでいくんじゃないの。どうせ兄さんは僕相手に本気は出せないだろ。たまには手合わせしてよ」

挑発的な態度に、アージェントは少しだけ眉間にしわを寄せた。

彼が実際に、機嫌を悪くしているのをまわりに悟らせることはあまりない。

返事を待たずにエールが踏み込んだ。

ふところに入られて、アージェントは反射で手を伸ばした。エールの腕がそれに絡もうとしたので、とっさにひじを引き身体をひねる。

シアンには見えない打撃にエールはよろけたが、低い位置で体勢をととのえ、足の甲で男の腰を狙った。防がれて、いったん後ろに引く。

「ふいをつかれても急所をはずすってことは、やっぱり僕には本気で殴りかかれないんだ」

喜ぶどころか、腹をたてているようにも見えた。

蹴りは兄の腕に遮られたが、身体をくるりと反転させて、もう一度同じ場所に叩きこもうとした。足首をつかまれる前にすばやく着地して、つま先をすくおうとした動きを見切ってかわす。

エールの身のこなしは、演武のようによどみなく、しなやかだった。青い衣がはためくのさえ美しかった。

廊下には侍従が数名、足を止めて見守っていた。

エールは襟をとられたが、腕の下をくぐると伸ばした手を絡めて、アージェントの肩の関節をひねりあげようとした。ほんの一瞬の攻防のあと、エールは投げられて地面に伏した。

立ち上がろうと地を蹴った足を、靴で押さえつけられそうになって、それを退けた。

鋭い切っ先が、アージェントの服を切り裂き、間合いがひらいた。

エールが手にしていたのは、アージェントが身につけていた短剣だった。

「ごめんなさい。思わず、抜いちゃった」

荒い息を吐いてくちもとをぬぐうと、「ちょっとは成長した？」と尋ねた。アージェントは黙って弟の手から剣を奪い取り、鞘に戻した。

「僕の負けだね。じゃあ、シアンと一緒に娼館にでも行こうかな」

「……おまえは、あんな場所へ行かなくていい」

一言告げて立ち去るアージェントの後ろ姿を、シアンは呆然とながめた。

「シアン」

ハッとして、呼びかけに振り向いた。

「あの人、どこか怪我してるのかもしれない。いつもどおりなら、僕に剣を抜かれるなんてありえない。なにか聞いている？」

エールの声は硬く、兄を見送るまなざしは真剣だった。シアンは黙って、首を横にふった。


部屋に入る前にちらりとのぞくと、アージェントはシアンが来るのがわかっていたように、こちらを見ていた。

嫌味な笑みがないとひっそりとして見えて、居心地の悪さを感じた。

「シャーがあれほど体術に秀でていることを、初めて知りました。アージェント様が教え込まれたのですか」

男は少しだけ、うれしそうにした。

相手をけむにまくような、作り物の笑みを浮かべることは多かったが、それとはまったく別の種類の笑顔だ。弟を褒められた時だけは、そういう表情を見せた。

エールが浮かべるものと少しだけ似ていて、シアンは久しぶりに、この兄弟が似ていることに思い至った。

「ひざを痛められたのですか？　攻撃に対する反応が普段よりも遅いように思えました。私が蹴ったのは左ひざでした。シャーに引き抜かれた剣も左側にさげていましたよね。歩き方に不自然なところはないように見えましたが、怪我をされたのですか」

「そうだったら、どうする。喧嘩を売ってきた相手に『蹴ってすみません』とでも謝るつもりか？　おまえらしくもなく、しょげているな。俺に一矢《いっし》報いることができたら、もっとはしゃぐのかと思っていたぞ」

やっといつもの嫌味な表情が戻ったので、心のどこかでホッとした。

「怪我をされたのではないなら、ひざ下に死角があるようですね。以前はそんな癖はなかったはずです。そのうち、私以外にも気づく者が現れると思うので、早めに直されたほうがいいんじゃないですか？」

なるべく嫌味っぽく告げた。

いつもひどいことを言われているのだから、これくらいはいいだろう。

そう思ったが、アージェントの顔色はさっと変わった。ひりりとした気配が伝わってきて、シアンは笑みを消した。

身をひるがえそうとしたが、二の腕をつかまれて、壁に押し付けられる。

「ご忠告をどうも、未来の側近殿」

息がかかるほど近くでささやかれて、シアンは言葉を失った。

締め付けられた二の腕が、ぎりぎりときしんだ。

怒らせたのだろうか？

いつもの意地悪にしては、逃げ出す隙がなかった。

身をよじろうとすれば、両脚の間に太ももを押し込まれて、ざわっと嫌悪感がわいた。動きを封じられた恐怖よりも、密着した体温に目まいがした。

「どいてください！」

怒鳴ったつもりが、うわずった声しか出なかった。

アージェントがのどの奥で嗤《わら》ったから、焼けつくような恥ずかしさが身を包んだ。

「シアン、娼館に行く連中をたしなめるのが、どれほどおそろしいことを招くのかわかっているのか？　女以上に美しい顔をして、飢えた男どもの中に放り込まれている。身を守るすべを覚えるまでは、そのことを自覚しろ」

ぎくりとした。

下卑《げび》たからかいを受けることはあったが、そんなことは気にしていなかった。

それを言うのなら、と思った。それを言うのなら、アージェントのそばにいる時のほうが、よほどおそろしい。

「俺の手つきになっておくか？」

「……は？」

「おたがいに娼館へ行く手間がはぶける」

頭がカッと熱くなった。

馬鹿げたことを、と怒鳴ってやるつもりだった。けれど、男がいつもの笑みを浮かべていなかったから、シアンは何も言えなくなった。

静かな面差しで見つめられて、首すじからじわじわと熱をもっていくのが、自分でもわかった。

息を吸う。アージェントの鼻先に、ひたいを打ち付けた。ごちん、と鈍い音がして、頭突きをしたところから骨の感触が伝わった。

「不埒《ふらち》なことを考える輩《やから》がいれば、急所をへし折ってやります！　そんなことまであなたにご心配いただく必要はありません！」

　顔を押さえたアージェントの腕をかいくぐり、部屋を飛び出した。廊下を駆けながら、もっと冷静に言い返してやれたはずなのにと、悔しさが込み上げてきた。

　視力の話をごまかされたと気づいたのは後のことだ。

　アージェントの視力の悪化は進んでいて、この日にはもう、視界の左半分がほとんど見えなくなっていたのだが、そのことはその後しばらく隠されていた。


　サルタイアーは近隣の国を吸収して大きくなった国だ。

　同じく大国であるシェブロンとは交易を続けていたが、ヴェア・アンプワントで発見された資源を巡り、争いが始まった。

　間もなくヴェア・アンプワントは戦場となった。サルタイアーの攻勢が強まり、隣接する東方の街へとシェブロンの軍は押し戻されていた。

「東方の兵役は十八から二十三歳までのたった五年です。兵役が終われば、軍を去る者が多いのが現状で、これはサルタイアーの脅威を感じ取ってのことです。兵力の減少により戦術は制限され、残る者の士気をも下げていく。今、取りかからなければ、軍は内部から崩れていきます」

　シアンが言い終えると、側近たちの間には戸惑った空気が流れた。

「だがこの案は……乱暴すぎる」

「近衛隊長及び、軍の司令部にはすでに了解を得ています」

彼らの顔色を素早くうかがい、予算や訓練所の確保についての話を畳み掛ける。

にわかに現実味を帯びた話となっていき、締めくくりには議長をつとめていた青の宰相から、

「シャーに進言しよう」という返事を引き出した。

結果に満足した。これでまたひとつ、軍事にかかわる政策にシアンの意見が通る。

つねにすべてを受け入れてもらえるわけではなかったが、少なくとも、大きな改革を打ち出しておけば、印象の弱い案は通りやすくなる。

頭の固い側近たちにひとつ譲ったふりをしながら、別の策を受け入れさせる。その繰り返しでやっていくしかない。

数日後、謁見室へむかった。

エールはあとから部屋にやってきた。

「宰相から話は聞いた。捕虜《ほりょ》や奴隷民を兵として訓練するという案だけれど、具体的な構想があれば教えてほしい」

これまで軍では、制圧した土地の住民や捕虜となった兵は、その場で殺していた。捕えておくだけでも人手や予算を食いつぶすからだ。

新しい策は、彼らのような奴隷を兵力に加えるというものだった。

「兵に仕立てたとしても、彼らが戦う相手はかつての同胞だ。軍全体の士気が下がることにはならない？」

エールは尋ねた。

「訓練所で徹底した教育を行います。死の極限まで追い詰めながら、決して死なせはしません。兵としての適性に欠けるものは、他者への見せしめに他の仕事を与えます」

「他の仕事？」

「兵よりも酷な仕事です。奴隷であるということを思い知らせてから、戦場へ赴くしかないと吹き込みます」

非人道的な方法を断言するのはわずかにためらったが、具体的な案を述べた。

東方を守るために必要であることは間違いがなかった。難色を示した側近も、いずれはこの提案の重要性を理解して、受け入れることになるだろう。

エールは表情を変えずに話を聞いていた。

そのことに、シアンのほうが少しだけ焦った。

「シャー、奴隷を使わなければ、同胞から多くの犠牲者が出ることをご考慮ください」

「わかった。僕の権限でこの策はかならず実現させる。その時は、シアンにもまた手助けしてもらうことになる。よろしく頼むよ」

ふ、と胸が熱くなる。

エールの言葉以外でそんなふうになることは、まずなかった。

「ところで、ふたりきりなんだから、普通にしゃべらない？」

「……これは、臣下としてのけじめです。一介の兵が、王に対し気安く話しかけることはできません」

「うん、シアンは僕の立場を考えてくれてるんだよね。ただ、堅苦しい言葉で話しかけられると、遠くに行ってしまったみたいで、少し悲しいよ。こんなことなら、近衛に入る時にもっと反対すれば良かったな」

苦笑されて、シアンもつられて小さく笑みをこぼした。

うながされて、別の話にうつる。東方の街に在留している軍から、支援要請が出されている。数日後には増援とともに近衛兵の小隊を合流させることになっていた。

これまで近衛と軍のあいだには密接なかかわりがなく、協同し作戦をこなすのは初の試みといえる。軍を近衛の指揮下に置くべきだと考えていたが、結果によっては良い切っ掛けとなりそうだった。

「シアンも一緒に行くんだって？　大丈夫なの」

「私は参謀本部で軍の作戦指揮を補佐します。街に設置する幕舎から出ることはないので、怪我をするような事態にはなりません」

「そう……それならいいんだけど。気をつけて」

エールはふいに思いついたように、片手をこぶしのかたちに握って、前に突き出すようにした。シアンはわずかに戸惑ったが、同じようにしてこつりとふれあわせた。

予想外の事態が起きた。

前線に指示を送るはずの通信兵が捕えられ、先回りをされた。先陣を切っていた重装歩兵団の半数が死んだ。

明日には参謀本部を設置している街の建物を放棄して、戦線を後退させることになる。背後は森だ。防戦には適している場所だったが、今いる場所を明け渡すことになる。

張りつめた暗い雰囲気の中で、兵たちには食事がふるまわれた。

シアンは硬いパンのかたまりと、スープを受け取った。

「参謀本部にいた近衛だ」というつぶやきが耳を掠《かす》める。気にせずに、空いている席に座った。

「あいつらの指示で、歩兵団のやつらは死んだんだ」

「よく食い物がのどを通るな」

「無能の集まりが」

陰口を叩かれている間、シアンはパンを齧《かじ》っていた。

参謀本部にいた者たちが、食事を遠慮していたわけがわかった。

だが、栄養の補給はどれほど悲しかろうが悔しかろうが、必要だ。食事がのどを通らなくなる、などと言っていては頭も働かなくなる。

シアンは腹をたてていた。定時に合図がなく、通信兵が捕まったかもしれない、ということは参謀本部にいた者たち全員が想像していた。

だが、伝令は伝わっていると考え、作戦を遂行させようとした。撤退、が彼らの出すもっとも嫌な指令だったからだ。

自分が説得し、撤退していれば、これほどの被害を出さずにすんだはずだ。参謀本部を畳むなどというところまで追い込まれることもなかった。

のどの奥になにかが詰まっているような気がした。「近衛の顔を立て、参謀本部に置いてやっているんだ。図に乗るな」と凄まれて、引き下がった自分に腹が立った。

陰口は続いていた。

シアンは銅でできた金属臭い器を持ち上げ、塩辛いだけのスープの残りを飲み干すと机に叩きつけた。

「言いたいことがあるなら早く済ませてくれ。食事が終われば私は部屋を出ていくぞ」

陰口は止んだ。それ以外のざわめきもぴたりと止まった。男がひとり、立ち上がった。東方にはめずらしい黒髪に黒目で、所属を示す胸章は軍の騎馬団のひとつだった。二十代そこそこで騎馬団に配属されるのは、余程の実力者か、軍の上層部に係累《けいるい》がいる者だけだ。

「ずいぶんと、威勢がいいな、お嬢ちゃん」

シアンが表情を動かさずにいると、「おまえ、あの有名な〈白銀王〉の息子だろう」と男は続けた。

「一兵卒になんか、気づかれるはずないと思っていたのか？　東方をめちゃくちゃにしてくれた男の息子が軍に加わるというなら、うわさにならないほうがおかしいだろう。高貴な血筋のお方は平和な頭を持っていらっしゃるようだ」

嘲笑《ちょうしょう》がひろがった。

「おまえたち参謀本部の指揮に従って重装歩兵は無駄死にし、この街は明日には滅びる。東方の民すべてに嘲《あざけ》られた父親の恨みを晴らすことができて、さぞかし飯がうまいだろう」

シアンが椅子を蹴ると男にぶつかって壊れた。挑発だとわかっていても身体を止められなかった。

破片は机の上に散乱して、兵たちの食事をなぎ払った。食器が床に落ちると、けたたましい音が響き渡る。

「入口、見張っておけ！」

黒髪の男が怒鳴り、大股で近づいてきて、シアンの胸倉をつかみ上げると、机に叩きつけようとした。

太い腕をつかみ、跳躍すると男のこめかみを蹴った。相手は勢いよく倒れ込み、机の上を滑ったが、シアンも他の者に捕えられた。

両腕を背中でひとつに押さえられ、顔を殴られる。

血の味に顔をしかめると、こぶしが腹にめりこんだ。さっき食べたものを吐き出すことになった。

野次が飛ぶ中で、シアンは背後にいる者のすねを蹴った。

かかとで急所を狙うと、男はうめいて腕を放した。

殴りかかってきた者を蹴り飛ばすと、腹がにぶく痛みを訴えた。数名で飛びかかられ、さすがに身動きがとれなくなる。

あごの下に腕をまわされて持ち上げられると、つま先が浮いた。逃れるための隙がなかった。のどをぎりぎりと締め上げられて、息が止まってしまうかと思った。

ふいに拘束がとかれた。

「――ッ！」

どさりと床に落とされ、シアンはのどを押さえて咳き込んだ。無理に顔をあげると、見知った男が立っていた。

「スクワル近衛副隊長……！」

集まっていた者たちは、たじろいだように動きを止めた。

「気がたっているのは、みな同じだ。若い兵をいじめて憂さ晴らしする元気があるなら、外でも走ってこい」

黒髪の男の肩を叩き声をかけてから、「立てるか、シアン？」と見下ろした。

「私が先に手を出しました」

「そうか。兵として誇り高いのはけっこうだが、おまえから事情を聞くとは言っていない」

「申し訳ありません」

片腕をつかまれ持ち上げられて、手近な椅子に座らされた。よりにもよって最初にぐちゃぐちゃにした机だった。スクワルは向かいに座るなり、ひじをついて「はあ」とため息をこぼした。

「まったく、シアンがこんなにやんちゃだったとはなあ……傷は？　治療が必要か？」

「問題ありません」

「散らかした片付けは、自分でできるな。他の者に迷惑をかけるなよ」

「はい。騒ぎを起こして、すみませんでした」

すぐに掃除をはじめようと立ち上がりかけた。

「あー、待て、シアン。シャーがな、おまえのことを心配していたぞ。あまり無茶はするなよ」

エールにはこのことを伝えないでほしかったが、そう頼むのはむしが良すぎる気がした。迷っているとスクワルの背後を近衛兵が通りすぎ、同じ机に座った。

「スクワル副隊長、シアンに絡んでた騎馬団のやつらは絞めておきますか？」

「いや、必要ない」

「了解。これ副隊長の分です。久々の熱い飯かと思って喜びましたが、具、入ってないですから露骨にがっかりしないでくださいよ」

彼は当たり前のように、スクワルとシアンの前に食事を置いた。

いつの間にか、まわりの席は近衛たちで埋まっており、スクワルと親しくしている者ばかりだったので、シアンは少しだけ気まずい思いをした。もう食べたからと断ることもできず、吐き出した分を補給するようにパンをくちにした。

あごを動かすのも痛く、血の味しかしなかったが飲み込んだ。スクワルが神妙な声でシアンを諭《さと》した。

「ほとぼりがさめるまであいつらには近づくなよ。また喧嘩になりかねないからな」

「わかりました」

「ならいいが……いや、やっぱり、ねんのため今夜は俺の部屋に来い。寝ているところを襲われたら、助けも呼べないだろう」

ガチャン、と皿の擦《こす》れる音がした。

「うっわ、やらしー」「上官という立場をカサにきて、やらしー」「部屋に連れ込んでなにするつもりなんすか、やらしー」「『シャーが心配して』なんてまわりくどいこと言わず、俺が心配なんだって言えばいいのに、やらしーくせに」と、まわりで好き放題言う小さな声がした。

「おまえら、全部聞こえてるぞ」

スクワルは顔をしかめてみせたが、間延びした気安い言い方のせいで格好だけのことだとわかった。

下世話な話題に悪意は感じられないが、あまり気分はよくなかった。スクワルがおかしな下心などなく心配してくれているのはわかっているが、手のかかる子どもに向けるような気遣いが余計に居たたまれない。

「聞こえるように言ってるんですよ。下手にシアンにちょっかいかけると、あいつにひねりつぶされますよ」

スクワルより先に「どこをだ？」と別の者が突っ込む。

「そりゃあ、悪さしたところに決まってる」

「いや、あいつなら一箇所ってことはないな。全部だ、全部。原型とどめないくらいつぶすな。オレ、最近、あいつに睨まれただけでちびりそうになるよ」

「そりゃお前がマゾだからだろ。笑ってるところ見たか？　夢に出るぞ。東方に来てからは特に活き活きしてるだろ。手柄うんぬんよりも戦場が性に合ってるんだろうな。あれでまだ十代じゃ、ろくな大人にならねえなあ」

くだらない茶々を入れあい、ひそめた笑いをもらす。大敗を喫した後とは思えない不謹慎な態度だったが、彼らにとっていつもどおりとも言えた。

スクワルに部屋の場所を説明されて、シアンはうなずいた。だが行く気はなかった。自分の身は自分で守るのがここでは当たり前のことだった。


シアンは暗闇を走っていた。古い物置のような建物の裏手にまわり込むと、身をひそめて足音をやり過ごす。食事の時にスクワルに言われたことが頭にこびりついて、与えられた部屋で眠る気になれなかった。

外を歩くうちに、数時間前に殴り合ったばかりの騎馬団の黒髪の男に出くわした。相手は同じ団の仲間を引き連れていて、シアンは反射的に走り出した。

ずいぶんと間の抜けた話で、その場にしゃがみ込むと、思わずため息をもらした。夜空には細い月が出ていたが、闇の中にいるように感じられる。

街は静まり返っていて、灯りどころか人影もない。住民には、数ヶ月前に避難勧告が出されていた。いつ戦場になってもおかしくない場所なので、当然のことだ。それでも、日中には通りをまばらに民が行き来することもあり、彼らは明日からどうするのだろうとシアンは思っていた。

その時、甲高い悲鳴が聞こえた。耳を澄ませたが、もうなにも聞こえなかった。シアンは左右を見まわして、ひとけがないことを確かめると通りに出た。

道沿いに粗末な民家が連なっている。壁は石でできているが、屋根は布で覆われているだけだ。その朽ち方を見る限り、ずいぶんと前から人は住んでいないように思えた。

少なくとも、この通りに参謀本部が設置されて以来、近くに誰も住んでいないことは確認済みだった。

屋根から垂れた布が、一箇所だけ不自然に動いた。参謀本部を振り返ってから、人を呼ぶ間もないことを考え、シアンは通りを横切って建物に近づいた。腰に巻きつけたベルトをなぞって、上着に隠れた短剣を確かめた。

目を凝らすと、中で白いものが動いた。

それは女の脚で、上半身は服を剝《は》がれ、数人の男に押さえ込まれている。その光景を認めたとたん、手足がしびれたように動かなくなった。背後に人が近づいたことにも気づかず、あっけなくシアンは殴られて倒れ込んだ。

「なんだこいつは。見張ってろって言っただろう！」

荒れた声がしたが、首の後ろに走った痛みのせいで、動くことができない。靴先で身体をあおむけに転がされると、「おい、こいつ兵だ」と驚いたような声がした。

「そりゃ、そうだろう。この街にいる男は軍だけだからな」

男たちは押し殺した声音で言い合う。隙ができたせいで女が逃げようともがいたが、すぐに顔を殴られ動かなくなった。

他にもふたりの女がいた。同じように腕を縛られ、くちには布をつめこまれている。泣いている者はいなかったが、うつろな顔をしていた。

となりの建物とは、天井からつりさがった布で、仕切られているだけだ。

暗がりのむこう側からも、くぐもった声が聞こえた。ひどい匂いがして、吐き気がした。目を動かし男たちが身につけている服の胸元を確かめた。

「自分たちが、なにをしているのかわかっているのか」

シアンは片手をつき、身体を起こそうとしたが、すぐに背後の男に背中を踏みつけられて、地面に押し付けられた。

「このガキ、自分の立場がわかってないのか？」

「それは、おまえたちのほうだ。全員、第二騎馬団に属する兵だな。獣にも劣る真似をして、恥ずかしいとは思わないのか⁉」

ほおを張られた。髪をつかまれ、上向かされる。

「言うことと同じで、お高くとまった顔してるな。よく聞けよ？　この街は明日、俺たちが引き上げれば敵の手に落ちる。そうなれば女たちは犯され殺される。その前に、少しくらいキモチイイ思いをしたってかまわないだろう」

馬鹿にした言い方だったが、男は殺気立っていた。よどんだ視線で見つめ返され、肌がぞわりと粟立つ。

「軍の起こした不祥事は、青の宮殿の恥となる。死んで詫《わ》びろ」

「はは、こいつ狂ってる」

男は嫌な笑い方をした。

「おまえが俺たちの苛立ちをおさめてくれるってのなら、それでもいいんだぜ。婆さんでも勃つほど持て余してるんだ。女を助けたいんだろう？　代わりに咥《くわ》えてくれよ」

シアンが黙って顔を見つめると、男はごくりとつばを飲み込んだ。髪をつかんでいた手が、少しだけゆるんだ。

「おい、腕を縛れ」

「本気かよ。ガキでも男だぞ」

背中を押さえつけていた脚がわずかに浮いた。シアンは素早く左腕を背にまわして、短剣を引きぬいた。

かたわらにいた男が気づき、シアンの手首をつかもうと動いた。遅い。反動をつけて身をよじると、上にいた男のひざに蹴りを叩き込む。相手がよろけたところでもう一度蹴って、今度は骨を折る感触を確かめた。

目の前にいた男は、のどもとに剣をつきつけられて、動きを止めた。

「女を解放しろ」

「……ハハッ、思い出したぞ。おまえ、昼間に騒ぎを起こした兵だな。ずいぶんと上官に気に入られているらしいじゃないか。男にケツをふっているような男に同情されたところで、女たちも救われないな」

くだらない言いがかりだった。

「王の兄に身体で取り入り、近衛への入隊を認められたんだろう」

虚をつかれた。両側から伸《の》し掛かられて地面に転がった。剣を取り上げられる。興奮した怒鳴り声とともに、足首をつかまれた。

くちを開けけば余計に彼らを煽《あお》ることになるのはわかった。それでも、腹の奥が怒りにふくらみ、叫びたくて仕方がなかった。

「ぎゃ……！」

身体を押さえつけていた力が弱まったかと思うと、どす黒い血が飛び散った。腕を切られた男の叫びが轟いた。女たちのかすかな悲鳴が混じる。それほど、おびただしい量の出血だった。

「シアン、立て」

見上げると、かたわらにアージェントが立っていた。急に現れた男に、他の者たちは呆然としていた。

「行くぞ。くだらぬことに巻き込まれるな」

乱暴に胸元をつかみあげられ、外に放り出された。

アージェントは剣についた血を払い落としただけで、それ以外のことなど目に映らなかったかのように、建物から出た。中から呼び止める声さえなかった。

シアンはほとんど引きずられるようにして、その場を離れることになった。

「……待ってください。女性たちが、まだ」

「おまえには関係のないことだ」

「まさか、助けないのですか？　信じられない」

アージェントは足を止め、振り返った。

「身を守るすべを身につけるまでは、気を抜くなと言っただろう。早くスクワルのところへ戻れ」

「私は、誰にも助けてくれなどと、頼んでいません！」

たった今、助けられた身であることをふいに思い出した。

冷たい指先に力を込めると、頭がはっきりした。腕をつかんでいた手が放され、かわりに胸元に押し付けられたのは、短剣だった。

よく見れば、それはシアンのもので、男たちに取り上げられたはずの剣は血で薄く汚れていた。武器を手にして、ようやく身体のこわばりが解けた。柄を握り、鞘におさめる。

「あの女たちは、屋敷でかわれていた奴隷だ。避難勧告で家主が逃げ、捨てられた。行くあてもない。今夜、おまえが助けたところで明日には殺される運命だ」

「殺されるから、弄《もてあそ》ばれても仕方ないとでも言うつもりですか？」

それでは、あの男たちとなにも違わない。

自分と同じ青い瞳が、ひどく酷薄な色をしているように思えた。

「奴隷を『人』として扱わないおまえが連中を批難できるのか。捕虜から思考力を奪い、兵に仕立て上げる策を提案したのは、おまえだろう、シアン」

「それは……」

「必要性は俺も認めている。目的のために非人道的な策を押し通そうとするやつが、奴隷の扱いをまのあたりにしたくらいで、今さらゆらぐなと言っているんだ」

「ですが、それとは……状況が違います」

「状況？　女と男とでは話が違うとでも言うつもりか？　おまえがたった今、連中の慰みものにされそうになったように、この国には弱者と強者がいるだけだ。飾りにもならない正義感に振り回されるな」

さきほどの光景を思い出すだけで、苛立ちがあふれてくる。アージェントの言葉は、その苛立ちをさらに煽った。

「連中のしていることを見て見ぬふりしろと、おっしゃるんですか」

「聞け、シアン」

「私にはできません！　あんな行為を見逃すことは……」

胸倉をつかみあげられた。

「おまえが望むものは軍の増強だろう。騎馬団とやりあったことが公になれば、軍と近衛の連携は台無しになる。これ以上、ことを荒立てるな！」

「ですが！」

「泥をかぶる覚悟もないのに、軍事にくちを出していたのか？　自分の意見を押し通すことが快感だったからか？　おまえの自己満足の責任を負うのは、誰だと思う。国益よりも自らの正義を優先させたいのなら、おまえは側近にも近衛にも向いていない」

火が消えるように、アージェントの目からは色が失われた。失望、という感情が自分に対して向けられるのを、シアンは初めて経験した。

マギから憎しみのこもった目を向けられることはあったが、それは同時にシアンの才能を妬《ねた》むものでもあった。興味が失せた、と言われたことはなかった。恐ろしくはないのに身体が震えてしまうほどの焦りをおぼえた。

「ことを荒立てたくないのなら、どうして今夜、私を助けたのですか」

アージェントの腕をつかんだ。無意識に強い力で握りしめていた。

「あなたはシャーのことしか考えていない。関わる者すべてを、シャーの役に立つか立たないかでしか判断していない。私を助けたのも、近衛に誘ったのも、すべてシャーのためだ。私がただの兵だったら、連中に襲われ殺されかけたとしても、助けるつもりなどなかったということですね」

「見込み違いだった」

予想どおりの答えだったのに、心は大きくゆらいだ。

シアンの意志など初めから求められていなかった。代わりのきく駒としか思われていないのに、アージェントに引きずられて、厳しい訓練に耐えてきた。

エールのための訓練だと思っていた。今でもそう思っている。彼のために優秀な側近になるのだと誓った。それでも、ここまで虚仮《こけ》にされて許せないという思いが胸にわき上がった。炎のように身体の内側を焼いた。

つかんでいた男の腕を離した。

「都合のいい、人形にはならない。私は私の方法で、アジュール王に尽くす」

シアンはもと来た道を走り出した。

悲しくもないのに鼻の奥が熱くなった。涙は浮かばなかったが、こめかみがきりきりと引き絞られて痛かった。

呼び止める声が聞こえた。アージェントのものではなく、兵だった。彼らの先頭は黒髪の男で、シアンと目が合い、またなにかを言おうとした。

「ついて来い！」

シアンは怒鳴って、再び先程の建物に飛び込んだ。剣はすでに抜いていた。急所をさらした獣など、いくら数が集まったとしても怖くはなかった。

アージェントは『飾りにもならない正義感』と言ったが、正しいと思うことを行っても確かに気持ちは晴れなかった。けれど、自分に失望するよりはずっと良かった。


「シアン、具合はどうだ」

部屋に現れたのはスクワルだ。中をのぞくなり「相変わらず、汚い部屋だな」と呆れたようにつぶやいた。顔に似合わず綺麗好きなところがある男なので、本の山が崩れかけ書き物の散乱した部屋に眉をひそめるのも無理はない。

部屋からほとんど出ていないので、これまでにないほどの散らかり具合だということはシアンも認めている。寝台から立ち上がり、床に積んだ本をよけたが椅子のところまでたどり着けそうもない。

「いいから座ってろ。俺はそのあたりにでも……いや、やっぱりここでいいか」

「上官を立たせて、私が座っているわけにはいきません。謹慎処分中であるとはいえ、けじめは必要です」

「脚は？」

「ただのヒビです。たいしたことはなかったのでもう歩けます」

「そうか。だが立つ必要はない」

「礼を尽くす必要がないということは、私は近衛を除隊させられるのですか」

スクワルはため息をついた。シアンの語気の荒さをなだめるように優しく「あきらめてくれ」と言った。

「おまえが悪いとは俺も思っていない。あいつらは軍規で裁かれ有罪となった。だが、重傷者を出すほどの騒ぎで、おまえに加勢した兵にも怪我人が出た以上、誰かが責任を取らなくてはならない」

「承知しています。ですが納得できません」

跨《また》ぎきれなかった本を踏みつける。廊下までたどり着いたがスクワルに止められた。

「今さら行っても遅い。決定事項だ」

八つ当たりをしても仕方がないが、片腕で進路を塞ぐスクワルを睨みあげた。

「あきらめて、近衛を退任してくれ。来週からは俺と軍で働くことになる」

「……は？」

「すぐに耳に入るだろうから言っておく。処分が下ったのは、小隊長を務めていた俺とおまえのふたりだ。軍で雇ってもらえるだけましだから、文句は言わない。おまえも言うな」

「……私のせいで」

「謝るつもりなら悪いことをしたと認めてからにしろ。おまえが証人だと言い張り連れてきた女たちは、王都の奴隷商に引き渡された。それが幸福かはわからないが少なくとも生き延びた。満足か？」

答えられなかった。スクワルは「とにかく、兵を続けるつもりがあるなら部屋を片付けて荷造りしておけよ」とだけ言うと部屋を出て行った。

第三幕　目

　正式に軍の参謀本部の一員となって半年が過ぎた。シアンはまた戦場にいた。半年前にサルタイアーの侵攻を許した東方の街を奪還するための作戦を指揮していた。

　近衛からも小隊が送り込まれ、そのうちのひとつを率いていたのはアージェントだった。副隊長に昇格し小隊長を任されている。

　気分が悪かった。一ヶ月のあいだに繰り返された作戦の数々は出来すぎなほどうまくいっており、あと少しで敵の主力部隊を滅ぼすところまで追いつめていた。それでも気持ちは晴れない。息を吐いて、席についた者を見まわした。

「作戦を見直しましょう。二隊同時に攻撃をしかけるのは止め、合流させます。今のままでは、どちらかの隊が崩されたら、全滅する可能性があります」

「もう伝令を放ったあとだ。今さら変更などと、夜明けの作戦開始に間に合わない」

「導入したばかりの合図があります。火薬を詰めた筒を使い、打ち上げた閃光《せんこう》の色と回数で指示をします。地形を考えてもどちらの隊からも確認できるでしょう。すぐに合流に適した地点を割りだし連絡させます」

「撤退するということか⁉　敵の本隊を挟み撃ちにできるかもしれない万に一つの好機を前にして、兵たちが退却など納得するはずがない！」

「兵の納得など意味がありません」

「なにを……」

「兵は指示に従わせるのです。そうでなければ私たちがいる意味などない。無駄死にさせたくないのなら『万に一つの好機』などという曖昧《あいまい》な想像は捨ててください。今の状況は私が立てた作戦の結果にすぎません。その結果を生んだ思考が攻撃すべきではないという結論に達したのです」

シアンは立ち上がった。

「ふたつの騎兵隊を見殺しにしたいのなら、先に私を殺してください。このまま無謀な策を遂行させれば精鋭と言われる小隊は失われる。そうなれば、街を取り戻すことなど不可能です。そのような失策を犯すくらいならば死んだほうがましです」

「馬鹿らしい！　青の学士だかなんだか知らないが茶番に付き合っていられるか！」

一人が机を叩き部屋を出て行ったが、あとの者は静まり返った。はったりが通じた。表情には出さなかったが胸をなでおろした。すぐにこまかな指示を出しはじめたが内心では複雑だった。激高した男が言うとおり、確かにこれはまたとない好機だ。

強引に馬の向きを変えさせられた小隊長が不満に思うのは目に見えていた。アージェントがどのような顔をするのかも簡単に想像がついて、身震いしそうになった。

新しい作戦を伝えるために数人を連れて馬を走らせた。連絡役を送るよりもシアンが合流地点に向かい説明するほうが早かった。それに、他の誰かに任せるわけにはいかない理由もある。

空が白み始めた頃、森にたどり着いた。

まず、今にも崩れそうな石造りの壁が目に入った。もとは教会だったのか朽ちた壁には神の肖像の名残りがみてとれた。

屋根はなく、床はかろうじて残っているがひび割れた隙間からは草がのぞいている。兵たちは雨避けの布を張った下で仮眠を取っていた。

近衛だけではなく軍の師団も率いていたので大所帯だ。布からはみ出した場所で壁にもたれかかって眠っている者もいた。アージェントは起き、遣いを待っていた。

「もう一隊はどうしましたか？」

シアンが尋ねると、「少し離れたところで待機している」と思いのほか静かな声で返事があった。軍に入って以来、王宮を訪れることはあったが、言葉をかわすのは久しぶりだった。

「新しい作戦を指示する前に聞いていただきたいお話があります」

「初めて気が合ったな。来い、シアン」

あとをついて森の中に入った。高い位置で濃い緑が生い茂っているので、分け入るほど暗くなっていく。火筒を持ってくるのを忘れたため、シアンは足元を邪魔する木の根に目を凝らした。

野営地まで声が届かないところまで来ると、前を歩く男の背に話しかけた。

「あの陣形に至ったのは挟み撃ちを意図してではありませんでした。前の作戦が終われば二隊の合流を考えており、無理のある作戦だと判断したため元のやり方に戻しただけです」

「敵に新しい動きがあったわけではないんだな」

「不満を感じられるのはわかりますが……」

言い終わる前に大木の幹に押し付けられた。背中に揺れが伝わり、遅れて葉が数枚ふりかかった。

「当初の作戦などにこだわるよりも戦局を見て判断しろ！」

「確実だとは思えなかったから兵を引かせました！　それのどこが間違っているのです。無駄な死を見るのはもうたくさんです」

「臆したか？　戦線を離れ、王都へ戻れ」

「臆していたら兵を引かせるなどという指示は出しません。無理に作戦を変えることによって、私はあなたたちに下す新しい指揮の全責任を負います。この後に死ぬ兵はすべて私の作戦の犠牲者となるのです！」

　顔を上げ、睨みつけた。シアンの胸元を締め上げている男の手首をつかんだ。

「近衛副隊長の失敗はシャーの名にもかかわる。あなたも望むところではないでしょう」

「脅しか、シアン。本当にエールのためだと言うのならこの機を逃すべきではなかった。勢いに乗り街を奪い返せば、またとない追い風になるはずだった。本隊さえ壊滅させれば兵をヴェア・アンプワントまで押し進められたはずだ」

「では、あなたは作戦に不安はなかったと言い切れるのですか？」

「どういう意味だ」

「私に作戦の変更を思い切らせた最大の不安要素はあなただ」

　アージェントはわずかに眉をひそめ、怪訝《けげん》そうな表情を浮かべた。

　半年前、思わず目をそむけたくなった青い双眸《そうぼう》を、今度はのぞき込んだ。

「王都の医師から話を聞き出しました。視界の左半分が見えないそうですね。明るさに慣れるまでに時間がかかり、朝方は特に光を強く感じる傾向にある。挟み撃ちは夜明けに決行予定でした。あなたの隊は潜んでいた場所から朝陽《あさひ》に向かって馬を走らせることになる。まだ、ご説明が必要ですか」

　返事はなかった。

「ここまで追い込んだだけでも奇跡だと言われています。アージェント様の隊の働きは抜きんでていた。ただそれはすべての作戦が夜に行われたからだ。あなたは気配に敏感で戦術にも長《た》けている。けれど、奇跡などに兵の命を預ける真似を、私はしたくありません」

反論を待ったがアージェントはゆっくりとシアンから手を離した。小さな声で「相変わらず頑固で、潔癖だな」とつぶやいただけで、隠れて医師と連絡をとったことを咎められはしなかった。

これまですべてが想像でしかなかった。医師に言われても信じられなかったが、アージェントの態度でそれが真実だとようやく飲み込めた。

左側が見えない。その状態で馬に乗り、隊を率いて複雑な地形を走らせる。そんなことが人にできるものなのだろうか。思わずまじまじと見つめてしまうと、アージェントは視線に気づいた。

「小隊長の退任を言い渡しにきたのか」

「……私にその権限はありません。それに目のことは他の誰にも言っていません」

「自ら降りろと言われても従えない。東方からサルタイアーの軍を退けるまでは、視力のことを知る者をこの場で殺して埋めてでも地位を譲り渡すつもりはない」

「あなたが指揮する兵たちは？　巻き添えにするのですか」

「あの隊には、俺とともに死んでもらう」

やっぱり悪魔だ。暗がりの中でシアンは絶望を味わった。

この男は、ほんの少しでも心がゆらぐことはないのだろうかと疑問が頭をよぎった。

人は誰しも自分のためだけに生きている。大切に思う者にしあわせになってほしいという願いを抱いても、すべてを犠牲にすることはできない。

医師から、いずれは何も見えなくなると説明された時、シアンはそれが自分のことでなくても衝撃を受けた。

それなのに、アージェントは目が見えなくなってしまうその時までエールに尽くし、必要であれば彼のために命を捨てようとしている。同じことを、シアンにも兵にも押しつけようとしている。王のために命をかけることを当たり前のように言う。

そんなことができるのだろうか。狂気のような愛情を、少しも不思議に思わないのだろうか。シアンは、そんなものが存在すること自体が不思議でならなかった。

「あなたは哀れだ」

「そうでもない。俺が死ねばおまえは王宮に戻る。おまえがエールを守れ」

「シャー以外に、心を動かされることはないのですか」

アージェントはまばたきさえしなかった。答える気もないようで、それが強いのか弱いのかシアンにはわからない。

手を伸ばした。男の心臓にふれると静かに脈打っていた。けれど、その音すら信じがたかった。信念と呼ぶものを持つ者は数多《あまた》いるだろうが、他のことに一切、心がゆらがない人間などこの世にいるはずがなかった。

ゆらがず、弟のことだけを想う化け物を恐ろしく思った。近衛兵であることをしるした青い胸章を睨みつけ、てのひらでぐしゃりと握りつぶした。

「私があなたの『目』になります」

取り返しのつかない道に、踏み出した。

「見えない左側をあなたの代わりに私が見ます。地形も敵の数も相手がどう出るかまで私が予測し、あなたに伝えます。私なら、目で見るよりも多くの情報を与えられる。それでも足りなければあなたの横を馬で駆けます」

「必要ない」

「必要だと、すぐにわかる。あなたを、私が勝たせます」

声が震えてしまわないようにゆっくりと宣言した。アージェントは「同情しているのか？」と言った。

「これは、あなたのためなどではない。アジュール王のためになると思うからやると言っているのです。私がかならず、青の王をパーディシャーにしてみせます。あなたは私の言うとおりに戦い、青の王のいしずえとなって死ねばいい」

手が震えた。一番近い感情は怒りだろう。心臓がうるさく鳴って破裂しそうだ。

足元に這う木の根を薄い光が照らした。白っぽい柔らかな朝陽だった。顔をあげる。アージェントは、エールを褒めた時にだけ見せる笑みを浮かべてシアンを見下ろしていた。


「また王宮へ行くのか」

声をかけられて、シアンは振り向いた。そこに立っていたのは黒髪に黒目の男だった。髪が伸びていたが見間違えるほどではなかった。

「ブロイスィッシュブラウ副団長。私になにかご用ですか」

自信にあふれた表情をしていた男は、わずかに戸惑ったようだった。

「オレのことを知っていたのか」

「軍に属するすべての兵の名と顔は覚えています。肩の傷は大丈夫でしたか」

「今さらな心配だな。お嬢ちゃんこそ、折った脚は平気だったのか」

「あの時は助かりました」

儀礼的に言っただけだが、相手は驚いたようだった。

「今日はずいぶんと殊勝じゃないか。巻き込まれたせいでいったい何人が降格になったと思っている。まさか、平然とした顔で軍に来るとは思わなかったぞ」

「あなたは大丈夫でしょう？　諸侯のご子息であれば降格とは無縁。特別扱いされたはずです」

嫌味のつもりではなかったがブロイスィッシュブラウは顔をゆがめた。東方の常駐兵だったのに、王都の所属に配置換えされたことは知っていた。めずらしい異動も彼自身の望みで、一族の力でかたをつけたと言われている。真実かもしれないなと男の表情から読み取ったが、シアンも詳しい事情は知らなかった。興味もない。

「あの件でなにか言いたいことがあるのでしたら……」

ブロイスィッシュブラウは片手を上げてシアンの言葉を遮った。

「言っておくが、あの時のことを根に持って呼び止めたわけじゃない。兵の中には軍の名誉を傷つけられておまえを憎む者もいるが、オレはそうは思っていない。民間の女を襲っていた連中は軍の恥だ」

「私も自分が悪いとは思っていません」

「そ、そうか。この後、兵の連中と街に出かけるんだがおまえも一緒にどうだ」

シアンは内心で首を傾《かし》げた。言葉の裏をさぐりたくなるほど不自然な誘いに思える。シアンは軍の者たちとまったく馴染んでいなかったし、参謀本部の者からさえ誘いを受けたことはない。

「〈青の学士〉なんだろう。オレはずっと東方勤務だったから知らなかったが、王都では有名らしいな。仲間内でもときどきお嬢ちゃんの話になって……」

「酒の席で見世物になる気はありません」

「いや、見世物というわけでは」

「お嬢ちゃんという呼び方も不愉快です」

「……ああ、そうか、そうだな。確かにあの頃より体格もよくなったし、お嬢ちゃんじゃおかしいか。じゃあ、シアンと呼ぶ。オレはブラウでいい。仲間はみなそう呼ぶ」

「私はあなたの仲間ではありません。他にお話がないのでしたら時間がないので失礼します、ブロイスィッシュブラウ副団長」

言ってすぐにその場をあとにし軍の宿舎を出ると、馬を呼び王宮への道を急いだ。

アージェントは時間にうるさい。遅れたことを怒るのならまだいいが、約束の時間に会えなければ部下を連れて遠乗りに出てしまう。

打ち合わせなくてはいけないことが山のようにある。東方の街を奪還した後、軍は数年ぶりにヴェア・アンプワントの内部に幕舎を構えることに成功した。

兵の高揚が冷める前に、近衛の指揮下に軍を置く根回しをしなくてはならない。予期せず参謀本部に身を置くことになったが、近衛と軍の連携を促すには格好の地位だと言えた。

足掛かりはできた。これからが勝負だった。

汗が止まらない。粟立った肌は、もうずっとその状態で、手綱を握る手は冷たくなっていた。シアンは背後にいる大勢の兵を振り向くのが怖かった。通信兵が先頭の馬の速さに追いつけず、後衛の兵が代わりにそれを合図した。

撤退の指示だ。それほど無茶なところまで踏み込んでいた。それなのにアージェントは兵を鼓舞した。

「引くな！　この場を死守しろというのが青の王の命令だ。死ぬ運命というものがある。それは今ではないと俺にはわかる」

目の前の敵が見えていないのか、と正気を疑う。もうその頃にはアージェントは戦場の悪魔とそしられていた。それは敵軍よりも味方の兵から言われ始めた言葉で、彼をいさめるのが自分の役目だとシアンにはわかっていた。

それでも「来い、シアン」と言われれば馬を走らせついていくしかない。剣を抜く後ろ姿を追いかける。兵も全員があとに続いた。

急な野営だったので、シアンは奇襲を警戒して馬で周囲を走った。

あたりに身を潜めるような場所はなく、満月がまぶしいほどの夜だったので攻撃はないだろうと判断した。見張りの兵への指示を終えると、次に軍の騎馬団を見て回る。怪我を負った者には治療を受けるよう促したが、立ち上がる気力も残っていないようだった。

他の兵も同じで、勝ち戦だったにも関わらずほとんどの者が放心状態だ。泥のように眠り込んでいる兵が、一番肝が据わっているのかもしれなかった。

「早く食事を取って、身体を休めてください」

兵たちに声をかけると、追い払うように片手をふられる。

「明日、死にたくなければ腹に入れてください。四時間後にはまた戦場です」と告げると、ようやく男たちは顔をあげた。

シアンは自らもパンをちぎってくちに入れると強烈な匂いを放つ酒で飲み込んだ。喧嘩をする体力も残っていなかったので黙ってその場を離れた。丸二日、緊張状態で駆けずり回っていたため、シアンも体力の限界だった。

近衛の騎馬隊が休んでいる幕舎へ向かう。

「失礼します」

そう広くない天幕の中央には食べ物が置かれ、男たちはそれを囲んで座って、酒を回し飲みしている。

「アージェント副隊長にお話があります」

「俺も話がある。座れ、シアン」

シアンを見ずに返事をした。アージェントは干し芋をかじりながら、馬の足先にかませる金具を片手で弄んでいる。地面には布が敷かれていたが全員が靴を履いたままそこに座っていた。シアンはそばまで行くと両ひざをついて座る。

「重すぎて馬の負担が大きい。この程度を走らせただけで疲弊するようなら実用化は難しい。材質を鉄に変えろ」

金具を投げつけられて左手で受け止めた。U字に似た長円形の金属はすり減って汚れている。みなが命の危機を感じていた時、この男はひとりだけ馬具の重さのことを考えていたのだろうか。やはり正気じゃない。

「鉄は価格が高いので、全軍に普及させることを考えたら現実的な案ではありません」

「だがこれより薄くすれば耐久性に問題が出る。どうにかしろ、おまえは王宮一の学士なのだろう」

勝手な言い草に腹が立つ。冷静になれと自分に言い聞かせることが日課となっていた。それも、日に何度も同じことを思わなくてはならない。

「私の話もこの馬具の件です。私だけ先に王都に帰って鍛冶屋《かじや》に試作を造らせるように、スクワル団長から命じられました。やはり副隊長のご指示ですね」

アージェントはちらりと横目でシアンを見た。

「金具が使えないのなら長距離の走行は不可能だ。次の作戦を想定して、東方の常駐軍にさせている訓練も無駄になる」

「戦局が際どい状況で私が隊列を外れるのは得策とは思えません。どうしてもとおっしゃるなら他の兵を王都に遣《や》ります」

「頭を下げられないと命令に従えないのか?」

「下げられたことがないのでわかりませんが、試してみますか?」

近衛たちが、ふ、と息をもらした。笑い声のようだったから、シアンは睨みつけるようにまわりを見まわした。視線を合わせる者はいなかった。静かになったのを確かめてアージェントに向き直る。

「あなたは撤退の命令を無視してこんな場所まで深追いし、兵力の一割を犠牲にした。彼らやその家族にしてみたら本物の悪魔です。その上、切り抜ける策もないのに私を手放すなど、残りの兵まで殺すつもりですか」

「王都に戻るまでに隊員はさらに減る。おまえの役目は青の王に尽くすことだ。戦場で死ぬことではない」

「足手まといになるほど弱いつもりはありません。今は私が必要なはずです」

返答はなかったが、うんざりした顔で芋を噛みしめている男を見て、勝った、と満足した。シアンは金具を顔の高さまで持ち上げた。

「ひづめに打ち付けられるように改良すれば軽くできます。設計図を描いて兵に持たせ、明朝、発たせます。よろしいですね、副隊長」

「好きにしろ」

「それから、今後は私にご不満があるのでしたら直接おっしゃってください。まわりくどいやり方で、スクワル団長まで巻き込むのはやめてください」

「おまえはスクワルが好きだな」

「あなたとは違って部下からの信頼も篤《あつ》い方ですから。騎馬団と近衛の騎馬兵を取りもつための大切な……痛っ！」

片頬をつねられて、シアンは「なにふるんでふか！」と怒鳴った。

「素直に『はい』と言え。嫌味を言わなければ気が済まないのか」

「口先だけの返事ならあなたのほうが得意でしょう。干し芋だけでは栄養が補えないので、肉類も摂ってくださいと何度も申し上げたはずです」

アージェントはますます眉間にしわを寄せて「これが一番美味《うま》い」と、子どものように言い訳した。

「おまえは段々、くちうるさくなるな。俺の恋人気取りか？」

「背筋が冷えるような冗談はやめてください」

睨みあっていると見かねたルクソールが、「まあまあ、ふたりとも。これでも飲んで落ち着きなさい」と、あいだに割って入った。湯気の立つ茶器を差し出される。酒よりも茶をひいきにしていることは知っていたが、まさか戦場でも湯を沸かすほどの変わり者とは思わなかった。

ルクソールは呆れたように、「緊張感がないなあ、あなた方は」とつぶやいた。

『あなた方』に自分も含まれていると気づくまで、少し時間がかかった。良い香りに誘われたが、まわりで酒の器を回し飲みしているのを見て「誰がくちをつけたとも知れないものを、飲む気にはなれません」と突き返した。

「団長への報告がありますので、失礼します」

ルクソールはかすかに首を傾げ、「スクワル団長とはさっき話をしたが、水浴びの後に寄ると言っていたよ。それまでここにいればいい」と言った。

「水浴びですか？」

野営地のそばに小さな湖沼《こしょう》があった。そこへ行ったのだろう。日中の熱さと流れた汗を思い出せば水浴びは悪くない考えだ。

「もしすれ違ったら、すぐに戻ってくるので引き止めておいてもらえますか」

「行くつもりなのか？」と、ルクソールは目を丸くする。

シアンはうなずいて天幕の外へ出た。

虫の鳴き声もしない夜だったので水辺に近づくと人の声がよく響く。スクワルだけではなかったのかと思った矢先、目の前に当人が現れた。ちょうど水から上がったところだったのか、スクワルは裸だ。

「団長、よろしいですか」

「――今か？　どう見ても微妙だとわかるよな」

「裸だからですか？　では、服を着られるまで顔を伏せています。申しつかった馬具の件ですが私の代わりに後衛の者を二名、王都に送ります。人選はお任せいただけますか」

ひざまずいて願い出た。

スクワルは「ジェントはおまえには弱いな」と答えると、てきとうに身体をぬぐって服を着始めた。

任せた、と返答を貰《もら》ったので、シアンは礼を言って立ち上がり、腰に巻いたベルトを外して帯もゆるめた。スクワルの顔がひきつる。

「待て、シアン。何で脱いでるんだ？」

「私も水を浴びてきます」

「今か？　いや……もう少し先にひとけのない場所があったから、そっちを使え。誰かが行きそうになったら俺が引き止めておく」

シアンは眉をひそめた。

「おっしゃる意味がわかりかねます」

「せめて服を着たままで水を浴びてこい」

スクワルの心配の意味がわかって、舌打ちしたくなった。

「歳若い兵が慰みものにされるという話は耳にしますが、ご心配には及びません。正直に申し上げて女性のように気遣われるほうが不愉快です」

服をすべて脱ぐと、足先で蹴って草むらに寄せる。左脚の太ももに巻きつけてある細いベルトから小剣を抜き取って服の上に放った。どうせすぐに水から上がるつもりなので、脱ぎ散らかしたままでも構わないだろう。

「いや、だが俺が心配しているのは……そうだ、ブラウたちがいるんだ」

「ブロイスィッシュブラウが?」

「あいつらはおまえのことを目のかたきにしているから、またつっかかってくるかもしれない。わざわざ近づいて騒ぎを起こしたくはないだろう?」

シアンは首を傾げた。

「騒ぎを起こすなと忠告されても困ります。陰口を叩いたり喧嘩腰で話しかけてくるのは彼らのほうです。特に腹も立たないので言い返したりはしていませんし、存在も気になりません」

「だからおまえのそういう態度が余計にブラウを……って、おい待て、人の話を聞け!」

水は思いのほか冷たかった。

爪先からひやりとした冷気が上ってきて気持ちがいい。満月がうつりこんだ水面に飛び込むと、わずかにしぶきがあがった。

湖沼は足の付け根くらいの深さしかなく、中央まで行けばもう少し深いかと思ったが、水深はたいしてかわらなかった。あきらめて頭まで浸《つ》かると髪を洗った。汚れが落ちると、やはり気分が良かった。

顔をぬぐってからあたりを見まわすと、スクワルの言っていたとおりブロイスィッシュブラウがいた。化け物でも見つけたかのように険しい顔でシアンを睨んでいる。

また、くだらない言いがかりでもつけるつもりだろう。シアンは軍の参謀本部に籍を置きながら、騎馬団の一員となった。近衛の騎兵隊は騎馬団の指揮をとっている。明確なすみわけがされているが、シアンは騎兵隊と同列に配置され話し合いの席にもついていた。

まぎれもない特別扱いなので、やっかまれるのも煙たがられるのも日常茶飯事だ。とりわけ、ブロイスィッシュブラウの嫌味はしつこかった。

痛いほどに視線を感じて、思わず黒目を睨み返す。

「シアン」

呼びかけに振り向くと、岸にはアージェントが立っていた。シアンは驚いて目を見張った。

「どうしてここに？　副隊長も水浴びですか」

「来い」

「嫌です」

「おいで、とでも言って欲しいのか」

水を踏みつけるようにして近づいてくると、濡れた頭をてのひらでひとつかみにされた。ぐるりと向きを反転され、視界にはまたブロイスィッシュブラウが映った。シアンは体勢を崩して、岸に背中から倒れ込んだ。

とっさに両ひじをついたが、ひじどころか尻まで草にこすれて痛みがはしる。

「なにを……ッ！」

アージェントに右の足首をつかまれ、強引に横に開かされる。局部がひやりとした風にさらされた。呆然としていると、アージェントはシアンの耳元で囁《ささや》いた。

「今、前かがみになっている兵の顔を覚えておけ」

「は？」

「あいつらには一生、気を許すな。おまえの裸で自慰できる変態だ」

アージェントの視線にならって湖沼に顔を向けると、ぎょっとしたように後ずさる兵たちが何人かいた。

尻餅をついて両ひざを立てた自分の格好を見下ろして、血の気がひいた。羞恥も行き過ぎると身体が冷えるのだな、と他人事のように思う。両脚がきしんで上手く動かせない。すぐ隣にいる男に動揺していることだけは悟られたくなかったから、ちぎれそうなほど強く草を握りしめた。

「自慰なら実害はありません。味方の兵に懸想すると戦場で見栄《みえ》をはりたいという心理が働いて、通常よりも動きがよくなるそうです。他国には同性愛を推奨する軍もあるほど、その効果は認められています」

アージェントは途方もない冗談を耳にしたように、冷めた目でシアンを見た。

「だからおまえは俺に懸想しているのか？」

「どこを聞き間違えたらそうなるのか教えてください」

「俺のことを愛しているくせに、なぜ同じような目で自分を見ている男を警戒しない？　鈍いにもほどがあるぞ」

「今の発言は訂正してください。おかしな勘違いをされていては気分が悪いです」

心の底から男を呪った。

「自覚しろ」

水で濡れたほおにアージェントの指先がふれた。はりついた髪をてのひらで掻《か》き上げられる。左隣にいる時は正面からシアンの顔をのぞき込もうとするので、それが見えない視界のせいだと知っていても少しだけ苦手だった。

「おまえは潔癖で、高慢で、自尊心のかたまりだ。男が屈服させたくなる顔をしている」

「騎馬団の連中よりもあなたのほうがよほど変態です」

ばさりと服が降ってきた。見上げると、スクワルが痛みをこらえるようなしかめっ面をしていた。

「なんでもいいから、服を着て脚を閉じてからにしてくれ。あいつらに同情しそうになる」

バシャンと派手に水が跳ねる音と、「ブラウ、しっかりしろ――ッ！　うわっ、鼻血がっ」という叫びがあたりにこだました。


火花が飛び散る。

それはたとえではなく実際にオレンジ色の光は、暗い建物に咲く花のようだ。苛烈《かれつ》な花は高温であぶられた鉄のかたまりが打たれるたびに、幾重にもはじけた。

鍛冶場《かじば》で造られているのは武器や鎧《よろい》。シアンは並べられた馬具を手に取って比べると、ひとつを選び出して、鍛冶場の責任者である鍛冶師に手渡した。馬のひづめにつけるための金具だ。

「良い出来です。同じものを二百作って、軍の騎馬団まで届けてください」

「はあ……しかし、今までのものより強度が劣りますが本当にいいんですか？」

「偵察隊のように、速度を求められる部隊でしか使いません。兵には金具の付け替え方を教えて、短期間で交換させるので劣化の問題はなくなります」

それで鍛冶師は納得したようだった。

「他の作業を中断し、馬具を優先させてください。先日の馬はどこですか？」

連れて来させた馬は偵察隊に適した駿馬《しゅんめ》だ。試作を依頼した際に隊の用途ごとに馬の品種を変えていることを説明したのだ。重量や脚の強さ、ひづめの形状が違う。

そして、従来のものとは変える必要があると言ったのだが、鍛冶師はシアンがなにを求めているのかわからなかったようで、実際に馬を連れてきて説明する羽目になった。

鍛冶師は呆れたように、「馬具にそこまでこだわる人は初めてですよ」と、言った。

「その馬に乗って、軍舎に帰られるんですか？」

「近衛隊長に呼ばれているので王宮へ向かいます」

「はあ、王宮ですか」

シアンの素性を『参謀本部の遣い』としか知らされていない鍛冶師は驚いたようだった。

「軍はまた、東方へ出向くのですか？」

「戦地で私が死んでも、馬具の件は他の者が引き継ぐ手はずになっています。あなたや鍛冶場の働きは無駄にはなりません」

「……そんな心配をしているわけじゃないのですが」

痛ましいものを見るような視線を向けられて、少し戸惑った。

シアンは顔をそらすと、軍の隊服を隠すためのマントを羽織った。頭からフードを被り、くちもとを隠すように留め具をとめた。

軍の隊服を着て街を出歩く時は身元がわからないように気を付けている。戦況が悪い時は軍への風当たりの強さを避けるためで、戦況が良くなってからは情報漏洩《ろうえい》を避けるためだ。

軍の参謀職ともなると、国内に侵入した敵国の兵に情報目当てに狙われる危険がある。東方ほどではないが王都も戦時中は治安がいいとは言えない。

シアンが馬にまたがると、鍛冶場の外から騒がしい足音が近づいてきた。足音以外にかすかに金属音が混じっていたので、馬の手綱を引いて壁際に寄った。

開け放たれた入口から緑色のフードを被った少年が駆け込んできた。

工具の入った袋を胸に抱きしめている。金属音の正体がわかってシアンは警戒を解いた。

「おっさん、火床《ひどこ》貸してくれよ！　はしっこでもいいからさ！」

鍛冶師はイノシシみたいに突進してきた小さな頭を押さえて、「急に入ってきたら危ないだろ」と叱った。

少年のフードが外れた。赤味がかった薄茶色のふわふわした頭は前髪が目にかかるほど長く、あまり手入れされていないせいでもさりとした印象だ。背格好からするとシアンとさほど年は変わらないようだが、甲高い声できゃんきゃんわめく様子はまるきり子どもに見える。

「時間がないんだよっ。どこの鍛冶場も軍が独占して民間人は使えないの一点張りでさ。あったまくる！」

　軍を批判する言葉に、鍛冶師は馬上のシアンをちらりと気にして、少年の肩をつかんだ。

「悪いがここも当分、出入り禁止だ。それにおまえには自分の作業場があるだろ」

「ちょっと目を離したすきに火床に水ぶっかけられた。あいつら、おれのほうが良いもの作るかもしれないって、びびって邪魔ばっかりしやがる。おれのサイノウが怖いんだよ」

　高飛車な言い草に苛ついて、ついくちを挟んだ。

「ここは子どもの遊び場じゃない」

「はあ⁉」

　少年は苛立った声を出して振り返ったが、大きな馬を見てびくりと身体を震わせた。全身をマントで包んだシアンの姿に怯《ひる》んだせいかもしれない。それでも精一杯の虚勢を張って「おい、誰が遊んでるって⁉」と怒鳴った。

「あんたはおれがなにやってるかも知らないだろっ。遊びかどうかは見てから言えよ！」

「戦時に軍の依頼を優先させる、その程度の常識が理解できない子どものやることなど遊び以下だ」

「な……っ、戦争してんのがそんなに偉いのか⁉　人が住むための家を作るより価値があるって胸張って言えるのかよっ」

「ば、バカッ！　申し訳ありません」

　鍛冶師は後ろから少年を羽交い絞めにして、暴れるのを取り押さえた。頭を無理やりに下げさせ、代わりに非礼を詫びる。シアンは馬の向きを変えて鍛冶場をあとにした。甲高いわめき声は外まで聞こえるほど響いていた。

近衛隊長のバルナスと打ち合わせを終え、厩舎に繋いでいた馬を引き取りにいくと、ちょうど騎兵隊が戻ってくるところだった。

王宮外での訓練からの帰りで、アージェントをはじめ全員が馬に乗っている。その中にエールがいるのに気づいてシアンは目を見張った。

「シャー！　なにをなさっているのですか⁉」

エールはきょとんとした顔で、「騎兵隊の訓練を見学してきただけだよ？」と答えた。

「降りてください！」

「ええー、怒られるなら嫌だなあ」とくちびるを尖らせる。

「怒らないから、早く降りてください！」

手を差し伸べると、エールはそれを断り、身軽に馬から飛び降りた。藍色の服についた砂を払い、

「いつ来たの？　シアンが来るなら王宮で待っていればよかったな」と、にこりとした。

「軍の宿舎に入ってから、全然、僕に会いに来てくれないよね。それなのに兄さんとはよく会ってるんだってね。声をかけてくれないなんてふたりとも意地悪だなあ」

「……そんなことは」

「シアン、誤魔化されるな」

後頭部を軽く叩かれる。すぐに振り向いたが、アージェントは兵を引き連れて通り過ぎた後だった。

エールが兄の後ろ姿に、「だって本当のことじゃないか！　兄さんばかりシアンを独り占めしてず

るいよ」と言い返したが、男は振り返らなかった。

機嫌の悪そうな声だったので、きっとエールが同行したことが気にくわなかったのだろう。過保護で狭量《きょうりょう》な男らしい。

「謝ったのに大人げないなぁ。ちょっと黙ってついていったくらいでさ」

「黙って……？　まさか王宮を出る時はひとりだったんですか？」

「少し前を近衛が走ってたし、街中で危険な目に遭ったりしないよ」

ケロリと返されて、シアンは言葉を失った。エールは温和で素直な性格のわりに時おり突拍子もないことをする。

ため息をつくと、エールの部屋に誘われた。断る理由もなく、少し後ろをついて歩いた。

「戦場に出るなら、僕も馬くらいは乗れるようにならないといけないからね」

「シャーに危険が及ぶことはありません」

「形式的なものだということはわかってるよ。軍の士気を高めるために掲げられて出向くんだから、僕はなにがあっても後衛からは動かない。でも、万が一ということがあるだろ？」

「万一など起こり得ません」

「そうかな。東方にいた頃、安全だって言われてた街も、ある日、とつぜん戦地になった。街の人の生と死を分けたものに大きな違いはなかったよ」

「お願いします。前線には出ようとしないでください」

そっと忠告するとエールは目を丸くした。

「シアンって時々、兄さんとそっくりだよね。『訓練に参加して、まさか馬を走らせるつもりか？』って詰め寄られたよ」

「それは……副隊長のおっしゃるとおりです。シャーは時々、無茶をなさるので」

「あの人はさ、『騎兵隊が残り半分になったら、耳を塞いで逃げろ』って言うんだ。確かに参謀本部にいたら、どれくらいの数の兵が死んだとか全滅しそうだとか、そういう情報も入ってくるだろうからじっとしているのは辛いだろうな。兄さんもシアンもすごいよ」

褒められるようなことではないし、エールには同じようになってほしくなかった。うまく説明できない気がして、シアンは黙っていた。

「兄さんにも言ったけど、騎馬の訓練がしたかったのは逃げる時のためだよ。もし何かあった時でも、僕は〈青の王〉として死ぬわけにはいかない。生き延びないといけないからね」

気負ったところはなく天気の話でもしているように穏やかな口調だったが、それがエールの覚悟なのだろうと思った。

エールは優しいけれど、守られるだけで満足するような性格ではない。自分だけが安全な場所に匿《かくま》われていることを喜びはしない。騎兵隊が全滅の危機にさらされたら、アージェントが言うように簡単に切り捨てることはできないだろう。

だからといって、助けに向かいたいと思っても王という立場では叶わない。そういう心配をしなくてはいけない場所へエールを連れ出すことが嫌だと思った。

「あれ、兄さんだ」

エールが立ち止まる。つられて視線を向けると宮殿の廊下にはアージェントがいた。

まわりに兵の姿はない。立ち話の相手はルリだ。彼女は背を向けるように立っていたのでどんな顔をしているのか見えなかったが、アージェントが小さく微笑んだので、彼女も笑ったのだろう。

アージェントはさっきまでの機嫌の悪さをかけらも見せず、穏やかな表情でルリの話に耳を傾けていた。

エールが小さな声で、「兄さんって、ルリを好きなのかな」とつぶやいた。同じことを考えていたのでぎくりとした。

「ですが、彼女が好きなのは……」

「僕はずいぶん前にふられたって前にも言っただろ？」

その話は聞いていたが、信じがたかった。色恋沙汰に縁のないシアンにはルリの気持ちに、なにがあったのか想像もつかない。

ただ、エールの想いを受け入れなかったことに、少しだけ失望していた。

もしも自分がルリの立場だったら告白を断るなんて考えられない。きっと喜んで受けるだろう。

「ルリも同じ気持ちなのかなって思うんだけどなあ……兄さんは僕がルリのことを好きだったのを知っているから言い出しづらいのかな」

「シャーがまだルリのことをお好きなら、彼女を青の姫として召し上げればいいのではないですか？副隊長と結婚しているわけではないですし、問題はありません。ルリにも嫌がられはしないと思います」

「怒るよ、シアン」

エールは言葉どおりに眉をひそめた。

「けれど、ハリームに青の姫を一人も召し上げられないのはルリがいるからなのでしょう。側近たちが、どのような女性を連れてきても良い返事がいただけないと困惑していました」

「血を残すことは王の責務だからね」

くすりと笑う声がめずらしく悲しそうな色を含んでいたので、シアンは焦った。

「あのね、シアン。ハリームに誰もいないのはルリがいるからじゃない。僕が好きなのはルリじゃなくて、パーピュア王なんだ」

「……え？」

「ごめん。兄さんには言わないで」

意味がわからなかった。パーピュア王という響きと意地悪く笑う女性王が結びついた時、背筋がぞっとした。アージェントがこのことを知ればひどいことになるだろうと、予測はついた。許すはずがない。

「王の禁忌《きんき》が……」

「大丈夫、わかってる。彼女と深くふれあうことは一生出来ない。だけど、好きなんだ」

エールはとても真面目な顔をしていたが、事態を飲み込んでいるようには思えない。

王同士は抱き合うと死ぬ。それは太古から言い伝えられた呪いで、王に即位するとかならず教え込まれる。

死を招く禁忌だ。昔話のようなあやふやなものが急に身近に差し迫って、寒気がした。のどがからからで声がかすれた。

「ふれられない相手を想っても意味がありません」

「死ぬのが僕だけなら、とめられないかもしれないと思うこともあるよ。だけど、パーピュアだけが死んでしまうことを考えたら、僕は臆病だから手は出せない。それを、意味のないことだとは、僕は思わない。愛するひとがそばにいるだけで、しあわせなんだ。僕は恵まれている」

やさしい声だ。出会った頃から変わらない、シアンが一番落ち着くあたたかい声だったけれど、呪いを集めた歌のようだと身体じゅうが震えた。

パーピュアと抱き合うことは無理だとエールもわかっている。わかっていてあきらめているから、シアンはもうなにも言えなかった。

どうしてそんな相手を選ぶのだろう?

エールには誰よりもしあわせになってほしい。そのためにシアンはルリにそばにいてほしいと思っていた。相手がパーピュアではそれは得られない。

心臓がうるさく鳴る。この危険をアージェントに告げるべきなのだろうか。エールはアージェントの視力の悪化にまだ気づいていない。アージェントは、エールがパーピュアを愛していることを知らない。

どちらも死を引き寄せる秘密で、シアンは黙っているのが正しいことなのかわからなかった。

途方もない重荷を、背負わされた気持ちになった。

「シアン?」

エールは困ったように眉を下げて、「急にごめん。びっくりさせたね」と、シアンを気遣うようにほおにふれた。そのてのひらは、温かく、シアンにとって一番大切なものは、やはりエールだった。

誰よりもしあわせになってほしいという気持ちは、少しもゆらがなかった。

その日、シアンは秘密を持った。

王宮の研究所には、カテドラルの書庫にも勝る数の蔵書が眠っていて、賢者だけが閲覧を許された書物もある。

その中にならば、王の禁忌について詳しく書かれた本があるかもしれない。呪いをとく手がかりが、どこかにあるかもしれなかった。それを、エールのために探しだそうと決めた。


シアンはぴくりともしない手から、銀製の指輪を引き抜いた。記録係として連れてきた兵に渡し、持ち主の名前を告げる。

「第二歩兵団の者までご存じなんて……もしかして、知り合いだったのですか？」

気遣うような口調に、シアンは視線だけをむけた。顔の下半分に巻きつけた布を、少しだけずらすと、むっとする匂いが立ち込めていた。

「言葉をかわしたことはないが、軍に所属する者はすべて記憶している」

「覚えていると言っても、こんな状態では……」

「腕の形に見覚えがある。もっと『残り』が少なければ、判別は難しかった。たとえばそこの脚は、骨格から考えてこの兵のものではないが、ひざ下だけでは誰のものか判断がつかない」

兵は気分を悪くしたように、しゃがみ込んでいるシアンから目をそむけた。別の兵に、肩から指先までのかたまりを運ぶように指示した。血の量から、ちぎれたのは死後のことだとわかったが、すでに動かない者にはなんの慰めにもならなかった。

「もしもわたしがあんなふうに一部だけになっても、参謀はおわかりになりますか」

記録係は小さな声でつぶやいた。

答えを望まない問いのように思えたが、シアンは彼に「わかる」と答えた。

「だが、私が先に死ぬ可能性もあるから、死ぬ時は腰の刺青を守れ。出身地と名が彫られているから、誰にでもわかる。一斉に殺される時は、所属しか記されていない胸章をあてにしても、役には立たないぞ」

「笑えませんよ」

冗談を言ったつもりはなかったので、シアンは少し考えた。兵の顔色は暗いままだ。

「彼らの家族から、いつも、遺体はどうしたと尋ねられます」

「王都までは運べない。だから、代わりに遺品を集めている」

こんなものが慰めになるのかはわからなかったが、死んだ兵の持ち物を渡されて、喜ぶ家族もいた。そうして、本当は遺体を持ち帰らない軍への不満をそらす目的で、続けられていた。

指輪に所属と名前を記して配給するのは、良い案かもしれないと思った。『なにか』を探すより、よほどらくだ。

東方の街の一角には広大な墓場ができていた。墓場といっても王都にあるようなものとは違い、深い穴を掘り、埋めるだけの場所だ。

死体を放置しておけば、獣に喰い荒らされたり、疫病の原因にもなる。敵味方の違いなく、早めに処理しなくてはならない。

死んだら自分も、あの暗い穴の中だ。遺品の心配をする家族もいないので、ためらいなく埋められるのだろう。

「この指輪、まだ新しそうですね。きっと新婚だ」

「どうして結婚していたことに繋がるんだ？」

シアンが尋ねると、「えっ、ご存じないんですか？」と、兵は目を丸くして言った。

「夫婦で揃いの装身具をつけるのが、近ごろの王都の流行りなんですよ。指輪が一番多いです」

初めて聞く話だ。シアンは街にできた新しい店や流行の情報には疎《うと》かった。

「これを返されても、余計につらいだろうな……」

同情のにじむ声を聞きながら、頭の中で本をひらく。大勢の兵の名から、指輪の持ち主の項目を『使えない兵力』に書き換えて、残りの兵の人数を確認した。すぐに今後の作戦を立て直さなくてはならない。

足先が、金属製の小さな缶につまずいた。ふたが開いて、蟻《あり》のように小さく固まっている黒っぽい葉が、砂地にこぼれた。

「なんですか、それ」と、尋ねられる。

シアンは茶葉をすくい取って、指先で握りつぶした。独特のかおりがした。缶を拾いあげ、地面に散らばった葉は靴底で砂にまぎれさせた。すぐに匂いは失われ、土に還るだろうと思った。

「俺は決めたぞ。この戦いが終わったら、故郷に帰ってあいつに求婚する！」

スクワルが真剣な声でそう告げると、兵のあいだからは「団長、やめてください！」と悲鳴が上がった。

「今それを言うのは洒落《しゃれ》になりませんよ、生きて帰れない前ふりのようです！」

焦った様子の部下にも、スクワルは「どうして」と不思議そうだった。

「這ってでも会いたい女のことを考えたら、こんな無茶な作戦でも弱気になっていられないだろう？おまえらみんな結婚式に呼ぶからそれまで死ぬなよ。あいつ、食堂で働いてるから料理の腕だけは確かなんだ。期待していいぞ」

「そうやって、ばんばん畳み掛けるのやめてもらえませんか⁉」

緊張感のないかけあいだったが、木立に身をひそめて先遣隊から攻撃開始の合図を待っているところだった。

兵たちは片手で、地面にひざをついた馬の腹を押さえ神経を研ぎ澄ましていた。少し離れたところでは数人の兵たちが同じように待機している。軍の騎馬団と近衛の騎兵隊で混成された部隊で、すでに何度か作戦を共にしていたので統制に心配はない。

指揮しているのはアージェントだ。アージェントは腕組みして木立のむこうを見つめていたが、

「無茶な作戦を立てた俺に対する嫌味か？」と、視線だけで振り向いた。

スクワルは顔をしかめて、「嫌味くらい言わせろよ、ジェント」と応じた。

「こんな少人数で突っ込むなんて、ジェントもシアンもどうかしている」

「副隊長と一緒にしないでください」

同類と思われたら心外だったので、シアンはすかさず答えた。アージェントは己の能力を過信しているふしがある。勘だの経験だのとあやふやなものに基づいて動く上、兵をあおることにだけは長けていた。作戦が成功したところで、兵力が大幅に減少するなら長期的な戦略としては最悪だ。

スクワルは心配性な母親のように息を吐いた。

「おまえら揃って向う見ずで生き急ぎすぎだ。戦場に〈特別〉はないんだぞ？　誰だって、自分は死なないと信じているけどな、それは期待が生み出す幻想なんだ」

アージェントが「説教はやめろ、スクワル。兵の士気が下がる」と遮った。

「今さらだ。とにかく、おまえらふたりとも早く恋人を見つけろ。そうすれば、少しは長生きしたいと思う気持ちがわかるはずだ。ったく、これじゃ安心して軍を辞められない」

愚痴っぽくつぶやくので、シアンは「離隊するのですか？」と驚いた。

「そりゃ、結婚したら赤ん坊も生まれるだろうし、嫁さん残して死ぬわけにはいかないからな。田舎に帰って家業でも継ぐよ」

ちらりと、アージェントを見上げた。アージェントは、ほとんどの作戦で主力部隊として動いているこの部隊の指揮と、近衛副隊長の職務を兼任している。

近衛隊長の率いる本隊はアージェントのいない時は副隊長不在となってしまう。そのため二人目の副隊長として、スクワルを近衛に呼び戻すための根回しが進められていたが、この様子では本人には知らされていないようだ。

近衛に復帰すれば、自分から辞めることはおろか、まとまった休暇もとれないだろう。もちろん、遠方の郷里に帰って恋人に求婚することもできない。

アージェントはスクワルの一生を左右するかもしれない事実なのに、教えてやることもなく知らないふりを続けている。その様子から、きっと興味がないのだろうと察した。

班長を務める兵のひとりがにやにやしながら、「団長、知らないんですか？」と言った。

「そんなに心配しなくてもシアンにはもう可愛い彼女がいますよ」

「……は？」

シアンはスクワルと同時に問い返した。

「なんの話ですか」

兵は気味が悪くなるほどにやけた笑みを浮かべている。

「今さら隠すなって。賢者の娘だか孫娘だかと、ふたりで王都を歩いてるところを見られてんだよ」

残りのふたりも同じように笑みを浮かべているところを見ると、彼らの間では以前からうわさになっていたのだろう。切り出す機会を狙っていたに違いなかった。兵のあいだで女の話は常に飛び交っていたが、矛先が自分に向くのは初めてで戸惑った。

「アルカディアのことでしたら、あの日は彼女の祖父も一緒でした」

「祖父？　それじゃあもう、結婚前提ってことか！」

勢い込んだ質問を、「どうしてそうなるんです」と切り捨てる。

「賢者やアルカディアと個人的な話はしていません。政策にかかわる話をしていただけです」

「せいさくぅう？　そんな話題で女が落ちるはずないだろ。しっかりしろよ、いつもの強気の参謀殿はどこへいったんだ⁉」

気安く肩を叩かれ、ムッとして「彼女に興味はないです」と本音で答えてしまう。

アルカディアが同席することも、彼女に呼び止められて初めて知ったくらいだ。研究所の文献のことで、賢者に融通をきかせてもらっている手前、孫娘を無下《むげ》に扱うこともできなかったが、だましうちのような会食に良い気分はしなかった。

「興味がないってことはないだろ、あんな可愛い子に対して。まさか女嫌いなのか？」

「嫌いというか……」

興味がないとしか、言いようがない。女性に対してどういう風に感じれば『好き』だと言えるのかもよくわからないが、素直に言うには情けない内容でくちごもった。

「こいつが女を抱いているところなど、想像がつかないな」

揶揄《やゆ》するように言われて、兵たちの視線が揃ってアージェントにたどり着いた。

「うわ……やっぱり副隊長とシアンって、そういう関」

「違います」

シアンは言葉を遮った。女嫌いはともかくおかしな邪推をされたくない。男同士以前に、アージェントが相手というのが耐えられなかった。

「勢い込んで否定すると、余計に怪しまれるぞ」

その当人に鼻で笑われて殺意がわく。

スクワルが見かねて、「その、アルカディアって子を好きじゃないだけで女嫌いと決めつけるのは極論すぎるだろ？」と助け船をだした。

「花街でも〈青の学士〉というだけで結構な人気があるらしいぞ。シアンはどういう子が好みなんだ？」

「花街にはどういう女性がいるんですか」

「そこに食いつくのか……意外だな」

スクワルは呆れたような顔をした。シアンは「スクワル団長が花街に出向かれることのほうが意外です。確か以前は、郷里の恋人に操立てして通っていないと言いはっていましたよね」と問い詰めた。

「おまえ、人が助けようとしてるのに……！」

「行ったんですか？」

「だからなんで詰め寄るんだよ⁉」と悲鳴を上げた。

アージェントが馬鹿にしたように、「花街くらいで目くじら立てる女など面倒なだけだろう。一度、誰かに服従することを覚えると、負け犬根性が身に染みつくぞ」と言った。

あまりの言い草にスクワルは顔をしかめる。

「服従ってなぁ。ジェントこそ娼館通いばかりしていないで、ちゃんとした恋愛をしろよ」

「ちゃんとした恋愛？」

アージェントはまるでこの世にそんなものが存在しないかのように冷笑を浮かべた。

ルリの姿が頭をよぎる。付き合っているのではないかと言ってしまいそうになって、慌ててうつむいた。

兵がその場を取り繕うように「操立てって、どんだけ怖い彼女なんですか？」と、スクワルに話しかけた。

「待て待て、他の女じゃ勃たないくらい美人って可能性もあるだろ」

「団長は奥方を見た目で選ぶような俗物じゃないと信じていたのに、しょせんは綺麗な女に弱いんですねっ！」

なんでも軽口に変えてしまう男は自分の話題にめずらしく居住まいが悪そうにして、話が過ぎ去るのを待っていた。

そういえば、近衛にいた頃から恋人のことだけはあまり語ろうとしなかった。妄想の恋人じゃないのかとまでからかわれていたが、実際に彼女と会った兵の話では可愛らしい女性ということだった。言うのを恥ずかしがるような相手ではないはずだ。

「もったいつけるから、余計にからかわれるんじゃないですか?」

シアンの言葉にスクワルは恨めし気になにか言いかけたが、反論はしなかった。

代わりに、アージェントがくちを開いた。

「察してやれ。好きな女が自分にしか見せない様子を話して、他の男にあれこれとネタにされるのが嫌なんだろう」

思わぬ助け船に、シアンだけではなくスクワルもぽかんとした。

「ジェント、おまえそれ……まるで、好きな女でもいたことがあるみたいだぞ?」

「そんなに意外か」

「おまえから、血の通った意見がきけるなんて。少しは人間らしい感情もあるんだな」

感心したようにうなずくスクワルを見て、アージェントは笑みを浮かべた。

「ああいう女と付き合えば、そんな気になるだろうと思っただけだ。化粧っ気もないのに、うわさどおりの美人だった。食堂の看板娘といったところか。彼女にならいくらでも求婚する男が現れるだろう。死んだあとのことは心配するな」

「……あ、あいつに会ったのか!?」

「郷里のそばに近衛の訓練所がある。離隊して一年も経っていないのに、もう忘れたのか」

スクワルは絶句した。

それをながめた悪魔は楽しげに、「どうりでシアンをかばうはずだ」と続けた。

「スクワル団長の恋人と、私になにか関係があるのですか?」

「店の酔っ払いには啖呵《たんか》を切るくせに、口説かれても気づいた様子がなかった。強気で鈍感で、危なっかしい。おまえに似ている」

「待て、シアン! 悪魔の言葉に騙されるな!」

シアンは蔑んだまなざしをスクワルにむけて、「性的対象と同じように扱われるのは不快です」と言った。

「せい……⁉」

「冗談です」

「おまえの冗談は笑いどころがわからないんだよ!」

焦った声で断言されて、シアンは黙った。

「副隊長こそ、ずいぶんシアンを気に入ってますよねぇ」

沈み込んだ空気がいたたまれなかったのか、それとも今度こそ窮地に陥ったスクワルを救おうと思ったのか、兵は命知らずの問いかけをした。

「俺が?」

「えっ、自覚がないんですか」

アージェントは青い目を細めて、シアンを頭のてっぺんから足の先までじろじろとながめた。なにをされるわけでもないのに舐めまわすような視線に身構えてしまう。

「いくら女に飢えても、シアンに手を出すほど狂っていない」

うんざりした口調だった。もしも恋人を作る時は、傲慢でも自分勝手でもなく厭味《いやみ》ったらしいことを絶対に言わない、金髪碧眼以外の女を探そう、と誓った。


近衛の幕舎に出向くと憶えのある匂いがした。

「良い香りですね。茶を淹れているのでしょうか」

供にしていた兵がのんびりと言った。彼の言うとおりだと思ったが、あるはずのない香りだったから天幕の布をつかんだ手が震えた。兵は立ち尽くしたシアンを不思議に思い、「どうしました?」と、肩に手を置いた。

反射的にその手を勢いよく振り払うと、はずみで垂らされていた幕が開いた。中ではやはり茶がふるまわれていて、その光景は久しぶりのものだった。

銅製の水差しを手にしているのは年輩の男だ。意志の強そうな太い眉や鼻筋の通った顔立ちに似たところはあったけれど、シアンが思い浮かべた男とは別人だった。当たり前だけれど、少し前に死んだはずのルクソールではなかった。

「参謀……?」

戸惑う兵を押しのけて幕舎から離れた。

急いで自分のテントに戻ると、胃の中のものを吐き出した。全部がなくなっても何かが込み上げてくるようだった。かつて、これでも飲んで落ち着いて、と差し出された茶を断ったことを思い出す。

死がひろがっている。シアンの立てた作戦の結果で、指揮するのはアージェントでも責められれば言い訳はできない。

前線に出るための心構えはしていた。兵が弓で射られて馬から転がり落ちる姿を見ても、心がゆらぐことはなかった。食事はのどを通るし、夜も眠れた。

仲間の死を割り切れない兵は大勢いて、表情を変えずに任務に就くシアンを奇妙なものでも見るように遠巻きにした。恨まれることも多かったし、当然のことと思っていた。

たぶんそれで良いのだ。理不尽に奪われる場所にいて、なにも恨まずにすませることはできない。敵であれ味方であれなにかを強く憎むことは、平静さを保つためのよりどころになるはずだった。

そうして、シアン自身は捌け口がなくても処理できているのだと思っていた。死体の散らばる砂地にも、哀しさや恐怖を感じることはなかった。苦手なのはそんなものではない。

くちをぬぐって立ち上がるとかすかに目まいがした。そのまま寝転んでしまいたかったが、天幕の外に人の気配がする。

戸口がわりの布をもちあげると、アージェントが待っていた。幕舎から逃げ出した時に中にいた男と目が合ったから、覚悟はしていた。

「なんの御用ですか、隊長」

「死人が生き返ったわけじゃない。ルクソールの父親だ。まあ、息子に同じ名をつけたからあの男もルクソールには違いないが。父親のほうとも参謀本部で何度も顔を合わせたことがあるだろう」

「知っています。前線にいらしたことが意外だっただけです」

「幕舎に戻れ。おまえに会いたいと言っていた」

「私に？」

「茶葉の入った缶を拾って家に届けただろう。戦場へ出る時に父親が渡したものらしい。茶を淹れるのは父親から教わった趣味だとルクソールに聞いていたが、腕前は息子のほうが良かったようだ。追《つい》悼《とう》のつもりだから、黙って飲んでやれ」

気を張らなくてはならない相手と、穏やかに話をしなくてはいけないと思うだけで苦痛だ。遺品がわりの缶など届けなければ良かった。

「わかりました」

横を通り過ぎようとすると、ひたいに手をあてられ強引に上向かせられる。間近にアージェントの顔があってぎょっとした。

「ひどい顔だな。あの父親を追い払って欲しいか?」

「結構です。気遣っているつもりなら放っておいてください。あなたのそばにいるよりは、首が飛んだ息子の話を語り聞かせるほうがましです」

手を振り払おうとしたが、逆に手首を強くつかまれる。

「今後、遺品は他の者に確認させろ。おまえが出ていく必要はない」

「私の仕事です」

「何人分働けば気が済むんだ。作戦を立て野営地の警戒をし、死体の確認に出向くのがすべておまえの仕事か? そうやって張りきるから些細《ささい》なことで吐く羽目になるんだ」

普段なら受け流せる程度の皮肉だったが、吐いたのを見られた苛立ちが勝った。誰よりも弱いところを見せたくない相手だ。

乱暴に腕を振り払うと、「疲れて気がたっているのはみな同じです。早くできる者がしたほうが、効率がいいでしょう」と睨み上げた。

アージェントはこれみよがしのため息をつく。

「可愛げがない」

「かわいげ？　この上、そんなものまで私に求めるのですか」

「おまえは俺の『目』の代わりだけをしていればいい」

「そう思うのなら、少しは無茶な行動を慎んでください。あなたが兵を煽るせいで、何度も作戦を立て直さなくてはいけません。作戦通りであれば、ルクソールだってもしかしたら死なずに済んだかもしれない」

これまで言わずにいたことをぶつけたが、アージェントは眉ひとつ動かさなかった。

「どう動いても、死ぬ者は死ぬ」

「あなたがそんなふうだから私にしわ寄せがくるんです！　だから、墓場にはあれほど多くが埋められて……」

声を荒げかけたが途中でくちをつぐんだ。感情が高ぶっている時に話をするのは嫌だった。冷静じゃない自分をさらすのは情けないことだ。アージェントもよく「人前で感情をみせるな」と言った。

嫌な男だったがその考えにだけは共感できた。

「……どうしたら、あなたのようになれるのですか」

思わずくちをついて出た。シアンは何にもゆらがないものになりたかった。

以前、日に日に減る兵力の解決策をもとめて、東方のある街に出向いたことがあった。傭兵たちと会い、兵として契約させるためだ。交渉はうまくいったが、その時に、彼らがアージェントに耳打ちした「ニゼル様の墓が荒らされて……」という遠慮がちなささやきのほうが気になった。

ニゼルというのがエールの母親の名だということは知っていた。とても美しい人で、東方のニゼルとうわさされるほどだとエールはうれしそうに話してくれた。エールの父親は早くに亡くなり、身体の弱いニゼルはアージェントとふたりで暮らしていたという。

アージェントが王宮へやってきた時、エールは母親を呼び寄せたいと相談した。アージェントは「母上は俺が王宮に来る前に北方の街に避難させた。危険なことには巻き込まれないから心配しなくていい」とエールを安心させていた。

だけどあの時、すでにニゼルは死んでいた。それも病死ではなくアージェントの叔父にあたる男に襲われた末の自殺だった。

シェブロンには死者への贈り物として墓に宝石や装身具を入れる習わしがある。もちろん、ニゼルの墓にもそれらは入れられた。そして、瓦礫《がれき》だらけの街には、家や店だけでなく墓からも金目のものを盗み出すやからがいる。

アージェントとエールの母親の遺体は、おさめられた装身具とともに消えていた。傭兵たちは「賊を捜すなら手伝おう」と名乗り出てくれたが、アージェントは必要ないと断った。

シアンはからっぽの墓穴を見下ろして、「どうして、シャーに嘘をついたのですか」とアージェントを責めた。

「王には母親はいない。余計なことを聞かせる必要はない」

「あなたが死んでもアジュール王には伝えるべきではないと言うのですか」

「俺の死がエールの気を塞がせるのなら、そうすべきだ。見定めるのが側近の仕事だ」

当たり前のように言われた。きっと、シアンが死んでも平然と墓穴に投げ入れてエールには嘘をつくのだろう。

この男は心がゆらぐことはないのだろうか。

シアンは暗い穴を見つめるとおそろしくなる。家族も恋人もいない自分には遺品を受け取り悲しむ人はいない。遺体を墓から持ち去られても誰も捜そうとはしないだろう。穴に埋められてしまえば、すぐに忘れ去られる存在だ。

あの時、孤独だという、そんなちっぽけなことで心をゆらがされてしまったことが悔しかった。

「あなたが死んでも、シャーには知らせません」

以前のやりとりを忘れているかもしれないと思ったが、アージェントは少しの間のあとに「おまえは良い側近になる」と硬質な声で予言した。ずるいと思った。

「だけど、あなたには……シャーのほかにも、死の知らせを悲しむ者がいる。遺品を受け取る者がいる」

ルリがいるのだ。ルリを好きなのだ。悪乗りする兵の前で彼女の話をしないほどにはルリのことを愛しているのだ。こんな場所まで引きずり込んだくせに、シアンにはないものを持っている男が心の底から憎らしかった。

紅茶の香りで思い出したのは死んだ兵に対する罪悪感ではなく、自分がひとりだということだ。やりきれないほど悔しくなった。

今度こそ天幕を出て行こうとしたが、邪魔するように腕をつかまれる。振りほどくことができないほど強い力で引き寄せられて、アージェントの胸にひたいをぶつけた。

「なにするんで……痛ッ！」

指で強く引っ張られた左耳が熱くなった。

「動くな。暴れると顔に刺さるぞ」

おそろしい言葉をささやかれる。片腕でシアンの頭を抱え込むようにして胸に押し付けるので、身動きがとれない。

耳たぶのやわらかい部分に突き刺さる痛みがまた深くなって、もがくことすら忘れた。熱いと感じたのは一瞬のことで、どっと冷たい汗が吹き出す。何をされているかわからない恐れに、身体じゅうがビリビリと震えた。

「ふ……っ、やっ、な？」

「密着している時に可愛げのある声を出すな。たいして血は出ていない」

親指で耳たぶを擦られると、またひりりと痛みがはしった。頭を押さえつけていた手が離れたので、シアンはようやく顔を動かした。

アージェントは自分の右耳から、銀色の耳飾りを外していた。前から見ると指輪のようなかたちをしているが、後ろ側の半円は針金のように細く、太さの変わる部分に小さな青い石がついている。

まさかと思ったが、今度は右耳をひっぱられて、ようやく先ほどなにをされたのかわかった。

「正気ですか⁉」

腹の底から叫ぶと、身体を突き飛ばす。おそるおそる左耳を確かめると、思ったとおりそこにはころりとした耳飾りがはめ込まれていて、目の前が真っ暗になった。

「いいから、右耳を貸せ。すぐに終わる」

「アホなんですか⁉」

男の手から凶器と化した耳飾りを奪い取り、取り返されないように強く握りしめる。

シアンはこれまで耳飾りをつけたことがない。耳飾りとはあらかじめ耳に穴をあけてから通すもので、細い金属とはいえ肌に突き刺すのは力技でしかない。

「雑菌だらけの野外でなにしてくれるんですか⁉　殴る蹴る暴言を吐くまでは許容範囲でも、いきなり耳にぶっ刺すなんて正気の沙汰じゃありません！　どういうつもりか意味がわからない！　わかりたくもない！」

はあはあと肩で息をしたが怒りで震えが止まらない。興奮しすぎて涙が出そうだった。こんなに怒鳴ったのは生まれて初めてだ。

「騒ぐな。たいした痛みじゃないだろう」

「なんですかその態度⁉　今すぐ軍を辞めてもいいんですよ⁉」

「辞められもしないくせにつまらない脅し文句を使うな。その耳飾りは貸しておく。おまえが死んだら返してもらうが、俺が先に死んだらおまえがずっと着けていろ」

「……は？」

「遺品がわりだ」

やっぱり意味がわからなかった。違和感が残る左耳に、またふれた。指先がぬるりとしたのはきっとまだ血が流れているせいだ。

赤い色など見飽きているが今は目にしたくなかった。痛いし気持ち悪いし、いろんな材料をまぜてぐちゃぐちゃにすりつぶした時のような最悪の気分だった。

本当に最悪だ、こんな男。

「王都に戻ったら、即、恋人を作ります」

「それがいい。だが女ができてもおまえは俺の『目』だ」

「それなら、はやく戦争を終わらせます」

アージェントは小さく笑い声を立てた。いつもの皮肉った笑みではなかった。

「恋人ができたらこんな耳飾りはすぐに捨ててやります。いつまでも、あなたに振り回されるのはごめんです」

「好きにしろ」

本当に、どうでもいいのだろう。

だけど『目』は欲しがっている。シアンを欲しがっている。やり方は滅茶苦茶でもシアンが落ち込んでいたらどうにかしようと思うほどには、シアンの存在を認めている。

他の者では代わりがきかないことを知っているから、いなくなってほしくないのだ。ひとりになった男が困るところを想像すると、腹の奥底がぞくぞくした。勝った、と思った。

こぶしをほどくと、先ほど奪い取った小さな青い石のついた耳飾りがひとつ、ぽつりとおさまっている。騎兵隊を率いる男が死ぬ時は、きっとそばにいるシアンも死んでいるのだろうと思ったが、もう一度、手を握りしめた。


アルカディアはいつでもシアンを〈青の学士〉と呼んだ。

「青の学士、お時間をいただいてもよろしいですか？」

王宮のシアンの部屋だった。その後に開かれる近衛の会合のため、アージェントに追い立てられながら書類をまとめていた。

ちっともよろしくない状況だとわかっただろうに、彼女は戸口の近くにいたアージェントにも「席を外していただいてよろしいかしら？」と同じように声をかけた。断られるなんて思ってもいない自信が美しい所作からも感じられる。

女の頼みにだけは甘い男は廊下に出て、にやにやと成り行きを見守っていた。アージェントを睨みつけながら、シアンは紙の束をばさりと机に置いた。

「お返事ならすでにしています」

「そのことは祖父からも聞きました。けれど、いずれ青の王の側近になられるのなら、わたくしと縁を結ばれるのは青の学士にとっても悪い話ではないはずです」

アルカディアはそう言って、祖父からは将来的に結婚も薦められていると続けた。付き合うことすら断ったはずなのに、結婚、とうんざりする。

つややかな亜麻色の髪を見下ろした。くるりと巻かれたそれはアルカディアの一番美しいところのように思えたが、やはりふれたいとは思わなかった。

彼女はシアンが兵になった後も、〈青の学士〉と呼ぶ。

学士というのは試験を通った者に広く与えられる称号だが、『青の』と宮殿名を冠せられたのは歴代でもシアンだけだ。学士の資格をはく奪されたわけではないが、今は『参謀』と呼ばれることのほうが多い。それは、軍の参謀本部にいた時も、近衛に呼び戻されてラズワルド騎兵隊という大部隊の一員となったあとでも同じで、今のシアンは誰が見ても『参謀』だった。

けれど、アルカディアはまるで兵として働くシアンを認めたくないかのように、〈青の学士〉と呼ぶ。大切に育てられたことが手に取るようにわかる。気が強くわがままで、顔を合わせると挑むように話しかけられる。シアンが思いどおりにならないことに我慢がならないのだろう。

それでも賢者の孫娘だ。いつだったかアージェントから「なぜ誘いを断るのか」と、問い詰められたことを思い出した。

確かに賢者の身内というのは、王宮では切り札にひとしい効果を持っている。アルカディアと結婚して家庭を築いて、エールの側近になった自分の姿を思い描いた。得られるものは多いだろう。

「今度、ふたりで食事にでも行きますか」

声をかけると、アルカディアは初めて整った顔をほころばせた。喜ぶ彼女を見て、やはりそれをうれしいと思わない自分に気づいて、シアンは余計にひやりとした気持ちになった。

エールがパーピュアでなくてはならないように。

スクワルが恋人以外の女を抱かないように。〈特別〉なものを持つ者たちと真逆のところにシアンは踏み出した。それが嫌だった。子どもの駄々のように、自分の気持ちに嘘をつくのが我慢ならない。たとえばシアンが戦場で死んで、なにかをアルカディアに残さなくてはいけないとしたら、嫌だなとさえ思った。

家族のような存在を欲していたはずなのに、青い石の耳飾りを彼女が受け取るくらいなら燃やしてほしいと思った。小さな染みのような思いは、またたくまに胸の内で増殖した。

「あなたは私のどこが好きなのです？　〈青の学士〉という過去の名声ですか？　私が側近になった

ら、賢者であるあなたの祖父を手助けできると思うから？　一介の兵である私には用はないのでしょう。それなら、私が側近になってから出直されたほうが確実ではありませんか」

彼女は瞳をゆるがせた。もっと傷つけたいと残酷なことを思って、言葉を飲み込んだら吐き気をもよおした。

「時間切れだ。会合に行くぞ」

いつの間にか近くにいたアージェントに頭を引き寄せられて、彼を見上げた。困惑したまま部屋から連れ去られる。廊下をしばらく歩くと、アージェントはめずらしく深いため息をついた。

「アルカディアを放っておいてもいいのですか？」

「仕方ない」

憎々しげで、ほんとうに残念そうだった。

「女の口説き方も知らないのか？　その出来のいい頭を少しは使え」

「部屋に戻ってアルカディアに謝ればいいのですか」

「……おまえにはいずれ相応しい女が現れる。今さら頭を下げてあれで手を打つ必要はない」

「そういうおっしゃり方は女性に対して失礼です。アージェント隊長こそ、少しは女性に対する誠意を覚えたほうがいい」

「好きでもない女の肩を持つのか？」

先ほどまでの気分の悪さが消え、馬鹿なやりとりでさえ愉快だった。胸が痛くなるほどのむずがゆい喜びを、シアンはなんと呼ぶのか知らなかった。

落馬した時に見たのは、アージェントの顔だった。

確かに目が合ったが後ろ姿はすぐに見えなくなった。地面に叩きつけられた衝撃からすぐに立ち直ると、身体を起こして物陰に身をひそめた。

まだ陽が高いのに加え、見晴らしのいい場所であれば隠れるところもなかっただろうが、建物がひしめく街中だったことが幸いした。

ヴェア・アンプワントの住宅街は砂ぼこりにかすみ、そこかしこで火の手が上がっていた。

右わき腹を押さえていた手をゆっくりと外すと、隙間からぬるりとした血がもれでて、レンガを敷き詰めた地面に、黒い色がしたたり落ちた。

斬りつけられたところは腹なのに、全身がどくどくと波打っている。

待ち伏せが可能な地形だということはわかっていたが、残党の確認を徹底しなかった。先を急ぎすぎたのだ。

物陰から敵の兵が飛び出してきた時、シアンがアージェントの死角となる左側を走っていなかったら危なかった。ラズワルド騎兵隊隊長の死は作戦の失敗を意味する。それを防げたことだけが救いだ。

作戦はまだ序盤で、部隊は次の目的地まで走り続ける。自分はひとりこの地に取り残された。あたりの喧騒がおさまるのを待って、シアンはそっと立ち上がった。

ひざに力が入らなくて、壁伝いに歩きながら煙突のある建物を目指した。たどり着いた鍛冶場は普段シアンが目にする王都のものと比べて粗末な造りだ。住民が逃げ出したのは少し前のことのようで、火床にはまだ熱が残っていてあたたかかったが、期待した工具や金属類は根こそぎ持ち去られていた。

馬で駆けぬけた時にここから少し離れたところに診療所を見かけた。街の規模から考えてこの近くにもうひとつ診療所があるとは思えない。

シアンはあきらめて、炉に火かき棒を入れて熱した。焼いて血を止める。頭では理解していたが、皮ふの切り裂かれた腹の中をまさぐるのはぞっとするような行為だった。

傷が深い場合、やみくもに焼いて塞ぐのは、内臓が変に癒着《ゆちゃく》したり塞いだ皮ふの下で出血がひろがることもあるので危険だ。

慎重にと胸の内で繰り返しながら熱したかたまりを腹に押し付けると、ゆらいでいた意識がはっきりした。

痛みよりもただ衝撃が強かった。深手を負うこと自体が初めてで、奥歯を噛みしめて手元が狂わないようにとだけ気をつけた。

壁にもたれかかって、血があふれ出てこないかを確かめた。

右耳の飾りを外す。剣先で銀色の輪を半分に切断した。装飾のほどこされた太い部分と細い部分のつなぎ目だったので、綺麗に半円にわかれた。

細い金属の片側から青い石を切り落としてから、軽く研いで針のように尖らせる。こうすれば、あの時も痛くなかったのにと、耳飾りを無理やりつけられた時を思い出しておかしくなった。

織布をゆるませて糸を取り出し、針代わりとなった耳飾りをひっかけて傷口を縫い合わせる。いびつな針のせいか、それともただシアンが指先の仕事に向いていないせいか、縫いあとはゆがんだ波を描いている。王都に戻ったら医術の訓練を受けようと誓った。

傷の上からきつめに布を巻いて、上着を肩に羽織る。火床のおかげで室内は熱いくらいだが、体温は下がっていた。傷を塞いだら馬を探しに行くつもりだったが、すぐには立ち上がる気力がわかない。鍛冶場には鉄を冷やすための水が引かれていたため、くちに含んでからすぐに吐き出した。濃い血の味がした。さっきまで大量にかいていた冷や汗もぴたりと治まっていて、もしかしたらこんなところでのたれ死ぬのだろうかと不安になった。

悲鳴が聞こえた。剣を手元に引き寄せると壁の小さな隙間をのぞいて、建物の外を見た。そこにいたのは女と幼い子どもだった。逃げ遅れて家に隠れていたのだろう、顔を覆った男たちに家から引きずり出されていた。

戦場となった街には賊が多い。金品を盗られた後に母娘は殺される運命をたどる。飛び出していったところでこの傷では一人を殺すくらいがせいぜいだろう。彼女たちを抱えて逃げ出すことなど無理だ。

わかっていた。けれど、返り討ちにあって死ぬことよりも、何もせずに彼女たちを見捨てることのほうが耐えがたかった。

『おまえは潔癖で、高慢で、自尊心のかたまりだ』

そのとおりだ。命よりも守りたいものがあって、目に見えないそれがこれまでシアンを芯から支えていた。常に自分の気持ちを優先して裏切ったことはなかった。

足元には青い石が転がっている。シアンが命を落とせばアージェントは『目』を失う。困るところを見たいと、今は思わなかった。

また悲鳴が聞こえた。剣を手放した。青いかけらを拾って握りしめる。生き残ろうとするのはエールのためだと何度言い聞かせても、王の顔を思い出せない。

シアンは〈特別〉を持つ者がうらやましかった。自分よりも他人を愛する気持ちがわからなくて〈特別〉をうらやましいと思った。そして、〈特別〉だと大事にされている者がもっとうらやましかった。

望む者から欲しがられる優越を、『目』であるあいだだけは手にすることができた。

泣き叫ぶ子どもの声から逃げ出したかった。シアンは耳を塞ぐこともできずに殺戮《さつりく》が終わるのを待った。

長い時間が過ぎたような気がした。外でなにも音がしなくなっても、しばらくのあいだじっとしていた。ようやく外をのぞくと、もう男たちは引き揚げた後だった。

土の上には真っ赤に染まったかたまりが転がっていたが心はゆらがなかった。自分が引き換えにしたものがなんだったのかを考えた。

この気持ちを説明する言葉をひとつしか知らなかったが、それは認めてはいけないもののような気がした。こんなところで死ぬわけにはいかないとだけ、強く思った。

鍛冶場の棚に残されていた壺を端から確認する。金属を加工する時に使う薬草や粉末にされた鉱石などが残されていた。天井から吊り下げられていた火筒を下ろして中身を床に捨てる。

ガラス製の筒に薬剤を詰めると炉に放り入れ、火を強くするために藁を押し込んだ。

鍛冶場の煙突からは青い色のけむりが立ち上っているはずだ。

色のついたけむりは軍の合図で、数種類の色と上げる順番を変えることでこまかな指示を伝えることができる。だが、ここにある材料では『合図になっていない色』を上げるくらいしかできなかった。

青いけむりは実用化されていないが、参謀本部の一握りの者だけは『最優先』の知らせとして考案された過去を知っていた。王の危険を意味する色はあってはならないとして封印されたのだ。王であるエールは今、近衛本隊とともに参謀本部にいる。本部の者には別の意味があると気づいてもらえるだろう。

夜になればけむりは見えなくなる。間に合うだろうかと見張りの兵たちを思い浮かべた。けむりに気づかないようなら、本部に戻った後で訓練をやり直さなくてはいけないと、矛盾したことを考えた。

何かを飲まされ目が覚めた。苦味に顔をしかめると「薬だ。水も飲むか？」と尋ねられる。鋭いまなざしと頬骨の出た男らしい顔立ちを、ひたいにかかったゆるい茶色の巻き毛が少しだけ優しく見せていた。

「バルナス隊長……？」

シアンは上半身裸で包帯を巻かれ寝かされていた。起き上がって腹の傷を確かめようとしたが、手足がしびれて動けなかった。

「だいぶ無茶をしたな。傷は倦んでいないようだから、処置が良かったのだろう。四日も眠っていたんだ」

「四日……ラズワルド騎兵隊は？」

「心配するな。首都を制圧したという報告がきている」

「副隊長はご無事ですか」

「アージェント……？　怪我を負ったという話は聞いていないが。騎兵隊は二班を残して、今夜のうちに参謀本部へ戻ってくるはずだ」

予定したとおりだったので、シアンは安堵した。

天井が六角形になっている幕舎の中は、火筒がなくてもじゅうぶんに明るかった。

バルナスのための天幕かもしれないと思った。近衛隊長には、野営の際には広めのそれが与えられる。

「隊長が私の看病をしてくださったのですか?」

「ここを明け渡しただけで、あとは衛生兵にまかせっきりだ。目を覚ましたと聞いたから、様子を見に来ただけだ」

「申し訳ありません」

「いいから、もう少し眠れ」

冷たい指がひたいをなでた。バルナスは体温が低いのか、剣の手ほどきをしてくれる時も、いつも手は冷たかった。情のこもった声で「助かって良かった」とささやかれて、シアンは自然と微笑んだ。

幕舎を出ていくバルナスを見送ると、身体が小さく震えだした。今さらではあるが死のそばに迫ったことに対する恐怖だった。助かった、それがじわじわと身体に染みわたった。

再び泥のような眠気が襲ってきて、また眠りに落ちた。深い闇の中で、悲鳴が聞こえた気がした。女と子どもの声のようだ。耳にこびりついて離れないそれを、きっと忘れないだろうと思った。

次に目が覚めたら、闇の中にいた。

外はすっかり夜になっていて、テントの中では月の明かりも感じられない。

静かな足音がテントに近づいてきたが、衛生兵だろうと思い、うとうとしたままでいた。強い薬のせいで、まぶたをあけるのもつらかった。

外の風が吹き込み、乾いた砂の匂いがした。

のそりとした気配はかたわらに腰を下ろした。声をかけることもなく、しばらくそのままでいたが、シアンが寝ていると判断したのか、胸に掛けられた布を持ち上げた。

てのひらがふれた。

肌を確かめるしぐさは、動かずにいたら次第に大胆になり、腰までたどり着いた。気配が動き、男に覆いかぶさられた。

くちびるになまあたたかいものが押し当てられる。水気のあるそれは、舌だった。

予想もしていなかった事態に、全身が総毛立ってこれまでに感じたことのない怒りがわいた。

腰をひねると、相手の脇腹にひざを打ち込んだ。回転の勢いで起き上がったが、左足に激痛が走って、ぐらりと身体が傾いた。

骨が折れていたことを知ったのは、あとからだ。

肩をつかまれ、引き倒される。体重をかけてのしかかってくる大きな身体に抵抗すると、足首をつかまれ地面に打ち付けられた。

あまりの痛みに悲鳴すら、のどの奥に引っ込んだ。

抵抗できずにいると、あっという間に両手首を背中でまとめて縛られる。

髪をつかまれ上向かされると、再び口内になまあたたかい舌が入り込み、苦しくなるほど口内を舐められた。舌で唾液を流し込まれて、無理に嚥下させられ、あえいだ。

男は膨らんだ下腹を、シアンの同じ場所にこすりつけてきた。

悔しさよりも、おぞましさが勝った。そこまできて、怖いと初めて思った。

その時、ガシャン、とけたたましい音がした。

明かりが灯《とも》る。オレンジ色の火は、シアンの上にいた男の背で、あっという間に燃えひろがった。

地面に転がりのたうちまわる男のかたわらでは、割れた火筒のガラスが散乱していた。幕舎に入ってきたアージェントは、別の火筒に明かりを灯した。

「騎兵隊が到着するまでにと焦ったのか？　もっと早く行動に移していれば、こいつを自由にできたのに、つまらない懊悩《おうのう》などするから、機会を逃す羽目になるんだ。バルナス隊長」

「……上官にこのようなことをして、ただで済むと思うな」

背についた火をこそげ落として、バルナスはのそりと身体を起こした。

「ただで済まないのはおまえのほうだろう。青の学士は賢者の気に入りだといううわさを、聞いたことがないのか？　孫娘の婚約者におかしな真似を働く変態が、近衛を追放されるだけで済めばいいがな」

アージェントが破片を踏みつけると、ぐしゃりと嫌な音がした。

助けられたはずなのに、背筋がぞわりとした。

「シアンはまだなにが起きたかわからないようだ。教えてやれ、優しい近衛隊長がこれまで部下をどんな目で見ていたのか」

「違う」

「そうだな、はじめは違ったんだろう。育ての親のように愛情深く見守り、俺には『シアンが馬鹿な兵たちの手籠《てご》めにされないよう見張っていろ』とまで命じた。庇護《ひご》欲はいつから、変質した？」

「……違う！」

「こいつが死にかけて、手も出さずにみすみす死なせるのが惜しくなったか？　それとも初めから、この時を待っていたのか」

「お前も同じ穴のむじなだろう⁉　兵のあいだでは、お前の女だとうわさされている。わたしの耳には入らないとでも思ったのか⁉」

ふたりの視線が自分に集まっても、シアンは声も出せずにいた。

腹の傷から、じわりと血があふれ出ていくのを感じる。真っ白な布に赤い染みが広がる。

アージェントは、横たわったシアンの左耳の飾りにふれた。

「俺の女にすれば、馬鹿どもへの牽制《けんせい》になる」

「馬鹿な……！」

「シアンを喰ったことで、腹を立てていたのか。その怒りは俺に向くだろうと思っていたが、まさかシアンを襲うほうへ転がるとは思わなかった。恥ずかしくないのか、バルナス」

「……女のような顔をして誘うからだ。こいつが悪い」

「安心しろ、今夜のことは口外しない。おまえにはまだ隊長でいてもらわなくてはならないからな」

耳を疑った。

バルナスは顔をゆがめ、初めて余裕のある様子を見せた。

「口外すれば、自分も困るから黙っているだけだと認めろ」と、せせら笑う。

「他の宮殿に送り込んでいる間者の全容は、つかめていないはずだ。サトラップから流れている資金も、わたしが近衛隊長を降りれば集まらなくなる。だが、シアンはもう取引材料にはならない。お前の手垢《てあか》がついた男娼など、王の子とは認めない！」

アージェントにほおをなでられて、それまで凍りついていた身体がひくりと震えた。

華奢な娘をいたわるような、やさしいさわり方だった。ぞっとして、目の前が真っ暗になった。

「シアンが女に見えるか？　おまえに見えているのは、もっと別の者だろう。バルナス」

「……なにを言っている」

「サルタイアーに勝利すれば、青の王はパーディシャーとなり、手柄は本隊長であるおまえのものだ。俺はあと一年で王宮を去る。それまでが、どうして待てない？　欲張るとすべてを手放すことになるぞ」

アージェントの手が、シアンの髪をすいた。

はらはらと、銀色の髪がほおにこぼれ落ちる。

「英雄の名も権力も、美しい〈白銀王〉も、その時、おまえのものになる」

バルナスの表情は変わらなかった。けれど、怒り狂っていた気配がすっと冷めた。暗がりに浮かぶふたつの目に、まったく違う毛色の興奮がともる。戦場にただよう寒々しさが、ひとつの男の形をしていた。

そばにはいたくないと、本能がさわぐ。腕を縛られたまま後ずさろうとしたが、バルナスの冷たい手が腰にふれ、ひきちぎるように強くつかまれた。叫ぼうとしたが、アージェントの手でくちを塞がれて叶わなかった。アージェントはそのままシアンの身体を引き寄せた。バルナスの手が離れる。目の前でエサを奪われたバルナスは、アージェントに怒りのまなざしを向けたが、シアンの服が両ひざまで下げられると、びくりとして手を浮かせた。

尻も脚もむき出しになった。

すべてが馬鹿げていると思ったし、すべてが恐ろしかった。暗闇よりも目が慣れた今のほうがずっと怖かった。

脚の付け根にアージェントの手がふれ、ためらいなく性器をつかまれる。

誰にもさわられたことのない場所を、無遠慮にしごきたてられて、頭がくらりとした。嫌悪からの悲鳴は、くちどころか鼻まで塞がれているせいで、掠れた吐息にしかならなかった。

「……っ、ふ」

もらした弱々しい声を、バルナスは聞き逃さなかった。生唾を飲み込むいやらしい音がして、シアンの身体は震えだした。

幼い頃から顔を合わせ、剣のてほどきをしてくれて、筋がいいと褒めてくれたバルナスは、食い入るように自分を見つめていた。獣の目だと思った。

乱暴に袋ごともみしだかれて、痛みに生理的な涙が浮いた。太ももを引きつらせて、こらえきれずに嗚咽をもらすと、手の力が少しだけ弱まった。

すい込む空気が足りなくて、視界がかすんでいく。

爪先までしびれて、腹に込めていた力が抜け落ちた。

シアンが大人しくなると、性器を苛めていた手が柔らかくなった。くびれに指をかけられて、ぞわりとした快感が、背筋にはしった。

異常な状況だとわかっているのに、擦られれば反応を示す。知りたくない感覚を、覚え込ませるように植え付けられて、シアンは混乱した。

それを、見世物にされている。

荒い息が絶えず聞こえた。バルナスは前かがみになり、自らの屹立《きつりつ》したものをしごきたてていた。

『バルナスのための見世物』であることはわかった。恥ずかしい姿を見られていることも、気持ちの悪さにも耐えられなくて、目をつぶった。

「う……、あぁ」

強弱をつけて追い上げられて、抵抗するすべもなく精を放った。

息を封じていた手が外され、シアンはくたりと倒れ込んだ。くちびるにむっとする匂いのものが塗りつけられる。

指で口内にまで塗られて、自分の精液を少しだけ飲み込んだ。溶けてしまいそうなほど眠くて身体が重い。

「シアンが欲しければ、自分の役割を忘れるな」

たった今、自分をおとしめた男の腕に抱き上げられるのがわかったが、熱に浮かされるように眠りに落ちた。


「どうして罷免《ひめん》したらいけないんだよ！」

エールの怒鳴り声が聞こえて、飛び起きた。身体を貫くような痛みに、背中を丸めて奥歯を嚙みしめる。どこもかしこも痛くて、今まで眠れていたことが嘘のように頭がはっきりした。

どのくらい意識を失っていたのか、まだまわりは暗く、テントの外ではオレンジ色の光が揺れていた。

見まわすと、薄暗い幕舎の中だった。誰もいないことを確かめても、布を握りしめたこぶしが、勝手に震えてしまった。首筋を、冷や汗が流れ落ちる。

「バルナス隊長なんだろ！　兄さんがシアンを連れて、あの人の幕舎から出てきたって、兵から聞いたんだ。あの人を辞めさせられないなら、王の権限で今すぐシアンを除隊させる。二度と近づかせたりしない」

「離隊するかどうかは、シアンが自分で決めることだ」

「兄さんは腹が立たないの⁉　バルナス隊長は、以前からシアンを嫌な目で見ていた。シアンを自分のものみたいに言って……兄さんは気のせいだって言ってたけど、きっとはじめから、こうするつもりだったんだ！」

エールは、彼らしくない取り乱した声で叫んだ。

それが自分のせいだと、シアンはようやく記憶が戻ってくる頭で思い当たった。声の主を探して幕舎を出たが、姿は見えなかった。

「バルナスのことは俺に任せろ。王宮を去るまでにはどうにかする」

「自分が王宮を出ていくまでにって、兄さんはそればかりだ。どうしてなんでも、自分の都合のいいように割り切ってしまうの。今の、シアンの気持ちはどうなるんだよ！」

「シアンはおまえを守るすべを学ぶため、自分の意思で近衛に入った。青の王の側近として、おまえの盾になる気でいる。この程度のことで、ゆらぐような弱い男ではない」

「……盾？　なんだよそれ、本気で言ってるの？」

「同じように、バルナスの力も、パーディシャーになるためになくてはならない。サルタイアーに勝利するまで、辞めさせることはできない。あと少しだと、おまえにもわかるだろう」

「兄さんは、おかしい！　僕の望みはそんなことじゃないって、何度言えばわかるんだよ⁉　僕はシアンをこんな目に遭わせてまで、パーディシャーになんかなりたくない！」

「おまえの望みを叶えたいわけじゃない。俺たちは青の王に仕え、必要なことをしている。おまえも王としての役割を果たせ。泣きわめくことが、おまえのすべきことか？」

エールはもう一度、「兄さんは、おかしい」と言った。かすれた声は弱々しく、涙まじりだった。

「僕はいやだ」

「気づかなかったふりをしてやれ。男に屈辱的な目に遭わされたことをおまえに知られれば、シアンの受ける傷のほうが大きい」

アージェントの声は、とても真摯《しんし》に聞こえた。誠実な声で、愛する者を騙せる人間がいることを、シアンはあらためて信じられないと思った。

「バルナスを罰すれば、シアンが犯されたことまで兵に広まる。自尊心の高いあいつには、耐えがたいことだ。あいつのために、我慢しろ」

「……そんな言い方は、卑怯だ」

シアンは悟った。

バルナスの許されない諜報《ちょうほう》活動や、裏金の流用、アージェントがまわりの人間をシャトランジの駒のように操っていることは、王の耳に入ることはない。ニゼルが死んだことも、殺したのは叔父だということも、からっぽの墓も、エールは永遠に知ることはない。

アージェントの愛情は、エールさえ守れれば、他の誰を傷つけてもゆらがない。うぬぼれていた。王宮を去ることとさえ知らされていなかったのに、必要とされていると思っていた。アージェントにとって、シアンの気をひくことは、都合よく駒を動かすための手段でしかなかった。『目』が大事だとふるまったのは、それが効果的だと知っていたからだ。

きっとまたシアンに嘘をつく。

バルナスとのことも、エールのためだと、優しく諭すのだろう。顔色ひとつ変えずに嘘をつかれるような、ただの駒にすぎなかったのに、踏みにじられるまでそれに気づかなかった。

アージェントの〈特別〉はたったひとつだ。同じものになんか、なれるはずがなかったのだと、絶望の淵《ふち》で知った。

ふたりの声とは逆の方向に歩き出す。

同じような幕舎がいくつも建てられていた。かがり火を焚くための鉄製の籠から、燃えた木の棒を拾いあげ、暗闇を照らした。左足には絶えず痛みがはしって、引きずりながら歩いた。衛生兵のいる幕舎を探しだす。

思ったとおり、バルナスはそこにいた。治療用の簡素な寝台に腰を下ろし、背中の火傷《やけど》を兵に手当てさせていた。シアンが入ってきたのに気づくと、顔をあげた。

松明《たいまつ》を手にしたまま、近づいていく。シアンが尋常でないことに気づくと、バルナスは顔色を変え、右手をさっと動かして、かたわらに置いた剣に手をかける。

踏み込んで、間合いを詰めた。

バルナスは鞘から剣を抜いて、シアンに切りかかった。視線は動く火を追っていた。持っていた木の棒は一閃でまっぷたつにされた。シアンは剣先から身体を反らすようにくるりと回転して、反対の手で治療器具が並べられた机から、小さな刀をさらった。

欲しかった刀を手にして、すぐに投げた。至近距離で投げられた小刀は、バルナスの腕に深く刺さった。動きのにぶった男の手首を蹴り、骨を折る。

バルナスは折られた手首をすぐに見捨て、剣を持ち替えた。飛び退くことのできない距離で、とっさにシアンはひじの骨で剣を受け止めた。動きを流すと、長さを失った木の棒で、相手ののどを打った。

利き腕なら防げたのだろうが、バルナスの反応は常よりわずかに遅かった。

同じところを狙って蹴りを叩き込む。大きな身体は寝台に崩れ落ち、びくびくと四肢を痙攣《けいれん》させた。その手から、シアンは剣をとりあげた。

腕には、傷つくと使い物にならなくなる場所がある。

どこだったか思い出す前に、二の腕に突き刺していた。貫いて寝台にまで深く刺さった。バルナスは絶叫を上げたが、それは高音でかすれた響きだった。

のどをつぶしたせいだ。乱暴に剣を引きぬくと、血が飛び散った。もう一度、柄を握りしめて狙いをさだめる。

バルナスは血のにじんだ目を見開いて、懇願するようにシアンを見上げた。二度と剣を持てないようにするために、指を切り落としておこうと、シアンは思った。

「シアン！」

びくりとした。初めてまわりを気にすると、剣を構えた兵たちが、シアンを取り囲んでいた。羽交い絞めにされ、反射的に背後にまわった者のみぞおちを、ひじで打った。

飛び出してきた者の腕を、とっさに切り払った。まわりから悲鳴が上がる。

「シャー！」

「さわぐな、かすり傷だ！　みな、下がっていろ」

エールは血の流れる片腕を押さえ、シアンをかばうように兵たちとのあいだに立った。そのエールの背中に、自分の構えた剣先があたっている。少しずつ後退されて、シアンもあとずさった。

「シアン、剣を下ろして」

エールに厳しい声を向けられるのは初めてで、叱られた子どものように震えた。柄を持つ手に力が入らなくなる。だからといって、武器を手放すことはできなかった。戦場に味方はいない。気を抜けばひどい目に遭わされると知ったばかりで、無防備になんかなれなかった。

「降ろして。もう大丈夫だよ」

エールの手が、背後にのび、シアンの左手に重なった。強く握りしめられる。ひとの肌の感触を、心底、気持ちが悪いと思った。吐き気がするほどおぞましくて、そんなことをエールに対して思う自分に、愕然とした。

「大丈夫だよ、シアン」

「……エールの、ほうが泣いている」

「これでも、我慢してるんだよ」

ちらりと振り向いたエールは、泣くのをこらえる顔をしていた。真っ赤に泣きはらした目をしていて、幼い子どものようだった。出会った頃と同じ、シアンが守りたいと思った時のままだった。

「ごめん」

腹の底からしぼりだすような苦しげな謝罪だった。

自分は、青の王になにをさせているのだろう。ティンクチャーの刻まれた手の甲を見つめた。腕の傷から流れた血で、汚れている。気持ちの悪さはすっと消し去られ、ふれているところを、あたたかいと感じた。

両手から剣が落ちる。地面に転がった鈍い金属音がおさまっても、エールは手を握りしめたままでいてくれた。もう、これだけしかいらないと思った。

そばにはアージェントがいた。いつもと変わらない顔で、ことを見守っている。

この場でエールに真実をぶちまけたら、どんな顔をするのだろう。シアンが本当は誰に襲われたのかを知らせたら。バルナスもアージェントに操られただけに過ぎないということを、大切な弟に知られてしまえば、少しは悪魔の頭も冷えるのかもしれない。

知らせたかった。涙があふれるほど憎らしかった。

左耳の耳飾りにふれる。銀色の輪に指をかけ、ひきちぎった。血と肉にまみれた飾りをアージェントに投げつけると、男の胸で跳ねて地面に転がった。

「バルナス隊長のあけた穴は、私が代わりに埋めます。それで、文句はないでしょう」

腹の奥から込み上げる熱くたぎる気持ちが、怒りなのか悲しみなのかわからなかった。

これで『バルナスに襲われたシアンが復讐した』という図式は成り立ち、シアンは嘘の共犯となる。

本当のことを、エールに知らせる必要はない。エールのためにではなく、自分のために、そう思った。もう、他のものはいらなかった。〈青の王〉のためになら悪魔とだって手を組める。

アージェントは耳飾りを拾いあげると、なにも言わず、幕舎をあとにした。

娼妓《しょうぎ》に誘われるまま入った店は、王都でも一、二を争うほど人気のある娼館だった。

上流階級の者を相手にすることが多い店は、内装にも女たちの着る服にも金がかかっていた。綺麗な娘が揃えられていて、華やかな雰囲気に春をひさぐ悲惨《ひさん》さは感じられなかった。

娘たちには、花の名が与えられていた。そのうちのひとりを抱いた。

青い花の名前にひかれただけで顔はよく思い出せないが、身体じゅうに深手を負っていたシアンに、親切にしてくれた。

それからは何度か通った。決まった相手も選ばず、無愛想な客だったが、女たちはいつも優しかった。

すすめられたのはクセルで、くせのある香りを飲み込むと、身体の中にたまった空気を入れ替えられるような気がした。刺激の強い香りでまどろみながら、〈白銀王〉の話を聞いた。

見目の良い若い王の、妻になることを願った女は多かったという、やわらかい昔話だった。

シアンをハリームに呼び出し、女たちの舞を見せびらかした父親を思い出した。同じようなことをしている嫌悪感によって、シアンは他のことで落ち込まずにすんだ。

娼館の窓から外を眺める。そこからは、カテドラルの尖塔《せんとう》がよく見えた。

「こんなところに通いつめられて、街の女たちが泣いていますよ。青の学士の妻となりたい娘は、大勢いますのに」

横たわった女は綺麗な声で笑って、シアンの背をなでた。腰のあたりに、青い染料で名と出身地がきざまれている。シアンのそれは、『王宮』としるされていた。兵ではおそらくひとりだけだろう。

「今のアジュール王は多くの姫を抱えることはないのですね」

「……好きな女性がいるからだ」

娼妓は驚いたように、「たったひとり?」と尋ねた。

「たったひとり」

シアンは少しだけ誇らしかったから、ゆっくりとうなずいてみせた。女は腹ばいのまま、両手をあわせて、くちもとにあてた。

「素敵。まるで、テンランのよう」と、自分が愛をささやかれたように顔をほころばせる。

「テンラン?」

「初代王が生涯で唯一愛した、青の姫の名前です。『王が亡くなると、その姿は毒をもつ獣へと変わってしまった。テンランは嘆き悲しんだが、やがてひとりの勇敢な男が獣を倒し、民には平和が訪れた。男の手には神のしるしが刻まれていて、初めて出会うはずのテンランの名を呼ぶ。そして、これから先もそばにいると告げ、彼女を抱きしめる』」

「ただの物語だ」

「ええ、だけど娘ならみな、一度はあこがれる恋物語です。愛する男の〈特別〉となって、生まれ変わっても愛をささやかれるなんて、素敵でしょう? そんなふうに求められることは、どれほどしあわせなのかしら」

胸に手を置かれ、顔を近づけられた。

シアンはクセルの煙を飲むふりをして、彼女が期待した行為を拒んだ。くちづけは気持ちが悪く、誰ともしていなかった。固い虫のような男の指の感触を思い出してしまって、気分が悪かった。

朝を告げる鳥が鳴いた。

初代にまつわる物語を思い出す。黒い鳥が出てくる、王の禁忌の嘘をあばく物語だ。エールには伝えるつもりはなかった。パーピュアと抱きあえると知らないままでいれば、エールはずっと誰のものにもならない。それを望むのは、いけないことなのかもしれなかった。

騒がしい足音が近づいてきた。

「副隊長！」

部屋に飛び込んできたのは、ブロイスィッシュブラウだ。真新しい近衛の隊服に身を包み、腰からは剣を下げていた。いかめしい格好と、追い詰められた険しい表情に、裸の女はキャッと叫び声を上げた。

「なんの用だ」

「召集がかかった。支度しろ、あと三時間で出立だ」

シアンは立ち上がると、薄手の夜着を脱ぎ捨てた。服にそでを通しながら、「誰の命令だ！」と低い声で怒鳴る。

「アージェント隊長だ」

舌打ちする。出立は午後と打ち合わせてあったはずだ。

ブロイスィッシュブラウは片ひざをつき、ひたいを床につけるようにして、顔を伏せていた。彼が礼を尽くすような態度をとるのはめずらしい。

諸侯の息子という保証された立場なのだから、兵役が終わればすぐにでも軍を辞めるだろう。そう思っていたのに、なぜか近衛に入隊してきた変わり者だ。

「行くぞ」

通り過ぎる時に声をかけると、あとをついてきた。

娼館を出ると、慌てたように門番が、シアンの馬を引いて現れた。礼を言い受け取ると、馬を走らせた。王宮が近づいてくると、また「副隊長！」と呼びかけられる。

「さっきの話は全部、ウソだ！」

シアンは走らせていた馬の手綱を、ゆるめた。徐々に速度は落ちて、ゆるやかに歩かせるだけになった。じっとりと腐った果実でも見るようにねめつけると、ブロイスィッシュブラウは、「すまん」とめずらしく素直に謝った。

「一体、なんの真似だ。私が気にくわないことは知っているが、有事のふりをするなど厳罰ものだ」

「……え？」

「規則を知らなかったとは言わせないぞ」

「いや……驚いたのはそこではないんだが。いいか、オレはな、おまえを嫌っているわけではない」

「それはどうでもいい。なぜ、こんなことをした」

嘘でおびき出して袋叩きにでもするつもりだったのだろうか。そう疑いたくなるくらいブロイスィッシュブラウとの相性は悪い。些細なことで突っかかられるのは相変わらずで、軍にいた頃は、彼のほうが上官だったせいか、言葉遣いもいつまでも改めようとしない。おざなりな『副隊長』という呼び名も『お嬢ちゃん』と同じ響きにしか聞こえなかった。

「おまえが娼館に通いすぎているとウワサになってるからな……謹慎がとけたとたんに副隊長に推挙されて、疎ましく思う連中もいるんだ。少しはまわりの目を気にしたほうがいい」

「誰がそのうわさを流しているんだ？」

どうせおまえ自身だろうと視線をむけると、ブロイスィッシュブラウは目をむいて、「オ、オレのはずがない！」と慌てた。

「娼館通いでうるさく言われる覚えはない。隊長などその筆頭だ」

「それは……アージェント隊長とおまえでは性格が違いすぎるだろ？　おまえは、そういうことをしそうには、見えないし」

「なにが言いたいんだ」

歯切れの悪い話にうんざりする。

「とにかく、らしくないことはやめろと言っているんだ。女にうつつをぬかすな。悩みがあるなら相談にのってやろう。娼館で憂さ晴らしをするくらいだったらオレが悩みを聞いてやる」

「私を口説いているのか？」

ブロイスィッシュブラウはのけぞると体勢を崩して馬から落ちた。綺麗な落馬だ。シアンは馬を降りて、乗り手を失った馬を止めた。手綱を引っ張って、路上にへたり込んだ男のところまで連れ戻してやる。

「怪我はないようだな」

「な、なにをいきなり！」

「私に性的関心があるわけではない、ということでいいんだな」

「せいっ⁉　そ、そんなわけないだろう。男が男に親切にして、それが好きとか飛躍しすぎじゃないかなあッ⁉」

「邪推してすまなかった」

素直に謝ったのに、ブロイスィッシュブラウはまだ「だいたい嫌いじゃないと言っても、好きだなんて一言も……」と言い訳を連ねていた。

「わかっている」

「オレたちは仲間だからな！　親切にしてやるのは当たり前だ」

「仲間？」

聞き慣れない言葉だ。近衛の同僚という意味で言っているにしても、意外な思いがした。きょとんとしていると、ブロイスィッシュブラウは立ち上がった。汚れた手を隊服でぬぐうとシアンの両肩に手を置いた。

「バルナス隊長との話は聞いた。あんなことがあれば落ち込むのは当たり前だ。オレがいれば、おまえに手を出そうとするやつは、みな蹴散らしてやるぞ」

シアンは黒い瞳をじっと見つめた。しばらく無言で長身の男を見上げたままでいたが、「ありがとう」と微笑んだ。

肩をつかんでいた手がぎしりと強張《こわば》った。ゆっくりと顔が近づいてくる。シアンはにこりとしたまま、くちびるがふれそうになる寸前に男の急所を蹴りあげた。

「『あんなこと』をされた人間なら弱味につけ込めると思ったか？　あいにく男に欲情するような変態に守ってもらうほど困っていない」

「……今のは、おまえがッ！」

「私のせいだとでも？　憶えておけ、ブロイスィッシュブラウ。おまえは一生、私の敵だ」

股間を押さえてうずくまる男に言葉を吐き捨てた。少しだけ、本当に『仲間』と思われているのではないかと勘違いしそうになった自分が嫌になった。

第四幕　近衛隊長

グリニッジが剣を振り下ろした時、避けられないとわかった。馬車が揺れるたび、切りつけられた左肩の傷が痛む。

殺しておけばよかったと、何度目かそう思った。怒りはグリニッジに対して以上に、その命をかばった幼い緑の王へ向く。緑の王は反逆者となった臣下を許し、その場で処断すると言った青の王から守るように、ファウンテンへ輸送するための馬車に緑の兵を付き添わせると言って聞かなかった。最終的にそれを許した青の王にしても、何を考えているのか理解に苦しむ。王に刃向かった者を生かしておくなどどうかしている。

緑の王は怪我を負っていた。専属医以外に王を診ることはできないので、緑の宮殿へ帰ることになった。シアンは彼の護衛を命じられ同じ馬車に乗り込んだ。緑の王はしきりとシアンの怪我を気にして、「傷は痛みますか」とうるさかったが、今日はめずらしく静かだ。

「あの、すみません。少し横になってもいいでしょうか」

まるで侍従のように許可を求めるので内心で呆れた。緑の王は座席に横たわり、眠っている。起きているとろくなことをしないのでちょうどいい。

小窓から外を眺めながら、明日には王宮につくだろうと息を吐いた。緑の王と一緒では眠ることも、傷が痛む素振りを見せることもできないので、さすがに体力の限界に近かった。

そもそも、緑の王と青の宮殿の近衛隊長であるシアンが同じ馬車に乗ること自体が異常だ。緑の王を宮殿まで護衛しろと王命を下された。青の近衛隊長でありながら、自分の王のそばを離れろと命じられるなど、用無しと言われたも同然だ。

左腕を動かした。切られた肩から背中にかけて痛みが走る。指先は動かせるが二の腕を持ち上げることができない。軍に所属していた頃、怪我を自分で治療できるように医術を学んだこともあったので、どれほどの深さの傷かは察しがついた。

この腕はもう、剣をふるうことはできないだろう。近衛隊長として使い物にならなければ、その座を明け渡すことになる。それこそ用無し——青の王に見限られたのかもしれない。

馬車が揺れた。緑の王の身体が床に落ちてしまわないよう手を伸ばした。ふれた背中は服越しでもわかるほど汗ばんでいる。

「ヴァート王？」

緑の王はぴくりとも動かなかった。体勢を変えさせると背中に血だまりができている。くちに指を押し込んで、のどに詰まっている血を吐かせた。上着を脱がせると背中の傷を確かめる。

「馬車を止めろ！」

山道の途中であたりには宿屋すら見当たらない。医師はひとりだけ同行していたが、地面にひたいをこすり付けて身を震わせ、王の専属医ではないので治療は出来ないと言った。

王の身体にふれれば厳罰が下る。たとえ王の命を救えても、医師は法を破った責めを負い、殺されることになる。

馬車のまわりには緑の兵もいる。この場で王の身体を治療すれば言い逃れはできない。近衛隊長として用無しになったとしても、シアンには文官として側近になる道が残されていた。選べるはずがない。〈青の王〉ではなく目の前の小さな王を選ぶなんて、できるはずがなかった。

緑の王が薄く目を開いた。瞳の焦点が合わず、ぼんやりと宙を見つめている。

「しっかりしてください、ヴァート王」と呼びかけた。

「ほんとのことは、わからなくて。言った、ほうがいいのかわかり、ません、でした」

途切れ途切れのかすれた声で答えたので、くちもとに耳を近づけた。

「青の王が、シアン様にそばを離れろっていったのはきっと、俺といっしょに、はやく王宮の医師に傷を診せたほうがいいって、思ったから……」

息を吸い込むたび、ぜえぜえと苦しそうな音がもれる。うつろな視線はシアンの左腕に注がれていた。

「たいした傷ではありません」

そう答えると、緑の王は安堵したように意識を手放した。出血が多く、応急処置では王都までもたないかもしれない。

緑の王の身体の下に右腕を差し込み、持ち上げた。意識のない人間の身体は意外と重い。馬車を降りると、照りつける日差しに目がくらみ足元がふらついた。飛び退くようにして道をあけた兵に声をかける。

「最後尾の荷馬車から積荷を下ろせ。中でヴァート王を治療する。医療器具を用意しろ」と声をかけた。

緑の兵は「シャーにふれるな！」と金切り声で叫び、シアンが連れてきた青の兵も騒然とした。

「カリブ、近くに沢がある。何人かつれて水を汲《く》んで来い」

見知った近衛兵に命じたが、まだ若い男は上ずった声で「で、できません」と答えた。睨みつけると、男はいっそううつむき大声を出した。

「できません！　そんなことをしたらシアン隊長が処罰されてしまいます。オレはスクワル副隊長から、隊長をお守りするよう言われています！」

兵の腹を蹴り飛ばした。カリブはよろけると、腹を押さえてげほげほと咳き込んだ。

「何度も言わせるな。おまえの上官はスクワルではなく私だ」

まわりを取り囲んでいた兵に、数ヶ所に分かれて火を起こすように命じる。火は湯をわかすためにも、刃を焼く時にも使える。緑の王の身体は骨が折れ、内臓を刺していたので、皮ふを切り開かないと手当てはできなかった。銀製の小さな器具を手にした。

緑の王の命を救い、青の王を失う。

それが正しいことなのかはわからない。お人好しで王らしくない、面倒事ばかり引き起こす少年の身代わりになる必要はないのだとわかっている。それでも、やらなくてはならないと思ってしまう。

緑の王を緑の宮殿まで護衛しろと命じられた。これはシアンの王の命令なのだからあらがえない。

シアンの王だ。

突然、強い風が吹いた時のように身体が震えた。目の前の光景がかすみ、血まみれで横たわっている、それが緑の王ではなく別の人間に見えた。子どもの頃からよく知っている、水色の服を着た女の子。

ルリ？　どうしてルリが血まみれになっているのだろう。

『アージェント様！　ルリになにをされるのです！』と、自分の声が響く。

唐突に、肩に衝撃を受ける。男に突き飛ばされたルリの身体を抱きとめたせいだ。シアンは男を睨みつけた。

男は何も言わずシアンに背を向けた。廊下のかがり火が爆《は》ぜ、青の宮殿を照らした。ルリはシアンの腕の中で意識を失っていた。

『ルリ、しっかりしろ。目を開けろ』

呼びかけても彼女は目を覚まさない。のどの奥に張り付いてうまく声が出せない。なにが起きているのかわからないのに嫌な予感だけがわき上がってくる。ルリの両腕は血まみれで、床には真っ赤に染まった短剣が落ちていた。

アージェントの向かった先、廊下の行き止まりにはひとつだけ部屋がある。部屋の中にはシアンの王がいるはずだった。おそるおそる顔を上げた。

今、エールのそばにはパーピュアがいる。夜になる少し前にシアンがパーピュアを案内したのだ。侍従をよそへやり、ふたりで会えるように取り計らった。エールのもとへ。シアンの王の部屋へ。

その時、エールの部屋から人影が飛び出してきた。アージェントではなかった。風になびく長い黒髪。浅黒い肌の少女は真っ暗な庭に飛び降りる。

まるで迷い子のように、声を上げて泣いていた。

少女はシアンの視線に気づいてこちらを見た。緑色の澄んだ瞳が暗闇でも煌々《こうこう》と光っているのが、離れているのにはっきりとわかった。全身が総毛立つ。あれはただの少女ではなく、なにか『よくないもの』だということが、ひとの殻を被った獣だということが、わかった。

少女は夜空を見上げ、叫んだ。

——『王の禁忌』は存在する。シェブロンの王は、他の王と結ばれてはいけない。抱き合えば死ぬ、そういう運命だ。初代王の頃から続く掟《おきて》で、これを破ることはオーア神の怒りにふれる。

頭の中で声がこだまする。他のことを考えられなくなるくらい強烈な『声』なのに、眠りに落ちる前のような心地良さがあった。思考を絡め取られる。その時、強い風が巻き起こった。ルリを強く抱きしめたが風になぎ倒されてしまう。

王の禁忌は偽物。シアンは古文書を調べてその答えにたどり着いた。パーピュアにそのことを話し、彼女とエールが肉体的に結ばれたことで、王の禁忌の嘘は証明された。それなのに、また信じてしまいそうになる。

王同士が結ばれると死んでしまう。エールのそばにパーピュアを近づけてはいけない。シアンの王が死ぬなんて、許してはいけない。

——禁忌を破った王に関する記憶は、今をもって封印する。王の禁忌にまつわる出来事は、一切の記憶を忘れてしまう。二度と思い出すな。アジュール王を大切に思うのなら、彼が遺《のこ》した最期《さいご》の願いを聞け。

とほうもない力で、無理やり頭を押さえつけられる。忘れろと命じる『声』に蹂躙《じゅうりん》される。おそらくほんの数秒のことだ。薄らぐ視界の端、少女のそばに駆け寄るアージェントの姿が見えたが、それすらも記憶から消えてしまった。

シアンは見たことや聞いたことはすべて、出来事を記した本を読むように思い出すことができる。生まれてからこれまでの膨大な出来事はもちろん一冊の本には収まりきらず、本棚に並べられている。本棚だらけの広い部屋にシアンはいた。

あの夜、いくつかの本から背表紙が消えた。手に取ることができなくなって、シアンは生まれて初めて、忘れる、ということを経験した。背表紙に〈青の王〉と書かれた本を開いても、白銀王とアージェントの記述で埋め尽くされているのを確認しても、その不思議を『思い出そうとしない』よう意志をあやつる呪いをかけられた。

穏やかな笑みや、友人に語りかけるような「シアン」という優しい呼びかけを書き記した本は、本棚の片隅にひっそりと置き忘れられた。忘れることは失うことと同じだ。

シアンが失った本の題名は、『エール』といった。

王都に戻ると、緑の王の治療をしたことを理由に、ファウンテンから処罰が下った。予想された刑よりもはるかに軽いもので、近衛隊長を辞職する程度で済むかもしれなかった。パーディシャーの計らいであることはわかっていたが感謝する気持ちにはとうていなれない。

青の王の自室は人払いが済んでいて、ふたりとも黙ると静まり返った。廊下を侍女が横切ることもない。涼やかな夜風が吹き込んできたが頭は冷えなかった。

「そんなことが起こるなんて、ありえません」

声が震えて、相手をまともに見つめ返すこともできなかった。過去に起こったすべてを語り終えた青の王は「王の禁忌を調べたおまえなら、初代パーピュアが『声』で同じことをしたと知っているだろう」と答えた。

「初代の王は王宮にいるすべての者に違う記憶を刷り込み、王の禁忌が存在すると思い込ませた。ヴァートが行ったのもそれと同じだ。エールとの記憶を思い出せないように暗示をかけた」

人の記憶を操ったのだと、こともなげに言った。

「緑の方の『声』は……確かに初代王と同じかもしれません。しかし、過去にさかのぼる力など王史のどこにも記されていません」

「前例がなくともヴァートはその能力を持っている。エールが死んだ夜、おまえも〈星見のヒソク〉と会ったはずだ」

星見のヒソクはあの夜、青の王と一緒にいた少女だった。だから青の王は何年もヒソクを捜していた。術師にも女にも執着しない男が、唯一、捜し求めた少女だ。

今ならはっきりと思い出せる。惨劇の起きた部屋がつまり、シアンの今いる場所だ。ここでエールは殺された。あらためて、神の血というものを不気味に思った。

緑の王と顔を合わせるたびに感じていた、言いようのない不安の正体がわかった。きっと〈星見のヒソク〉が宮殿に連れてこられた時から、呪いはほころび始めていた。

荒唐無稽《こうとうむけい》な話だが、これまでのつじつま合わせにはなっており、気を失ったルリの手が血にまみれていたことの説明もついた。

青の王に「なぜ、ルリを処罰しないのです」と詰め寄った。

「ルリはエールを守ろうとした。『王の禁忌』を信じ、パーピュアがいるとエールの身に危険が及ぶと思ったんだ」

「本気でそう思っているのですか？　ルリがアジュール王を愛していたのなら、嫉妬にかられてパーピュア王を襲ったと考えるのが自然です」

「どちらでも同じことだ。エールが死んだという事実が覆《くつがえ》るわけではない」

淡々とした答えに耳を疑った。青の王は弟を大切にしていた。弟の命を奪ったルリを、おそらく他の誰よりも罰したいと願っていたはずだ。

「アジュール王を奪ったのは彼女です。シャーがかばう道理などありません」

「記憶が戻ればルリは死ぬ。あいつは本当に、エールを愛していた」

「そんなものがなんの許しになるのですか」

愛などというものが王を襲ったことの言い訳になるとは思えなかった。曖昧な感情に狂ってパーピュアを殺そうとした。そんな危険をこのまま青の宮殿に置いておくわけにはいかなかった。

「ルリを捕える許可を下さい。記憶を取り戻させるすべがあるかもしれません」

「おまえはどうして王の禁忌をエールに伝えた？　本当のことを知らなければ、エールがパーピュアと寝ることもなかった」

思わぬ批難に、熱くなっていた頭の芯が凍りついた。

「それは……」

「エールの腕の怪我を治すため紫の王と寝る必要があったからか？　怪我の原因を作ったのは、私だ。そして、エールは自分でパーピュアの身代わりになることを選んだ。誰かひとりのせいで起きたことではない」

「ですが……！」

食い下がろうとすると青の王はシアンの言葉を遮った。

「忘れろ、シアン。ルリの罪をおおやけにするなというのがエールの最期の望みだ」

「できません」

青の王は表情をくもらせた。逆らったことに腹を立てたというより呆れたように見えた。まるで、シアンが間違ったことを言って困らせているかのようだ。

もうなにもかもどうでもいいのかもしれない。たったひとりを失って、何にも興味がないのかもしれない。そうでなければ、何事もなかったかのようにルリと顔を合わせることなどできないはずだ。

「王を殺そうとするなど、重罪です。神殺しにも等しい不敬をこのままにしてはおけません」

「おまえにとって大切なのはいつも〈青の王〉だな」

青の王はうすく微笑んだ。今、笑えることが信じられなかった。

「おまえがティンクチャーを継げば良かったな」

あげつらうような言い方ではなかったが、シアンの心には深く刺さった。

生まれた時、他のどの子どもよりも優れていたから、神に多くの才能を授けられた幸運な者だと言われた。神さまに愛された子どもだと褒めそやす言葉を信じて、自分は選ばれた者だと思った。けれど、エールと出会って、どれだけ才能に恵まれていても神さまに愛されているわけではないのだと悟った。

この国には『選ばれる者』と『選ばれなかった者』がいる。違いは手の甲に浮かび上がるティンクチャーだ。王のしるしが人間を二種類に分ける。どれだけ国のために身を粉《こ》にしても、その違いを超えられはしない。

神に愛された者とはティンクチャーを与えられた者を指す。シアンはそうではなかった。

それでも良かった。シアンの理想を満たしてくれる王が、エールがそばにいた。エールを支えることで不公平は帳消しになった。

それなのに簡単に奪われてしまった。エールは自らの望みで王ではなくなり、そうして新しく現れた青の王はかつてシアンを手ひどく裏切った男だ。

「ルリの前で『忘れたふり』を続けられないのなら、王宮を出ていけ」

くらりと視界がゆがむ。青の王はこれほどまでルリを大事にしている。シアンもルリを守りたいと思っていた。けれど、エールを死に追いやった女だとわかったあともかばい続けるなんて信じられなかった。

「いつから……あなたはいつ、記憶が戻ったのですか」

青の王はシアンを見つめ返し、わずかに視線をそらした。それだけで答えがわかったが、ありえない嘘のようだと思った。初めから、あの夜からずっと。青の王の記憶だけは消されていなかった。

「しあんー！　ここにいる？」

部屋の入口にひょこりと顔を出したのはソーサラーだ。見た目は十五、六歳の少女だが口調と同じで表情はあどけない。首を傾げると長いみつあみが揺れる。

「しゃーとのおはなし、終わった？　さら、もうねちゃうよ。しあんのゆーとおりに待ってたから、つづき読んでくれるよね」

抱えていた本を得意げに差し出そうとするのを、「邪魔をするな。部屋に戻っていなさい」と制した。

「なんで?」

ようやく張りつめた空気を感じたのか、ソーサラーは絵本を胸に抱きなおし、助けを求めるように青の王を見上げた。

「しゃー、おこられてるの?」

「いつものことだ」

素っ気ない返答にソーサラーは小さくくちびるを尖らせて、得意げに言った。

「ごめんなさい、した? ごめんなさいって言わないと、しあんすごくおこるんだよ」

「謝るような話じゃない」

なだめるような声がひどく癇《かん》に障る。

「しゃーはあやまらなくても、いいの? しあんはしゃーのことなんでおこってるの? しあん、おこってばっかりだね。さらのこともいっつも……」

「邪魔だと言っただろう! 出ていけ!」

声を荒げると、ソーサラーはびくりと身をすくませた。黒い瞳が驚いたようにまたたき、みるみるうちに涙が浮かび上がったが、かわいそうだとは思えなかった。逃げるように部屋から出ていくのを見送って、どうしようもない苛立ちにさいなまれる。

エールの記憶を取り戻した時、一度に思い出した事柄が多すぎて嵐に巻き込まれた心地がした。見たものをすべて記憶する能力があだになり、ほんの数秒のあいだに、些細な出来事までひとつ残らずよみがえり、鮮明な記憶はまるで体験したばかりのような衝撃をもたらした。

バルナスに襲われ、アージェントに裏切られた瞬間を二度も経験する羽目になった。

「あなたは、私の〈青の王〉じゃない」

噛みしめるように告げた。エールのことを忘れてしまっても、青の王に仕えたいという思いは残った。あれこそ、破り捨ててくれれば良かった。記憶を失うまでよりも長い時をこの男とともに過ごしたことが、今さらのように苦痛に感じられた。

「近衛はこのままスクワルに任せます。政務に関しては、側近たちへの引き継ぎが整い次第、ご報告にあがります」

「エールでなくとも私はこの国の王だ。誰にも従いたくないおまえが、唯一、頭を下げてまで欲しがるものだ。国を動かす力の象徴を手放せるのか」

「それで引きとめているおつもりですか?」

「引きとめれば王宮にとどまるというのなら言葉を尽くそう」

小馬鹿にした誘いを「言葉遊びはけっこうです」と拒んだ。

王宮を下りろと言えば、シアンがひるむと思ったのだろう。そばを離れろと命じればひざを折ると甘くみていたのだ。そのことが、シアンの腹の底にくすぶっていたものに火をつけた。

「辞めてどうする?　民のひとりにすぎない退屈な人生など、おまえにとっては死に等しい」

「私のことよりもご自分の心配をされたらいかがです。これまで私に面倒事を押し付けてきたことをお忘れですか。青の宰相ですらあなたの職務の全容を把握できていません」

「進んで仕事漬けになったのはおまえのほうだ」

「必要なかったとおっしゃるのでしたら、安心してあなたのそばを離れられます」

「……望みはなんだ。近衛への復職ならファウンテンの連中を黙らせる。ヴァートに対する医療行為などどうとでも処理できる」

「バルナスを近衛から追放した時のように、なんとかしてくださるのですか？」

数年ぶりに、かつての上官の名をくちにした。笑いたいほどのおかしさがこみあげてきたが、それ以上に胸が苦しかった。ほおがゆがまないように取り繕うことだけが、シアンに残された強がりだった。

「あの事件の時も、私は捕えられることはなかった。あなたは素知らぬ顔でバルナスの後釜にすわり私を副隊長に推挙した。どんな汚い手を使ったのか、ファウンテンの誰の弱味を握ったのか、これからも王宮で働くのなら知っておくべきでしょう。けれど、もうその必要はありません」

シアンは表情を変えずに吐き捨てた。青の王は初めて眉をひそめて、「今さらバルナスの話か……根に持つな」とうめいた。

「取引に使われたことを今さら責めているのではありません。ですが、あんな方法を取らなくてもバルナスを言いくるめることはできたはずです」

野営地での事件のあと、そう時を経ずに『声』の呪いはかけられ、それからは事件を思い出すことはなかった。アージェントとエールがともにいる記憶はそうやって曖昧になった。

「あれはバルナスにではなく、私への警告でした」

「悪かった」

ほとんど、初めてとも思える謝罪を受け取っても心は少しも安らがなかった。肯定と同じ意味の詫びなど火に油を注ぐだけだ。

「謝るようなことをしていないと思っているから、頭を下げられるのですよね。バルナスの事件も、私の自業自得だと思っている」

「聞け、シアン」

話を遮ろうとした呼びかけを無視して「あなたが王宮を去ることを知ったら、私がついていくと思ったのですか?」と畳みかけた。

「私があなたを好きで、アジュール王の側近になる道を捨ててついて行くと言い出すと思ったから、先手を打ったつもりですか。間抜けなことを言いだす前に嫌われようとしたと思っているなら、うぬぼれが過ぎます」

「無駄なことをしたとは思っていない。おまえは私のことが好きだった。私の目が見えなくなれば『目』になると言うほど、愛していた」

殺したくなった。

もしもすべて青の王が言うとおりだったとして。シアンがアージェントのことを愛していたとして、手ひどく踏みにじった相手にどうしてここまで平然と接することができるのだろう。

青の王はシアンにバルナスのことを説明せず、もっとも効果的な方法をとった。屈辱を与え、青の王を嫌いになるよう仕向けた。

エールの記憶も、思い出さないのならそれでいいと思っていたのだろう。シアンの意志などまるで無視している。今も『王宮を去れ』と言えばシアンの気持ちをたやすく覆せると高をくくっている。

シアンがまだ青の王を好きだと思っているからだ。

何年経っても、悪魔は悪魔でしかなかった。

人の心も願いと引き換えにできるものだと思っている。必死で差し出す者の気持ちなど、彼にとってはつまらない寝物語にすぎない。

「あなたの〈特別〉はあなたの弟ひとりだ。他の誰を裏切っても悪いと思わないし、大切に思うこともない。私が王宮を出ていくのは、これ以上あなたに駒扱いされるのが我慢ならないからです」


ソーサラーの部屋で待ちぼうけているとスクワルが現れた。背に黒髪の少女がおぶわれていたので、ほっとする。

「このまま寝かせておきます？　謝らせたほうがいいなら起こしますけど」

「寝かせておけ」

素っ気なく答えてソーサラーを引き取るために両手を差し出すと、スクワルはちらりとシアンの左肩を気にしてから「寝台まで運びますよ」と言った。

横たえられたソーサラーはもぞもぞと身じろぎした。スクワルは彼女が目を覚ましそうになったのに気づくと、寝台に腰を下ろした。みつあみがほどけてソーサラーの首筋にまとわりついている。

スクワルは武骨な指で髪をよけ、割れやすい卵を包み込むように彼女の頭をなでた。かたわらに立って、優しいやり方を観察した。

「おまえには兄弟はいなかったはずだ。子どもがいるとそんなふうに手慣れるものか？」

「うーん、うちのはまだ赤ん坊ですけどね。子どもなんてそんな難しく考えるような相手じゃないっすよ。なでてやればすぐにニコニコしますって」

「頭を？」

「喜びません？」

「私はさわられるのはうれしくない」

即答するとスクワルは顔を上げた。曖昧な薄笑いを浮かべて「まあ、隊長ならそうですよね」と視線をそらした。

「ええと、それでソーサラーになにされてそんなに怒ったんです？」

「サラはなにもしていない。シャーと話をしている時に割って入ってこようとしたから、腹が立って怒鳴った。八つ当たりだ」

「それはそれは……じゃあ、ソーサラーが起きたら謝ったほうがいいですね。すげー泣いてましたから」

泣いたあとを強くこすったのか目のふちが赤くなっている。透けるような薄い色の肌をしているので余計に痛々しくみえた。

「初めから断れば良かった。私は世話係に向いていなかった」

「有無を言わさず押しつけられてたじゃないっすか。ソーサラーの正体が知れないうちは目を離せなかったですしね」

青の王が彼女を連れてきた時、まったく同じ顔の少女が緑の王を襲った罪で処刑されたばかりだった。

そして黒の術師だった彼女を当然のように警戒した。それ以上に、言葉もろくにしゃべれずに泣きわめく少女をもてあました。時間に追われるほど仕事が積まれ、面倒な荷物まで押しつけられて、わずかだった睡眠時間までなくなっていった。

スクワルは小さく笑った。

「弱音みたいなことを言うなんてめずらしいっすね。子ども傷つけて、すっとする性格じゃないのは知っていますよ。ソーサラーに八つ当たりして落ち込んでるんですか?」

「私は王宮をおりる。サラのことは頼む」

「……なんです、やぶからぼうに」

「明日、みなにも伝える。そのおかしな敬語も今夜限りにしろ」

鳶色の目でじっと見上げられる。驚きよりも責めるような圧力を感じとって、少しだけ居たたまれなかった。

「あとは私がみている。おまえはもう下がれ」

シアンは床に座り込み、寝台に背をもたせかけた。スクワルはそこから動かず、いたわるようにソーサラーを見つめた。

「今日は調子良さそうでしたけど、やっぱり病気なんですか?」

「医師に調べさせている。寝ている時に症状が出やすいらしい」

「そうっすか。ソーサラーには俺がついていますから、隊長こそ部屋に戻って寝たらどうです?」

「必要ない」

「顔色ひどいですよ。もう少し、ソーサラーの横をつめさせましょうか?」

「サラを男と同衾させる気はない。幼児並みの知能しか持っていないからといって、おまえも隣に寝るようなことはするな。添い寝をしろと駄々をこねても絶対に断るんだぞ。おまえは甘やかしすぎだ」

スクワルは吹き出した。

「心配事だらけじゃ王宮を出て行けないでしょう」

「サラのことならおまえのほうが上手くやれるだろう。ずっと世話をしていても私には口答えばかりだった」

「確かに『しあんのけち！』は口癖になってましたからねえ。『しつよーない！』も危うく近衛で流行りかけましたよ」

普段の声とかけ離れた上手い物真似だったので、シアンは余計にムッとした。

「隊長が『子守唄は必要ない』『菓子は必要ない』って連呼するから、反復するようになっちゃって。あんたは、子ども相手に本気になりすぎなんですよ」

言ってから、スクワルはじっとりと睨まれていることに気づいて「王宮を出て、どうするんですか」と、慌てて話をそらした。

「男の一人暮らしなどなんとでもなる」

「あの部屋で暮らしておいてそれを言いますか」

確かに今朝は、盛大に雪崩《なだれ》を起こした本の山から間一髪で逃れた。大きなことは言えず「召使いを雇えばいい」とだけ反論する。

「私のことよりも自分の心配をしろ。これからはおまえが近衛隊長だ。下の者に示しがつくような態度をとるんだぞ」

「はあ……田舎かえろっかなあ」

「奥方に蹴とばされるぞ。近衛を辞めて求婚しようとした時も『男が一度決めたことを投げ出すな』と追い返されたんだろう。入隊試験を受けたのも彼女の勧めだったそうじゃないか」

「……つまんないことまでなんでもよく覚えていますね」

「おまえには似合いの女性だと思った」

スクワルはシアンの頭にてのひらを置いた。

「あんたがいなくなったら、困りますよ」

くしゃくしゃとなでられる。その感触や温度を確かめて「やはり、うれしいとは思わないな」と答えた。

「俺も男相手は微妙ですね」

「頭をなでるだけで男女差があるのか?」

「人にさわられるのって、信用ないとダメっすよねえ」

信用しているとも言っていないのに、スクワルはなにかを許るようにシアンの頭をなで続けた。もう必要ないと言おうとして、さっき口癖だと揶揄されたばかりだったことを思い出してやめた。

「近衛隊長が子守を任されるなんてありえないですよ。シャーも、隊長があんまり働きづめだから、ソーサラーの相手をさせて息抜きさせようってつもりだったんじゃないっすか?」

「私が子守で息抜きを? それを言うならシャーの息抜きだろう。私がソーサラー相手にやきもきするのを見て嗤うつもりだったに違いない」

「まあ、そこはあの人の至らなさというかゆがんだ愛情というか」

シアンはスクワルの手をぱしりと払った。寝台に頭をもたれかからせて「懐柔《かいじゅう》しようとするには、悪くない間合いだった」と告げた。

「おまえはシャーの味方だな」

「せめて、おふたりの味方だと思って欲しいんですが」

「スクワル、私はシャーのことを信用できない」

さわられて平気とも思えないし、さわりたいとも思わない。

「二度と信用できないのに、まだあの人から信用されたいと思っている。必要だと思われたいなんて、私はどこかおかしいのか？」

スクワルは見たことがないほど苦々しい顔をした。

恋人のことを包み隠さず話せと兵から詰め寄られた時と同じくらい返事に困っている。もとから答えなど期待していなかったけれど、スクワルはくちを開いた。

「信用できない相手から信頼されても、隊長がしんどいばっかりになりますよ」

そうなのだろうか。求められれば『勝った』ことになると思った。欲しがられればうれしいような気がするのは自分がどこかおかしいのだろうか。シアンにはわからなかった。

「なにがあったか知らないですけど、シャーが出ていくあんたに追いすがって、『シアン、私を捨てないでくれええ！』って引き止めたら、ここにとどまってくれます？」

巧すぎる声真似に、シアンは顔をしかめた。

「あんたを迎えに行って、王宮に戻れって言ったら、どうするんです？」

「そんなことは起こり得ない。私が出ていったらそれっきりだ」

胸の内側を隙間風がすうすうと吹きぬけていくような気がした。今さらのように、おかしさがこみあげてきて笑いがもれた。のどの奥がひりつく。

シアンは〈青の王〉に気高さを求めた。

神と言われてもおかしくない輝かしい存在であってほしくて、公平さや度量を求めた。シアンが仕えることを疑わずにいられるような人であってほしかった。

けれど、違っても良かった。冷徹なところを許せないと思ったわけではなかった。どんなに非道な悪魔であっても、彼が〈青の王〉である限り誰に冷たくても良かった。

シアンのことを『目』のように、なくてはならないものとしてくれれば、良かった。

エールがパーピュアを望んだように、アージェントが弟だけを大切にしたように、シアンにも〈特別〉があった。けれどそれらはいつだってシアンを選ばなかった。どの〈青の王〉もシアンを一番にはしてくれなかった。

すべての文字が揃った本はそれを教えてくれた。だから、なんの未練もなく青の宮殿を出ていける。馬鹿馬鹿しい意地だと自分でも思った。


近衛の娯楽所は静まり返っている。

青の王とのキスの話の顛末を固唾《かたず》をのんで待っているむさ苦しい兵たちを眺めながら、シアンは酒の入った杯をあおった。

のどもとを熱い液体が流れ落ちて胃に火がつく。やはり近衛の安酒など飲むものではない。顔をしかめて、器を机に置いた。力を込めたつもりはなかったが、ガシャンと音をたててガラス製の器はこなごなになった。スクワルのぎゃあという野太い悲鳴が上がる。

「なにしてんですか、宰相っ！」

壊れた器を取り上げられる。

「手、こっちに見せてください。うわ、やっぱり血が出てるし。おい誰か、宿舎から治療箱を取ってこい！」

「大げさだ。破片を抜くくらい、自分でできる」

「でも宰相、めちゃくちゃ不器……おおざ……感心するほど痛みに鈍いじゃないっすか」

「それで気を遣った言いまわしのつもりか？」

かいがいしく細かな破片を探している大男にいらっとして、太ももを蹴った。

「見てるこっちが怖くなるんでじっとしててください。利き手の指にまでひどい怪我でもしたら、どうするんです」

「私はもう近衛ではない。片手くらいどうなろうとかまわないだろう」

「かまいます！」

スクワル以外の叫びもまじっていて、シアンはびくりとした。

赤ら顔でむさくるしい体軀の男たちが立ち上がると、かなりの迫力だ。思わず興奮した馬にでもするように、どうどう、と手で制した。

スクワルが「動かないでくださいよ」と怒鳴る。戦場でも見たことがないほど険しい表情で背後を振り返った。

「おまえらもう解散しろ！」

「ですがスクワル隊長、まだ、キスの話が……」

未練がましそうに声を上げたのは、先ほど号泣していたカリブだ。

「パーディシャーとシアン様のキスの思い出というのは、一体なんなのですか⁉　自分はそんな話を聞くのは、初めてであります！」

団体行動が常の兵なら、少しはまわりの空気を読むことも覚えたほうがいいぞ。真面目に忠告しようとして、シアンはどうでもよくなった。

「あれはキスなどではなかった。ただの事故だ」

「そんな素敵な事故が許されるのですか⁉」

「……は？」

あたりがざわつく。それぞれの出方をうかがうような逡巡のあと、カリブが他を押しのけて前に進み出た。

「お相手お願いします！　投げ飛ばされても内臓えぐりだされても、オレはこの機会に賭けます。墓石には野望に散った男と刻んでくださいっ」

見事な酔っ払いだ。

「死ぬ気でこい」

シアンは立ち上がった。

治療途中の手を振り払い、棒立ちになっていたウィロウを、わきに押しのけた。カリブが、「できれば足蹴にしてくださいっ！」と甲高く叫んだので、手加減する気も失せる。こいつを起き上がれないほど叩きのめして、全員の酔いを覚まさせてやろうと決めた。

カリブが「きえぇっ」と踏み込んできた。酔っている割には鋭いが、危機感を覚えるようなものではない。するりとかわし、相手の腕をつかもうとした。

その瞬間、目の前に予想外の影が飛び出してきて、影はもろにカリブの打撃を受けた。かわしたはずのこぶしに倒されたウィロウは、「いってぇえ！」と遅い悲鳴を上げて、床にしゃがみ込んだ。

「お、おい大丈夫か？」

殴った兵のほうが目を丸くして、気遣わしげに様子をうかがったが、予想に反して、ウィロウはすぐに立ち上がった。

「いいか、誰も青の学士に近づくんじゃねーぞ！　次に手を出そうとしたやつはおれが殴る！」

いくぶん低い位置にある、ほわほわした薄茶色の頭を見下ろして、なんだこれは、と呆れた。まさか、かばっているつもりか？

くちが悪く態度もでかいが、剣などさわったこともなさそうな男だ。戦いどころか殴り合いの喧嘩も無縁だろう。

「どけ、ウィロウ。おまえに守られるほど落ちぶれてはいない」

「うるせーな、あんたが強いことくらい知ってるよ！　おれだって男なんかかばいたくねえんだから、ちょっと大人しくしててくれっ」

「……支離滅裂だ」

「心配なんだよ、察しろよ！」

「だからその心配が必要ないと言っているんだ」

ぎろりと睨みつけられる。

「おれの心配をあんたが勝手に必要ないって決めつけるな！　こいつらに青の学士が負けるなんて思ってねえけど、理屈じゃないんだよっ。好きなやつが嫌な思いをしそうになってたら、あんただって守ろうとするだろ⁉」

その剣幕にぽかんとした。取り囲んでいた兵たちも、シアンと同様にぽかんとしていた。途方もない居心地の悪さが、虫が這うようにぞわぞわと背筋をかけのぼった。

兵たちは、「汚いぞ、ウィロウ！」と怒鳴った。

「点数をかせごうって魂胆か⁉　シアン様のくちびるを奪ったことがあるくせに、今さらひとりだけ良い子ぶるな！」

ウィロウはひっくり返った声で、「う、奪ってなんかねーよっ、あれは、事故だ！」と、怒鳴った。

「なにが事故だてめえ、俺はあの時、はっきりと見ていたぞ。シアン様がトマトを前にぶすくれていらっしゃったら、襟元をつかんで強引に……」

「思い出させんなああ！」

「うるさい」

背中を蹴った。勢いよくカリブにぶつかったウィロウは、「あの時は酔ってたんだよ！　じゃなきゃ、男にあんなことするわけねーだろっ」と、被害者よろしく蒼《あお》ざめながら叫んだ。

胸倉をつかみあげ顔を突き合わせると、ウィロウはキスできそうな距離に、顔を引きつらせた。無意識にシアンとの距離を保とうと、背を反らせる。

「な、な……なに」

「キスされるとでも思ったのか？　そんな態度で四人もの花嫁を満足させられるとは思えないな。まさか童貞ではないだろうが、くちづけで狼狽《うろた》えるような男では幻滅されるぞ」

「ど……青の学士が下品なこと言うんじゃねーよ！　言っとくけど、おれがこんな風になんのは、あんた相手だけだからなっ」

「なんだそれは？　女よりも私のほうが好きということか」

「あんたと女じゃ、くらべものになんねえだろっ」

「は？　あ……」

まずい、頭がふらっとした。しっかりしろ、いつものように立て直せ私。

つかみあげていた緑色の服を突き放した。

「点数稼ぎならもうじゅうぶんだ。私を利用しようと考える者は多かった。媚びを売って取り入ろうとする手合いは見飽きている」

「媚び？」

ウィロウは目をまたたかせたあと、ものすごく口汚い言葉を聞いたかのように顔をしかめた。

「ふざけんな！　おれの〈青の学士〉への気持ちを馬鹿にしてんのか⁉」

「では、なにが目当てだ？　私はもう〈青の学士〉でもラズワルド騎兵隊の参謀でもない。宰相という後ろ盾を求めているのでもないなら好きだと言う意味がわからない」

「はああ⁉　あんたバカなの⁉　こいつら見ろよ！　あんたのことが好きだからこんなアホな騒ぎになってんだろ⁉　誰も媚び売ろうなんて思ってねえよっ」

指差された兵たちは急に向けられた矛先にぎょっとして「え、ちょっ」とたじろいだ。シアンは鼻でわらった。

「私とキスしたがったら好きだと言えるのか？　そんなものはただの性的関心だろう」

ぎしりと凍りつく男たちをながめ、「上官を敬う気持ちすら感じられない」と追い打ちをかけた。

ウィロウはそれでも食い下がった。

「下心があったら好きって言えねえのかよ。こいつらがあんたになんかしたらおれも殴りたくなるけど！」と、怒りを押さえつけるようにぎりぎりと奥歯を噛みしめた。

「好きってことにかわりはないだろ⁉　せ……いてき関心とか利用価値とか決めつけて相手を動揺させて楽しいのか？　人の好意を信用できないからって見下してんじゃねーよ！　あんたがそんなだから性格悪いって言われるんだよ！」

冷静に対処しようと思っていたが、さすがにカチンときた。

「評判の悪い〈青の学士〉の弁護はさぞつらい仕事だっただろう。だがかばうことができるほど、おまえが私のなにを知っている？　〈青の学士〉の性格の悪さを否定できるほどの付き合いをした覚えはない」

ウィロウは悔しそうな表情を浮かべて、「……ほんっと、性格悪い」とうめいた。

「理想どおりでなければ、軽蔑するというのなら、おまえの好きなどその程度ということだ」

「あんたの『好き』がどれだけ御大層なものかは知らねえけど、人の気持ちにケチつけんな！　おれにとっては男とか女とか関係なくなるくらい〈特別〉なんだよ。あんたにだって〈特別〉はあるだろ。それを貶《けな》されたら腹立つだろ⁉」

「軽々しく〈特別〉などとくちにするな」

思いがけず鋭い叱責になってしまい、その場が静まり返った。ウィロウのぽんぽんと飛び出る考えなしの発言すら、途切れた。

しくじった。自分が一番、〈特別〉という響きに動揺していた。弱味を言い当てられた時のように、ひやりとした焦燥が身を包んだ。

一ヶ月前。シャトランジの大会が行われ、青の王から参加を命じられた。

どうせまた、くだらない企みをしているのだろうと思った。お目付け役がいない隙を狙って、近衛の訓練に混ざったり、部屋を抜け出そうとするのはいつものことだ。

王宮を出る前に、くぎを刺すつもりで王の部屋を訪れると、静まり返っていた。もしや、もう抜けだした後なのかと思い急いで寝所をのぞいた。

シアンの立てたささやかな足音にも、青の王は目を覚まさなかった。

申し訳程度の大きさの布にくるまり、寝台で横たわっていた。胸の上ではもぞりとした黒髪が、平穏な寝息をたてていた。緑の王は青年というにはあどけない寝顔をさらし、むきだしの薄い肩には、布のかわりに男のてのひらが置かれていた。

寝所に足を踏み入れる。いつもなら気配に気づく距離だ。青の王は眠っている時まで人の気配に敏い。その習性は変わらなくて、雨の日には特に過敏になるようだった。そしてその日は、やわらかな雨が降っていた。

ハリームの女を下げさせたと聞いた時。

シアンは緑の王と寝ることをすすめた。視力を回復させるのに合理的だと思ったからだ。けれど、緑の王は神に与えられた力を使い果たし、ティンクチャーを失っていた。神の力を失った相手とはもう寝る必要はない。ともに寝ても力は高められないと、青の王も知っているはずだ。

寄り添い眠るふたりを、叩き起こしても良かったのに、できなかった。

西方で、青の王が死にかけた時。シアンは王宮に帰り、側近となることを承諾した。青の王にとっては、エールだけが〈特別〉で、自分は成り代われないということも受け入れた。

緑の王をからかうことや、そうすることで機嫌が良くなることや、抱きしめて気を許したように眠ることが。もしも、これを〈特別〉だと思わなくてはならないのなら、足元をすくわれたような心地がした。

「あんたの言う〈特別〉って、もしかして……」

ぎくりとした。

ウィロウはさっきまでの威勢の良さを失い、どこか遠慮がちにシアンをうかがっている。気まずそうに言葉を選んでいたので、考えを読まれたのではないかと思った。

こんな女々しい感情を、知られたくはなかったから、視線をそらした。

「あ、悪い」

ウィロウは驚いたように目をまたたかせた。そしてなぜか、はっきりわかるほど赤くなった。耳まで同じように染まり視線は泳いでいる。

「ああもう。ちくしょう、おれが悪かったよ。おれとあんたの好きは違うって言いたいんだろ。でも、なんで今……」

「おまえから売ってきた喧嘩だ」

「そうだったとしても、なにも今じゃなくても。なんだよもう、あんたこそおれのなにが好きなんだよ。青の学士から〈特別〉とか言われたら、わけわかんなくなるだろ！」

「待て」

片手を上げて制した。

「今のはなんだ？」

聞き間違いを疑った。シアンは古びた橋を渡るくらい慎重に、「私がおまえを？」と尋ねた。

「何度も言わせるなよ、あんたがおれを水道長官に任命したのは、おれのことが好きだからだろ⁉」

「頭がおかしいのか？」

「だって、おかしいだろ！　水道省に勤めてたわけでもないのに、いきなり長官に抜擢《ばってき》されるなんてありえねえ。西方から呼び戻す口実だったんだろ。マギとの間もとりなしてくれるし、書類の書き方だって手取り足取りッ！」

「手と……」

力強くこぶしを握っている男が、冗談を言っている顔つきには見えなかったので、シアンは敵だと思うことにした。

「考えてみれば、心当たりだらけだよ。あんたが西方まで来たのもそういうことだったんだろ？　サトラップとの交渉代わってくれて、作業員の振り分けもやってくれて、製図の複製を夜通し手伝ってくれたことも全部そうなんだろ！」

「西方へ行ったのはユーアービラの視察で、手伝ったのはおまえの手際が悪いのを見かねただけだ！」

言い分をすべて否定したのに、ウィロウは興奮してまったく聞いていなかった。

「ずっとおれの部屋に居座って、は、裸を見せつけるし！　それに子どもの頃に鍛冶場で会ったとか言ってただろ。なんだよそれ運命の再会かよっ」

「事実を述べただけだ、顔を赤らめるな！」

子どもの頃に、鍛冶場で出会った緑色のフードの生意気な子どもがウィロウだったと、思いあたったからそう言っただけだ。

ウィロウに尋ねたら、『そんな昔のこと、覚えてねーよ』と気にしていなかった、はずだ。なぜここでその話を出すんだ。

「みんなはあんたのこと、感情がないとか他人に興味ないとか、虫ケラのように罵《ののし》られて再起不能になった奴もいるとかうわさしてるのに、おれにだけは異常に親切じゃねーか！　そんなの全部、好きだからだろ⁉」

「おまえの言うことを聞いていると、おかしくなりそうだっ」

「人を好きになるなんてそんなもんだろ⁉　おれだって、あんたがおれのこと好きだって思うと、頭がおかしくなりそうだよ！」

「ちが……そういう話じゃない！」

シアンは状況のまずさを悟った。

照れの限界に達したウィロウは、両手で顔を覆っている。その姿は、兵たちのあいだに漂っている、ざわりとした嫌な雰囲気を高めるのに一役買っていた。

のろのろと頭の中で本をめくる。現状に近い光景は、『恋心を暴かれそうになる間抜けな男が、言い訳をする図』と記されている。真相とはまったくの別物だが、下手をすると近衛兵には勘違いされてしまう。

窮地だ。今まで経験した中でもっともひどい戦場だ。好きだの嫌いだのという修羅場とは、縁遠く過ごしてきたのになぜこんな目に。

助けを求めてスクワルを振り返ると、大男は縮こまって肩を揺らし、「は、腹いてえ！」と、笑いを噛み殺していた。あとで殴ろう。ウィロウに向きなおった。

「いいか、ウィロウ。論点は次の三つだ。なぜおまえを水道長官に推挙したのか。私はおまえをどう思っているのか。おまえは私をどう思っているのか。それで問題は解決できる」

「おれは……！」

「聞け、その一、おまえのユーアービラの計画書は素晴らしかった。私は宰相として、この国に役立つ人材と判断し、おまえを王宮に呼び戻した。その二、おまえの働きは認めているが、婚約していることも知らなかったほど、仕事以外に興味はない。そして最後に、その三、おまえは〈青の学士〉が好きだ。その好きは憧れで、女に抱くような好意とは決定的に違う」

シアンは指を三本立てたまま、「つまり？」と答えをうながした。ウィロウは視線を泳がせた。

「……仕事上の、上司と部下？」

「それが結論だ」

やはりウィロウの飲み込みの早いところは長所だ。おそろしい問題を片づけることができて、ほっとした。

「え、それで？」

「それで？」

「なんであんたは、おれが四人の女と結婚することを怒ってたの……？」

頭が痛くなる。

「おまえは一体、なにを企んでいるんだ！　私が男に懸想して、私欲のまま人事を操っているとでっちあげて失脚させようとしているのか!?　それともたんに馬鹿にしているのか!?」

「おれが〈青の学士〉を馬鹿にするわけねーだろ！」

「その言い方がすでに馬鹿にしているんじゃないのか!?　とっくに〈青の学士〉ではないのに、いつまでも青の学士、青の学士と……」

ウィロウは話を遮って、「じゃあ、青の学士じゃなくて、シアンって呼べばいいのかよっ」と怒鳴った。

「おれがシアンを馬鹿にするわけねーだろ、好きなんだから！　利用価値とか企んでるとかガタガタ言うなら、あんた、宰相やめればいいだろ!?　そしたらおれが三食昼寝付きで養ってやるよ！」

「は……」

「それで少しは、おれの言うことが信じられるのか!?　西方に来た時だって、あんたは肩書なんか持ってなかっただろ!?　無愛想だし、つまんねーことでうるさいし、すぐにへそ曲げるし蹴るし、おれだって幻滅できるならとっくにしてるよ！　まだ好きなんだから仕方ねーだろ!?　憧れだかなんだかもうわかんねえけどあんただけが〈特別〉なんだよ！」

「ま……」

「あんたの〈特別〉がどういうものかは知らないけど、おれにとっては他に代われないものを言うんだよ。シアンだけが〈特別〉なんだ！　婚約が気に入らないなら全部断ってやる。あんたが手に入るなら、おれには惜しいものなんかひとつもねーんだよ！」

頭がくらりとした。

今度こそおかしかった。うん、興奮して話の着地点を見誤ったんだろう？　わかっている、と視線で合図すると、肩でぜいぜいと息をしていたウィロウも自分の失言に気づいたようだ。眉間のしわがゆるみ、酔いが覚めたような表情に変わった。

「ちくしょう、ウィロウがどさくさで求婚しやがった！」

兵の叫びに、ふたりしてびくりと震えた。

蒼ざめたウィロウがくちをパクパクさせるのを見て、「わかっている、任せておけ」と遮った。

「聞け、おまえたち！　今のは……」

「一班は今すぐブラウ副隊長に報告！　ことの次第を伝え、指示をあおげ」

「了解、ウィロウはどうしますか⁉」

「副隊長が来るまでは逃がすな。椅子に縛りつけておけ！」

酔っ払いの悪乗りが飛び火する。肩に手を置かれ、振り向くとスクワルが神妙な顔で、「呆然としていないで、ブラウが飛んでくる前に出ますよ。あいつが来ると、話がややこしくなりますから」と言った。そしてため息混じりに頭をかく。

「ああ、くそ。とにかく、宰相はしばらくの間、娯楽所には近づかないでくださいよ」

「私のせいだと言いたいのか⁉」

「酔っ払いのたわごとですって。宰相さえ顔を見せなければ連中もすぐに忘れます」

スクワルを睨みつけ、「私の目を見て、同じことを言ってみろ」と詰め寄った。

「……さっ、上着忘れないようにしてくださいよ」

一抹の不安をぬぐいきれなかったが、この場に留まってブロイスィッシュブラウに言い訳をするのも苦痛だ。

「たわごとなんかじゃねーぞ！」

ウィロウは取り囲んでいた兵の腕を潜《くぐ》り抜けようともがいた。捕えられた虫のような無様さだったのに、火花みたいな強い色で、まっすぐにシアンを見つめた。

「忘れるなよ、シアン！　おれはあんたに求婚したんだからな！」

まるで決闘でも申し込むような勢いだ。甘い雰囲気などみじんもなかったが、『求婚』には奇妙な真面目さがにじみ出ていて、シアンはうまれて初めて見るおかしな生き物を前に、呆然とした。

それはまったく、シアンの〈特別〉とはかけ離れていた。

「四人の婚約者は、清算しろ」

言い捨てて娯楽所を出ると、背後から兵たちの「求婚を受けたあああ⁉」と、つんざくような悲鳴が聞こえた。

第五幕　青の宰相

羊肉の煮込みが美味い酒場は、遅い時間でもまだ賑わっていた。

調理場に向かって大声で「おやじ、骨付きと酒！」と注文するような、大雑把《おおざっぱ》で狭苦しい店だが、評判がいいだけあって客足が途絶えないという。

シアンは王宮外で食事をとることがめったにないため、酒場の評判についてくわしくなかったが、ウィロウが「青の近衛もたまに来るみたいだけど、あんた来たことないの？」と不思議そうに言っていたので、どんなところなのかは少しだけ興味があった。

表面が擦《す》り切れた木製の机を囲み、押し合いへし合いつめて座るのが酒場では当たり前らしい。客は男ばかりで、女連れもいない。

皿にかぶりつくように骨付きの羊肉を食べる男や、机の上に組んだ脚を乗せながら、片手に持った酒をがぶ飲みしている日焼けした筋肉質な男がほとんどで、一言でいえばむさくるしい。

近衛はともかくウィロウは宮殿育ちだ。こんな店に出入りしているのかと、意外に思った。

そのウィロウはというと、シアンが向かいの席に座ったとたんに盛り上がっていた同席の男たちがぎょっとした顔で黙りこくったのを見て「やべえ、店選び間違えた……」と蒼ざめた。

そして、初めて気づいたかのようにシアンをじろじろとながめた。

「そうだよな。あんたって、こういうとこにいると、明らかに変だよな」

もとから無神経な物言いをする男だが、真面目くさった顔で言われるといっそう腹が立つ。

王宮を出てくる時に着替えたので、もちろん宰相としての正装ではない。目立つ装身具や大ぶりな剣も置いてきたので変だと言われる理由がわからない。

ウィロウはちらりと男たちに目をやって、ひとりが持っている杯を指差して「酒、こぼれてる」と指摘した。

「悪ぃな、おっさんたち。食ったらすぐに出てくから気にすんなよ」

同情気味に声をかけるのでシアンは不思議に思った。

「なぜおまえが謝るんだ」

「それより、あんたはなに食う？　羊肉の煮込みが有名だけどおれは骨付き肉のほうが美味いと思う」

シアンは横目で骨付き肉の盛られた大皿を見た。ちょうど、手づかみで骨付き肉を食べていた男が、シアンの視線に気づいてびくりと身を震わせた。

「あれがおまえの言う料理か？」

指差すと、男は骨付き肉をそっと皿に戻した。その隣で机に脚を乗せて骨付き肉に手を伸ばしていた男は、シアンと目が合うとなぜか睨んできた。黙って見つめ返すと、相手はそろそろと脚を床におろした。

ウィロウは泣きそうな声で、「頼むから、これ以上、威嚇《いかく》すんなよ」と言った。

「睨んではいない」

「睨むとかじゃなくてさ、あんた『異質』なんだよ。はああ……もう絶対あんたとは来ない」

ため息をつくと、さっさと終わらせたいと言わんばかりに投げやりに、羊肉の骨付き肉と煮込み料理を注文し、酒は頼まなかった。間もなく料理が運ばれてくると、シアンがどちらか選ぶ前に、煮込みの皿が置かれた。

汁にひたった煮込み肉と野菜からは白い湯気が立っている。肉の脂が汁にも染み出して、つやつやと輝いていた。冷めるまで時間がかかりそうだ。

ウィロウはためらいなく骨付き肉を手づかみして、噛みちぎっている。ほろりとした煮込み肉とは違い、焦げ目がつくほど焼かれた肉は弾力があるので食べごたえがありそうだった。

シアンは手持ちぶさたになりシャトランジを再開した。

「ｃｈ７をｃｈ４」

店に来るまでウィロウと続けていた、口頭で行うシャトランジだ。盤がなくても駒の位置はａ、ｂ、ｐ、ｔ、ｓ、ｊ、ｃｈ、ｈと、８つの数字の組み合わせで言いあらわすことができる。

ウィロウは顔を上げ、「ｂ３をｂ４」と駒を動かし、たれのついた指を舐めた。

「ｈ２をｊ３。水道省から西方の水路の視察について申請が出ていた。おまえが行かないのはめずらしいな」

「行こうとしたんだけど、王様がしばらく家にいろってさ」

「緑の方が？　何かやったのか」

「違うって。あいつ、おれと一緒にいるのあんただって知らないから、子作りでもすると思ってんじゃねーの。結婚式の準備がないならって赤ん坊の服を作り始めるし、止めるの大変だったんだよ」

と、うんざりした顔で答えた。

「青の姫が懐妊した時にも、贈ったんだって？」

「ルリに？　その話は聞いていない」

「あれ、スクワルのおっさんから届けに行ったって聞いたけど?」

ウィロウは骨から肉を外しながら、「えーと、a6を……t6」と試合を進めた。

「そこは打たないほうがいい」

「えっ、じゃあ待て、j6に変更する!」

駒の動きを変えてからふと気づいたように、シアンの前に置かれた皿を指差して、「なあ、それ冷めるぞ」と言った。皿にはまだ手を付けていなかった。

「……あんた、もしかしてそれ冷めるの待ってんの? え、猫舌?」

「j1をs1。東方のサトラップから水道省に提出した申請が通らないことについて、嘆願があがっている」

「あー、もう聞いたんだ」

ウィロウは居心地悪そうにした。それも無理もない。

東方のサトラップの代理人が持ってきた、無茶な建築申請書と銀貨の詰まった箱を机に叩きつけたのだ。そして、ガシャーンとけたたましい音を立てて、銀貨をまき散らしながらひっくり返った箱が、代理人の頭にうまい具合に被さった、ということまで合わせて王宮のうわさになっている。

「だからさ、あれは仕方ないんだよ。東方は大河がないし地下水量も少ない。あんなところに繁華街なんか作って、優先的に水路を引きいれたら、渇水期には周辺住民の生活水が確保できなくなるだろ」

ウィロウが申請書を却下すると、代理人は慣れた様子で賄賂《わいろ》の交渉を始めた。

最終的に『この繁華街ができるのがあんたの家のそばでも同じこと言うのかよ⁉』と、賄賂の箱をぶん投げるに至ったそうだ。

「代理人ってやつにも説明したのに、いつまでもグダグダ言いやがって」

くちを尖らせてから、「んー、.j6を……。いや、待って、ちょっと考えさせろ」と、誤魔化すように早口で続ける。

「申請書を出した東方のサトラップは、財務長官の類縁にあたる」

「え」

ウィロウはオレンジ色の目を丸くした。

「マギを多く輩出している家系で各機関に顔がきく。おまえの裁量を疑う声が、私のところにまで上がっている」

「……スミマセン」

「明日までに建設による被害予測を報告書にして提出しろ。私が交渉する。それから、.j6を動かすのは正解だ」

「うっせ！　勝負でそういうことを言うな！」

「言わずに済めば、私ももう少し楽しめるんだが。それはともかく、問題になりそうな時は先に報告しておけ。話がこじれたあとで鉢をまわされると余計な仕事が増える」

「……スミマセン」

シアンはようやく鉄製のフォークを手にした。ふた山にわかれている先端で、塩と香草で味付けされた肉をほぐして食べ始める。いまだ湯気の出ている汁料理が完全に冷めるには、もう少し時間がかかりそうだ。

ウィロウがなかば感心したように、「王宮では熱い食べ物は出ないって本当なんだな」と言った。

「おまえも緑の宮殿育ちのはずだ」

「うちの王様は……あ、前の王様な。変わったものが好きだったから、街の食堂から料理人集めて宮殿の食事を作らせたりしてたよ。あんたは、近衛の連中とかとこういう店に来なかった？」

「近衛と？　なぜ私があいつらと？」

わずかに眉をひそめる。

「ああ……あんた、近衛隊長だった時も兵を飲みに連れてったりしてなさそうだよな。でも、スクワルのおっさんとは仲良いじゃん」

「あいつとの付き合いは長いが、ただの知人だ」

「知人って……もっと他に言いようがあんだろ」

シアンは首を傾げ、「知人が適当でないなら一番近いのは『下僕』だ」と答えた。ウィロウはしばらくうつむいていたが、「王宮育ちは違うよな……」とつぶやく。

「だから、おまえも宮殿育ちだろう？」

「おれは知人を『下僕』なんて呼んだことはねえよ。えーと、ｊ６をｃｈ６」と話題を変えるようにシャトランジを続けた。

「ｈ８をｃｈ７。シャーマットだ」

「はあ!?　ずっり、あんた動かすなら、ｊ６だって言ったくせに！」

「ｓ６だ。ｃｈ６ではｓ５の進路を塞げない」

「あ、そっか。はあ、あんたは駒減らしてやってんのにぜんぜん勝てねえな。ったく、腹立つ」

ウィロウは自棄《やけ》になったように、皿に残ったつけあわせの揚げた芋をつまんで、くちに放り込んだ。

「なあ、シャトランジに勝つコツとかないの？」

「おまえは盤や駒を思い浮かべて、言葉にあわせて頭の中で駒を動かしていると言っていたが、そのやり方が思考力に負担をかけているんじゃないのか？」

「じゃあ、あんたはどうやって駒の位置を記憶してんの」

シアンは冷えかけた肉を食べながら、「新しい情報が入ってくると、次に打つ手が浮かぶ。なぜ盤を思い浮かべる必要があるのかわからない」と答えた。

「そのほうが記憶しやすいんだよ」

「そうなのか。能力が低いと大変だな」

嫌味のつもりではなかったが、ウィロウが顔をゆがめたので「おまえでも暇つぶしの相手くらいにはなる」と付け加えておく。慰めたつもりだったがウィロウは皮肉でも言われたかのようにぶすっとした。

「あんたって仕事以外でもそんな調子？」

「どういう意味だ」

「友達いないだろ」

あっけらかんとした調子で無神経に言い放った。シアンは無言で残りの羊肉の煮込みをたいらげた。

店を出ると少し離れたところにいる人影に気づいた。シアンの少し前を歩いていたウィロウは、大きく伸びをして、「あー、腹いっぱい。やっぱりここの羊肉は最高だなー」とまったく気づいた様子はない。

馬車を貸す店へ向かうため、大通りまで並んで歩いた。

目の前に緑の宮殿の尖塔が現れた。その建物を説明する時は『緑の宮殿』の前に『かつての』とつく。西方の財政が傾き、緑の王が宮殿を手放した今では、王宮の所有物となり客人をもてなすための迎賓施設となっている。

豪奢《ごうしゃ》な建物は国外の来賓《らいひん》からの評判も高く、シェブロンの豊かさを象徴するようだと褒めたたえられている。

緑の宮殿が建てられた当時、周辺の施設が整備され、食堂や商店が誘致された。そのため、この界隈《かいわい》は王都の中心街でも有数の盛り場となっていた。

近くに花街もあり、娼妓が客をとるために華やかな格好で出歩いている。宵《よい》の口に出歩く男のふたり連れはいい獲物でうるさいくらいに声をかけられる。適当にあしらううちにウィロウの機嫌が悪くなった。

「私ばかりが娼妓に声をかけられるせいで腹を立てているのか?」

「むかつく勘違いすんな」

ウィロウは嫌そうな顔をした。

「ではなにが不満だ」

「別に……あんたって意外と女に誘われるのに慣れてるんだな、と思って。こういうとこよく来るんだ?」

花街なら十代の頃に通っていたことがある。それ以来、来ていなかったが「近衛兵だった頃に通っていた」とだけ答える。

「ふーん。まあ、近衛って高給取りだし、娼館の上客だっていうもんな」

「不満そうだな」

「〈青の学士〉が花街で女を買ったりすると思わなかったから意外だっただけ」

また〈青の学士〉か。勝手に清廉な男だと想像して、そうではないと知って機嫌が悪くなるなんてどちらが勝手だとうんざりする。

「おまえは通ったことがないのか」

「おれはこういうとこってあんまり好きじゃない」

「女に興味がないのか？」

「――どういう意味」

地の底から響くような低音で聞き返される。

「私を好きなら男が好きなんだろう。以前にも男と付き合ったことがあるんじゃないのか」

「気色悪いこと言うな！　男なんかそういう対象になるわけないだろ。ふつーに女としか付き合ったことねえよ！」と怒鳴った。

「どんな女だ？」

「は？」

「これまでどんな女と付き合っていたんだ」

ウィロウはとたんに居心地悪そうにすると、もぞもぞと「ど、どんなって……まわりに気を遣える、優しい子だったよ」と答えた。

それならシアンと共通するところはなにもないような気がする。ますますよくわからない。

大通りに出る前にシアンは足を止めた。店を出てからずっと、あとをつけてきていた男たちが距離を縮めたからだ。

「ブロイスィッシュブラウ、近くにいるんだろう」

声をかけると、シアンが王宮を出る時に付いてくると言い張っていた近衛副隊長が建物のかげから現れた。ウィロウがびくりとして「こないだの青の近衛!」と身を震わせた。

シアンが近衛の娯楽所を出た後に、ふたりは顔を合わせていたようだ。ブロイスィッシュブラウはすっかりウィロウを無視してシアンに近づいてきた。

「勝手に来たわけではない。宰相の護衛も近衛の任務のひとつで……」

言い訳を遮り「ウィロウを屋敷まで送っていけ」と命じた。

ブロイスィッシュブラウはちらりとシアンの背後を気にして、「あいつら何者だ?」と低い声でつぶやいた。

「余計な詮索はいい。ウィロウを頼んだぞ」

「なんで俺がそんなことを? だいたいこのところの宰相はどうかしているぞ。こいつの屋敷に通ってばかりで、一体、この小僧は宰相のなんなんだ⁉」

「小僧?」

シアンはブロイスィッシュブラウをじろりとねめつけ、「ウィロウは私が推挙した水道長官だ。重職者には礼を尽くせ。私の顔に泥を塗るつもりか」と厳しい口調で言った。

「だ、だが……」

まだなにか言おうとするブロイスィッシュブラウを無視して、ウィロウに向き合う。

「この男に屋敷まで送らせる」

ウィロウはきょとんとしたが、青の近衛が現れたことでなにかあったと察したのか、素直に「わかった」と答えた。

「さっきの、東方のサトラップの資料は明日の朝までに届けるから、あとで交渉がどうなったか教えてくれよ」

「ああ」

「あのさ、もしどうしようもなかったら、最悪、おれの退官と引き換えでもいいから」

意外な言葉に驚いて、「水道省を辞めたいのか？」と尋ねる。

「そういうわけじゃねーけど。あんたいろんな仕事に関わってるだろ？　もしサトラップに、おれのしたことを不問にするのと引き換えとか言われたら断れよ、ってこと。あんたに不利な取引材料になるのは嫌なんだよ」

気まずそうに言うと、「まあ、面倒事のしりぬぐいを頼んでおいて言える台詞《せりふ》じゃねえけど」とぶつぶつ言った。

腕をつかんで引き寄せ、ひたいがくっついてしまうほど顔を近づけるとささやいた。

「安心しろ。おまえは私が選んだ水道長官だ。誰にも攫《さら》わせはしない」

ウィロウは、「は……？」と、首からじわじわ赤くなり、反対にブロイスィッシュブラウの顔色はどす黒く変わった。

ふたりが大通りに出るのを見届けてから、シアンは別の道に向かった。

あとをつけていた男たちは、シアンを追ってこなかった。政務に関わる重職者は、つねに誘拐《ゆうかい》や暗殺の危機にある。自分が狙われている可能性を考えたが、男たちの狙いはウィロウだった。シアンは気配を消してもと来た道を戻り、男たちの背後に立った。そういえば剣を持ってきていなかったが、まあなんとかなるだろう。ゆっくりと男たちに近づいた。

執務室に入ってきたスクワルは、開口一番、「尋問まで宰相がやることはなかったんじゃないっすか」と言った。

「だいたい、捕り物ならブラウにやらせりゃ良かったでしょ。花街の近くに通り魔が出たってうわさになってますよ。通り魔の正体が青の宰相だってばれたらどうするおつもりなんですか」

厳《いか》つい顔に似合わないのんびりした口調で小言を続ける。

机に積み上げられた書類の束を、連絡事項、申請書、嘆願書、見合いの話、よくわからない恋文に選《よ》り分けていたシアンは、「青の宰相が街中にいるとは誰も思わないだろう」と答えた。

「宰相、自分が目立つって自覚ないっすよね。容姿もですけど白銀の髪もめずらしいんですよ」

「それより、証言の裏は取れたのか」

ウィロウを襲おうとした男たちのうち、ふたりは縛って宮殿に連れ帰り、ひとりは逃がして私兵にあとをつけさせた。男たちの雇い主を探しあてると、スクワルに命じて、雇い主に依頼をした黒幕を探し出させた。

「いいえ、残念ながら。状況証拠から見ると黒幕は財務長官で決まりだと思いますけど」

ウィロウが狙われるきっかけになったのは、東方のサトラップが水道省に提出した建築申請書だ。

申請書を突き返されたサトラップは財務長官の類縁にあたる。財務長官が繁華街の建設に無関係だったとは思えない。収益の一部は財務長官に入ることになっていたのだろう。報復か、脅して申請を通す気なのか。どちらにしても財務長官がウィロウを痛めつける気でいるのは間違いない。

スクワルは表情をかすかに険しくし、「どうします」と言った。

「捕まえた連中を切り札に財務長官に脅しをかけますか」

「襲撃を計画したというだけでは弱い。確かな証拠もなく糾弾《きゅうだん》すれば、逆に濡《ぬ》れ衣《ぎぬ》をきせられたと騒ぎたてられる。私は財務長官とは不仲だ。つけこまれるようなことはしない」

シアンは椅子の背にもたれ、脚を組んだ。

「財務長官の狙いって、本当は宰相なんじゃないんすか？　ウィロウを見せしめに襲って、あいつの今後の身の安全を保障する代わりに宰相と取引できると考えたとか。宰相はウィロウと……」

スクワルが言葉を濁したので、シアンはあとを引き取った。

「あいつと結婚しているからな。客観的にみればウィロウは私の『弱味』だ」

水道省のすかしの入った羊皮紙を引き寄せる。ウィロウが約束通り提出した書類だ。繁華街の建設による被害予測がまとめられている。

水道省はもう何年も、形式的な役割しか果たしていなかった。無理な建築申請が出されても、それがサトラップからの申請であれば右から左へと流していた。指摘することは自分たちの首もしめることになると水道省の役人たちはわかっている。

というのも、サトラップは所有する奴隷を作業員として貸出してくれる。工事費用が予算を上回った時には融通をきかせてくれ、役人が地方に調査に出向けば豪勢にもてなしてくれる。通行証の発行や長期滞在の許可、建設指揮本部への食糧の配達が意のままとなる権限を持つため、サトラップの機嫌を損ねないことこそが、水道省の最大の役割、とも言えた。

だからたとえ、サトラップが勝手に水路を造りかえたとしても、その結果、水不足で畑がつぶれて赤ん坊や老人が餓死する村があったとしても、被害が出た後でようやく水道省の役人が現地を訪れる。そして、サトラップに「申請書を出すのが遅くなった」と言われれば、水道省の役目は紙切れに判を押し受理日付を改ざんしておくことくらいだ。

ウィロウのようにサトラップの提出した申請書を突き返すのは、これまでの水道省のあり方を否定していることになる。

本来、水道省の長官という職務は、短気で、へりくだることを知らない無礼な男に務まる仕事ではない。それでもシアンはウィロウを選んだ。

報告書に挟まれていた紙片を抜き取った。

『別添のとおり、被害予測をご報告いたします。ご迷惑をおかけして申し訳ありません』

殊勝な文句が添えられている。青の宰相に届く書類は検閲にかけられると思っているので、ウィロウはいつでも書面ではかしこまった文体を使う。普段は子どもっぽいしゃべり方しかしないのに、筆跡も美しいので、まるで見知らぬ男からの手紙のように思えておかしかった。

実際のところ、青の宰相宛ての書簡は検閲を通していない。それを教えたらこの他人行儀な手紙を読めなくなるだろうから伝えてはいなかった。

報告書をスクワルに手渡す。

「ウィロウの名で財務長官に届けろ」

「ええ？　財務長官とは交渉の場を設けるっておっしゃってなかったですか？」

「完璧な報告書だ。被害予測がこれほど詳細に説明されているのだから、財務長官にとっては都合が悪い。おおやけになれば繁華街の建設は止めざるを得なくなる」

「そんなの火に油を注ぐようなもんじゃないっすか！　ウィロウがこんなもん送りつけてきたと知ったら、財務長官は脅されてると勘違いしますよ。また刺客を送ってくるに決まって……」

スクワルは言いかけて、ふと言葉を切ると、げんなりした顔で肩を落とした。

「……あんた、ウィロウを襲わせる気なんすね」

「財務長官がしらを切れないような状況でな。重職者であるウィロウを襲ったという証拠を押さえれば、財務長官も大人しくなるだろう」

「財務長官を失脚させるのが狙いですか」

スクワルは尋ねておきながら、「いや、違いますね。失脚させても宰相の得にはなりませんし、狙いは弱味を握ることっすか」と言い直した。そうだとは言わなかったが、スクワルは事情を打ち明けられたかのように深いため息をついた。察しが良すぎるのも考えものだ。

「宰相、なんでウィロウの求婚を受けたんです」

「おまえに説明する必要はない」

「やっぱり裏があるんすよね。宰相が目的もなく男と結婚するとは思ってなかったですけど、もう少し平和な話かと思ってましたよ」

「平和な話？」

「シャーに、あてつけるためとか」

心底、蔑んだ目で見つめると、「冗談っす。すんません、撤回します」とスクワルは両手を上げて後ずさった。

「いや、その……宮殿内でうわさになってんですよ。あんたたち前はよく『青の女』ごっこみたいなことしてたじゃないっすか。それが、宰相が王宮に戻られてからはまったく無くなったから、変なふうに勘繰《かんぐ》るやつがいるんです」

「どうせうわさしているのは近衛だろう。直接、私の耳に入ることがあれば近衛隊長の責任を問うからそのつもりでいろ」

反応を探るような目でシアンを見ていたスクワルは、表情をゆるめた。

「シャーは関係ないんすね」

「くどい」

「じゃあブラウを遠ざけるためっすか？　あいつ近頃、目に余るくらい宰相に迫ってましたからね。ブラウの牽制くらいならウィロウをだしにしなくても、俺が適当にやっておきますよ」

部下に甘いスクワルにしてはめずらしく、ブロイスィッシュブラウに対しては手厳しい。

理由は想像がつく。シアンが近衛隊長の職を辞して国内を放浪した時、ブロイスィッシュブラウはお目付け役に任命されていた。

撒《ま》くことは簡単だったが、そうはしなかった。ブロイスィッシュブラウは東方でも有数の豪族の息子だ。その息子がいるとなにかと便利なので、そばに置いた。

そして、ブロイスィッシュブラウに『おまえ以外の追っ手を撒きたい』と言った。ふたりになりたい、という意味に聞こえるようにささやいた。

まるで逃避行のようにふたりだけで東方に向かい、お目付け役からの連絡が途絶えたスクワルはそうとう気を揉んだはずだ。想像するだけでも、滑稽《こっけい》だった。

「余計なことはしなくていい。ブロイスィッシュブラウは近いうちに近衛を辞めさせる」

「はあ……はあ⁉」

スクワルはぎょっとして叫んだ。

「ちょ、待ってください、いつの間にそんな話になってんですか⁉」

「あいつの父親と取引した。知っているだろう、東方の諸侯だ。高齢で跡継ぎを心配している。ブロイスィッシュブラウには兄弟がいたが軒並み戦死しており、あいつはあの年まで結婚もせず、家督も継がず、東方の支配権をもつ黒の王に仕えもしない放蕩《ほうとう》息子だ。力になってくれと懇願された」

「なんでブラウの父親が宰相にそんなことを頼むんです？」

答えは簡単だ。ふたりきりで東方へ行った時に、ブロイスィッシュブラウの父親に勘違いされたからだ。彼はシアンを息子の『恋人』だと思い、息子と別れて欲しいと懇願した。

「あいつは兵には興味がない。青の宮殿から離れたくない理由はひとつだ」

スクワルはまじまじとシアンを見つめた。

「そりゃ、ブラウの目的はあんたでしょうけど。辞めろって命じるだけでいいですよね」

「あの身勝手な男が、辞めろと言って素直に辞めるとは思えない。近衛兵に興味もないのに入隊した変わり者だ。だが、私が他の男のものになればさすがに脈がないと気づくだろう。思い続けても無駄だと知らしめて、あいつから近衛を辞めるように仕向ける」

そのためのウィロウだ。

ウィロウにはブロイスィッシュブラウを操るための駒として役立ってもらう。ブロイスィッシュブラウのように自尊心の高い男が、自分よりも年下で、格下と思っているウィロウに好きな男を奪われれば、シアンに幻滅するか、自分に幻滅するか。

もとから男が好きな性質《たち》というわけではないらしいので、目を覚まして東方に戻り、女と結婚でもしてくれれば、シアンは彼の父親と取引ができる。

順番が大事だ。

財務長官が雇った刺客がウィロウを襲ったら、その証拠をもって東方のサトラップを失脚させる。新しいサトラップが必要になるので、財務長官の口添えをもって、ブロイスィッシュブラウの父親をサトラップに推す。ブロイスィッシュブラウを辞めさせるのはその後だ。

「えーと、つまり、宰相の言いなりに動く、東方のサトラップを作るのが目的っすか」

「東方の都市計画を立案する。黒の方は私を目のかたきにしているから、通常のやり方では東方の政務に関われない。私の名は出さず、ブロイスィッシュブラウの父親と、その跡継ぎに計画を進めさせる」

「……跡継ぎってブラウっすよね。宰相に振られた挙句、使いっ走りさせるんですか」

スクワルは「完全に駒扱いっすね」と呆れた。

「それじゃァウィロウと結婚したのは、財務長官とブラウをひっかけるための囮《おとり》で、宰相の個人的な感情からじゃないんですね？」

当たり前だ。しかし、スクワルは神妙な顔になった。

「あまり油断しないでくださいよ。あいつも男ですよ」

「私がウィロウに腕力でどうこうされると思うのか？　見くびられたものだ」

鼻で笑いとばしたが、「あんた鈍いところがありますから、気を抜きすぎないでください」と腹の立つ忠告をされる。

バルナスを思い出した。父の腹心の部下だからと信用していたが、裏切られた。裏切られるその時までシアンをどんな目で見ているのかも気づかなかった。

「ウィロウはバルナスとは違う。あいつは男には興味がない」

「そんなのウィロウがそう言っただけでしょう。あんたは気に入った相手を過信するから、心配なんっすよ」

「あいつを気に入っていると言った覚えはない」

「じゃなきゃ、ウィロウの屋敷に入り浸ったりするわけないでしょ」

訳知り顔でため息までつかれて、今度こそ腹が立った。手元の仕事が片付いたら、ウィロウの屋敷へ行くつもりだったのを見抜かれた気がしたからかもしれない。後ろめたいことは何もない。

「屋敷へ行くのは、ウィロウとの仲をブロイスィッシュブラウに信じさせるためだ。ブロイスィッシュブラウが私を迎えにくると言ったら、許可してやれ。仲の良い『新婚』ぶりを見せつけてやる」

「……お遊びはほどほどにしてくださいね」

スクワルはまた、深いため息をついた。

シアンは豪奢な屋敷の立ち並ぶ一角で馬を止めた。

馬車が行き違うのに困らない整備された広い道と、鮮やかな花の咲く街路樹。贅を尽くしていながら華美になり過ぎないよう配慮された屋敷の外観が、落ち着いた雰囲気を作り出している。

王都の中心地である『メイダーネ・シャー』からは少し離れているが、諸侯や高官からも人気の高い街だ。

その中でも真新しい屋敷に近づく。門番がシアンを見てすぐさま頭を下げ、それから鉄製の門扉《もんぴ》を内側に向けて開けた。門番に馬を預けて中へ入る。

屋敷は中庭を囲むように凹形《おうけい》に建てられている。庭に面しているところは回廊になっており、出入りはたやすく、屋敷の中から庭を眺めることもできる。定期的に庭師が手入れする中庭の草木は王宮の庭園にも引けをとらない美しさだ。

シアンは王宮でしか暮らしたことがないので比較が難しいが、個人の邸宅としてはかなりの広さだろう。庭をふらりと横切って歩くと、召使いがシアンに気づいた。年配の女性で、他の召使いたちを取りまとめる役目をしている。

「お帰りなさいませ、旦那様」

「ウィロウは？」

「一昨日からお帰りになっておりません」

水道省に泊まり込んでいるのだろうか。もし遠方へ視察に出向くならシアンのところに申請が上がるはずだが、そのような話は聞いていない。

無駄足になったかもしれないなと思いながら広間に入ると長椅子に座った。持ち込んだ資料を広げると、召使いは心得た様子で「ご用があればお呼びください」と部屋をあとにした。

屋敷には数人の召使いがいるが、彼女以外の召使いはなにくれとなく用を伺いにくるのでわずらわしい。冷たくあしらううちに彼女以外の者がそばに来ることはなくなり、ウィロウからは「おれの家の召使いを怖がらせるのはやめろよ！」と小言をいわれた。

つまり、ここはウィロウの屋敷だ。

気の早いウィロウの祖父、ベールロデンの手配で、ウィロウは四人の婚約者ができたと同時に王都に家を持つことになった。確かに嫁が四人もいるならちょうどいい広さだろうが、残念ながらウィロウは婚約の話をすべて断り、この広い屋敷をひとりで使っている。

「うわっ、なんだよ来てたの」

顔を上げると広間の入口にウィロウが立っていた。

「来るなら来るっていっておけよ」

文句を言うが、広間には入ってこようとしない。まるでシアンのそばに近づくのを嫌がっているようだ。

「ずいぶん遅かったな」

「明日から出かけることになって着替えだけ取りに来た」

「視察の申請は出されていなかったはずだが」

「帰ってから出すんじゃダメ？　王都郊外で造ってる橋なんだけど、ちょっと現場の報告書だけじゃ判断できないところがあってさ」

うなじに手を当てて、気まずそうに言う。

橋のように公費のかかる大規模建造物の建設は水道省の管轄だ。そうはいっても水道省長官が自ら現場に赴くことはまずない。

しかし、ウィロウは長官でありながら、しょっちゅう水道省を留守にして視察を行うため、省内外からの批判が集まっていた。それなので、視察の前にシアンの許可を取るということでひとまず批判の声を押さえていた。

「出発前には視察の申請が必要だ」

「どうせあんたに許可取るだけなんだから、ちょっとくらい融通きかせろよ。あ、今、申請書だけ書くからそれで……」

「正規の手続きで提出しろ。おまえと結婚していても、職務上の便宜《べんぎ》を図るつもりはない」

「けっ……こんのことは言うな！　おれだって別にそんなつもりじゃねえからなっ」

怒るのを騒がしいなと思いながら、シアンは長椅子の隣の空いているところを指差した。座れという合図だがウィロウはその場から動こうとしない。

けれど、シアンの手にしているのが図面であることに気づくと「それ、おれの部屋に置いてあった図面じゃないよな」と近づいてきた。

「ひとのものを勝手に持ち出すと思われるのは心外だな」

「じゃあなんの図面だよ」

「東方の都市計画書だ」

資料の束を差し出す。ウィロウは「見ていいの」と興味をひかれた顔をした。まるで他人の家のようにぎこちなく広間に入ってくると、シアンの手から計画書を受け取った。わずかに迷うそぶりをみせたがシアンの隣に腰を下ろす。

なにもそれほど離れなくとも、と思うほど離れて座っている。ウィロウはひじかけに片腕を置き、太ももに計画書をのせてページをめくった。

「あんた、こんなのまでやってんのかよ。都市設計なら水道省の仕事だろ？」

「黒の宮殿からの依頼ではない。個人的にしていることだ」

「宰相に『個人的』ってあんの」

「私が東方の都市設計に興味を持っていることを周囲に知られると面倒だから、この計画書のことは外では言いふらすな」

「そんなのは言われなくてもわかってるよ。あんたの不利になる話をおれがもらすはずがないだろ」

聞こえの良いことを言って取り入るつもりかと勘繰ったが、ウィロウはすでに図面に見入っていた。おもちゃを与えられた子どものように夢中になっている。

ウィロウを水道長官に推薦した時、周囲からはさまざまな面で反対された。まず、若すぎる。水道省の役人としての経験もない。そして、建築士としての才能があるのに水道長官に据えるのは、才能の無駄になってしまう。

王宮建築士であるベールロデンの才能を超えるともいわれる建築士が、長官としての対外的な職務に忙殺《ぼうさつ》されてしまえば国の損失になりうると、心配する声もあった。

シアンは身体を倒して、横になった。長椅子とはいえ、あおむけに倒れ込めば、当然、ウィロウにぶつかる。ウィロウの腕を押しのけて、太ももに頭をのせた。

「へっ」

計画書が床に落ちて、ばさりと音をたてた。

「な、な……なにしてんの⁉」

声が裏返っている。見上げると、困惑を通り越して怯《おび》えた表情を浮かべている。いつでもふてぶてしい態度なので新鮮だ。

「少し寝る」

「はあっ⁉　ここで⁉」

「ん」

本をまくらにすることはあるが、さすがに人間の脚は高すぎて、あおむけだと首が痛い。らくな体勢を見つけるために身じろぐと、ウィロウに背を向ける格好で身体ごと横を向いた。

「待て、ちょっと待て。寝るなら部屋を用意させるから、とにかく退《ど》けよ！」

「わめくな、うるさい」と、まぶたを閉じた。

「ぎゃー！　寝るなって言ってんだろ！」

どう聞いても、照れているというより嫌がっている声だ。この嫌がり方をスクワルに見せてやればすぐに心配は杞憂《きゆう》だと思い知るだろう。

昔、娼館通いをしていた時に、娼妓がひざにすがって甘えるのを見て、そうやって男の劣情を煽るものなのかと思っていたが、ウィロウは迷惑がっただけだ。そもそも、シアンがこうして屋敷を訪れても喜ぶどころか嫌そうにしている。

近衛の娯楽所での騒動が、売り言葉に買い言葉だったとしても、どうして求婚につながったのか今でもよくわからない。ウィロウがなにを考えてあんなことを言ったのか、さっぱりつかめない。

「ありえねえ、なにこれ。なんで このひと寝てんだよ」

しばらくひとりごとを聞き流していると、ウィロウがわずかに身体を動かし、ぎしりと長椅子がきしんだ。目を閉じていても、てのひらが近づくのがわかる。

シアンの顔の前で、手を振ったようだ。反応がないことで、ウィロウはため息をついた。

「はー、もう。なんだよ、疲れてんの?」

本当に小さな声だった。まくらにしていた太ももに力が込められる。肩に、ウィロウの腕が少しだけふれた。急に顔が近づいてきた。体術の心得もない男にいいようにされるとは思わないが、それでも嫌悪感がわいた。

けれど、気配はすぐに離れた。ウィロウは腕を伸ばして、床に落ちていた計画書を拾っただけのようで、それからはひたすら書類を読み続けた。

かさかさと紙の擦れる音だけが響く。

「なにかわかったか?」

「うわっ!」

ウィロウはまた計画書を落としそうになって、慌てて両手でつかみなおした。

「なんだよ、やっぱり起きてたのかよ」

「それよりも、計画書に問題点はあったか?」

「まだ半分も見てねえけど、誰が書いたの、これ」

「図面は青の宮殿の建築士に作らせた」

「ふーん、どうりで。そしたら、このへんとか直させたら?」と、書類をぱらぱらとめくり、シアンの目の前に掲げた。

「ていうかさ、この設計書だと無駄な工事が多くなるよ。東方みたいに降水量が多くて平坦な土地なら、離れた川から水路を引かなくてもいいのに。公用住居の建て替えも、これ、王都の住居用の工法を使ってるだろ。家屋が密集している区域には合わないんだよ」

書類を指差しながら、「全体的に見直せば工費が二割は浮く。そのぶん、商業地区の水路の補強に予算をまわして……」と、真面目な顔で話す。

計画書ではなくウィロウを見つめていると、強張った声で「なに」と言い、顔をひきつらせた。

「仕事の話をしてる時のおまえは、意外と年相応に見えるなと、考えていた」

「おれじゃなくて書類見ろよ」

「計画書には先ほど目を通した。見せながら説明しなくても頭に入っている」

「図面も数値も全部?」

「問題ない」

ウィロウは計画書を長椅子に置いて、「あー、そう」と言った。

「なあこの計画書、おれが直そうか?」

「個人的な用件だと言ったはずだ。水道省には依頼しない」

「水道省を通さねーで、おれが個人的にやるってこと」

「おまえが?」

いぶかしむと、ウィロウは「なんだよ、おれのサイノー疑ってんの?」とくちを尖らせた。そういうつもりではなかったが、そんなことを言い出す理由がわからなかった。

「計画書の手直しをさせるからといって、視察の申請の省略は認めないぞ」

先手を打つと、「はあ？　なにその性格の悪い発想。見返りをくれなんて言ってないだろ」と、盛大に顔をしかめた。

「では、なんのつもりだ」

「なんのつもりって。だから、あんた疲れてるみたいだし。これくらいなら代わってやるよ」

「疲れているなどと言っていない」

「疲れてるからじゃねえの。おれにこんな……ひざまくらとかさせてるの。この屋敷にいる時くらい、頭使わないで休めば？」

ウィロウはそう言うと、すぐに計画書をめくることに集中した。

変な男だ。シアンは物心ついた時からそれなりの肩書を与えられ、肩書に惹かれて近づいてくる輩も多かった。みな、なんらかの下心を持っていた。宰相の権力をあてにしたわかりやすい媚びも、歯の浮くような賛辞にも飽きている。

今のは機嫌取りなのだろうか。よくわからなかった。

声をかけようとして、話すことがないことに気づいた。会えばいつも仕事の話をしているけれど、それ以外の話題など思い当たらない。

「j2をj3」

ウィロウは計画書に視線を落としたまま、ほんの少し笑った。

「頭使うなって言ったのに。あんたシャトランジ好きだな」

髪をなでられた。不意打ちだったので、背筋がぞっとした。

「さわるな」

思わず怒鳴ると、ウィロウはパッと手を離す。無意識だったようでひどく驚いた顔をしていた。

「わ、悪い。ごめん」

シアンは起き上がると、椅子の背にかけていた上着を手にした。

「え、あの、王宮に帰るの？　馬車呼ぶから、ちょっと待ってろよ」

「馬車は必要ない。馬で来た」

「はあ？　高官がなに言ってんだよ、外、真っ暗だぞ。兵もつけずに馬で帰るなんて危ないだろ」

「見くびっているのか。自分の身くらい守れる」

「最近、このへんも物騒なんだよ。近くで喧嘩さわぎがあったばかりだし、こないだ中心街で起きた、数人が殴られて診療所に運ばれた事件だって、まだ犯人が捕まってないんだぞ」

その犯人はシアンだ。ウィロウの焦った声を無視して、まるで逃げるようだと思いながら屋敷をあとにした。

馬に乗り、暗闇の中を王宮に向かう。ウィロウといるところをブロイスィッシュブラウに見せつけるつもりが、迎えに来るまで保たなかった。ひざまくらのように身体がふれること以外で、それらしく見える方法を考えなくてはならない。

ひとを好きなふりをするのは難しいと、ため息をついた。


視察から帰ってくる時を見計らい、ウィロウの屋敷へ出向いた。

門番がいない。呼び鈴を押したが屋敷からは誰も出てこなかった。視察のあいだは、通いの召使いは雇わないと言っていた。つまり、まだ戻っていないのだろう。帰宅予定を大幅に過ぎているので、これまでも何度か来訪したが空振りに終わっていた。

王都郊外に建設予定の橋脚工事の視察が長引いているのだろうか。

川幅が広く雨季には氾濫しやすい場所で、架橋《かきょう》する土壌には向かないと思われていたが、地中深く杭を打って支柱とする施工方法により計画が実現した。川向こうに橋が渡せれば、隣国からの商人が迂回《うかい》する必要がなくなり、王都では最大の交易路となるはずだ。

だからといって、水道省の責任者が何日も留守にしていいわけではない。

ぱらりと雨が降り出したのに気づき、仕方なく王宮に戻ろうと振り向いた。

「シアン！」

通りの先から、ウィロウの声が響き駆けてくるのが見えた。陽に焼けた男は、小さな荷物ひとつを肩にかけ、身軽に走っていたが、近くまで来ると足を止めた。

シアンを見つめたまま顔を強張らせると、じりじりと後退しシアンに背中を向けた。逃げ出そうとしたのを追いかけ、襟首をつかみ持ち上げる。ウィロウはのどを締められ、つぶれた悲鳴を上げた。

「なぜ逃げる」

「仕方ねえだろ、あんたがこえー顔で睨んでんだもん！」

睨みもする。手を離すと、ウィロウはげほげほと咳き込んだ。

「何日も水道省をあけてまで、おまえが現場に出向く必要があるのか」

「基礎工事が終わるまでは目が離せねーんだよ。それに、建築部門ができる前に王宮の息がかかってない建築士や作業員につなぎ作っておきたいし。あ、許可書出してくれた？」

「諮問《しもん》中だ。新しい部署をつくりたいなら、関係省庁の役人くらい事前に丸め込んでおけ」

「あー……わりぃ。自分でどーにかするから、あんたは表立って味方するなよ」

「どういう意味だ」

「マギのおっさんたちにヒーキって言われるんだろ」

ウィロウは少しだけ言いにくそうに、「おれたち、ほら、結婚してるし」と続けた。

「私はおまえを好きだから贔屓《ひいき》しているのではない。連中がおまえよりさらに国益となる案を申し出れば、いくらでも贔屓してやるつもりだ。大規模な工事となれば、費用の多くが宮殿と諸侯に流れる。水道省が独立した機関として工事指揮をとれるようになれば、無駄に予算を食いつぶすことも減るだろう」

「……期待に応えられるようガンバリマス」

「そうしてくれ。今度の工事は水道省の初仕事としては悪くない。実績ができれば、新部署の設立に反対している者たちも押さえ込める」

「それじゃ、なおさら失敗できねーな」

ウィロウは大げさなため息をついた。

荷物に手を突っ込むと、屋敷の鍵を取り出した。銀製の鍵で門を開けてシアンを招いた。庭を通り過ぎ、屋敷の扉を同じ鍵で開ける。

「同じ鍵を使って開けるのか。不用心だな」

「あー、これ、開けるのにコツがあるんだよ。門と屋敷の鍵穴はぜんぜん別物。でもどっちもこの鍵で開くようになってる。この家、じーちゃんの部下の建築士が建ててくれたんだけどさ、凝り性のやつが多かったみたい」

「そんな鍵があるのか」

「見る？」

ウィロウは鍵をシアンに手渡そうとしたが、断った。

「開け方にコツがあるのなら、工夫されているのはその鍵ではなく扉に取り付けられた鍵穴だろう。鍵を見ても仕方がない」

「まあ、そうだな」

苦笑いして鍵を机に置くと、ウィロウは水浴びすると言い出し、ふと、「そうだ。暇だったらこれ見てて」と荷物をひっくり返した。取り出したのは書類の束だった。ほとんどが図面だ。

「東方の都市計画書」

「屋敷から持ち出したのか」

「誰にも見せてねーから安心しろよ」

「自信はあるのか？　私に見せるということは、私の時間を奪うだけの価値があるんだろうな」

見下ろすと、ウィロウは顔をしかめてシアンを指差した。

「あんたのその言い方に怖気《おじけ》づいて、設計書を提出できなかった建築士がけっこういるってうわさ、本当みたいだな」

怖気づくのに無縁な図太い建築士は、シアンに計画書を預けると広間から出ていってしまった。シアンは長椅子に座って計画書を見始めた。

馬車で書いたのかところどころ文字がゆがんでいる。それでも、図面の緻密《ちみつ》さはいつもどおりだ。

青の宮殿の建築士にも同じような図面を描かせたが、どうしてかいつもウィロウの図面と比べてしまう。

騒がしい足音がして、ウィロウが広間に戻ってきた。水浴び場を飛び出してきたのか、上半身は裸で、薄茶色の髪からは水が滴《したた》っている。

「六区の水路の設計書って、もう見た⁉」

シアンは手元の書類から抜き出して渡した。ウィロウはそれを受け取ると、床に座り込んだ。

「忘れろ、書き直す」

「急ぐものでもないから、着替えてからにしたらどうだ」

「あんたの時間を無駄にするなってさっき言っただろ」

「もう見てしまったから、どうせ無駄になった」

「見終わるの早すぎるんだよ！」

ウィロウはがっくりと肩を落とし、小さな声で「自信があるって言ったのに、悪かったな」と謝った。少しだけ意外な気がした。

「おまえも本当は、私に怖気づいていたのか？」

「はあ？　そんなの当たり前だろ。青の学士と仕事してんのに緊張しないわけないだろ。それに、おれが使えなかったら推薦したあんたの評判に傷がつく」

怒ったように言い、床に図面を広げた。銀色の定規をあて、迷いなく線を書いていく。薄い色の細い線は針みたいに鋭い。腕を動かすと、水に濡れた茶色の毛先が、ひょこひょこと跳ねる。

ウィロウがどんな表情をしているのかはわからなかった。代わりに、裸の背中をながめた。文官らしい、皮ふのうすい綺麗な肌をしているが、腕やうなじは陽に焼けている。

王宮の兵と比べるとあわれなくらい貧相だが、思いのほか筋肉がついていた。工事現場でなにをやっていたのか、肩にはいくつも擦り傷があり、その赤いあとをさわったらどんな顔をするだろうと想像した。

「私が渡した計画書から、かなり書き換えたな。壁の高さを変えた意図はなんだ」

「んー、だって圧迫感があるだろ。王都の周囲の壁の二倍の高さじゃ、さすがに住みづらい」

ウィロウは図面から目を離さずに答えた。

「防護壁だ。サルタイアーの襲撃に備えている。軍事都市である東方の民にそんな気遣いをする必要はない」

「東方で生まれた人間は、戦争してるって噛みしめながら生きなきゃいけないのかよ」

「綺麗ごとで済ませるのは簡単だが、東方の民を危険にさらす案は採用できない。おまえの計画書は使えない」

ウィロウは手を止め、シアンを見上げた。書きかけの図面を持つと立ち上がり、シアンの手から残りの書類を奪う。

「時間、取らせて悪かったな」

ひとり、広間に取り残された。シアンの判断は間違いではない。それなのに、ウィロウの機嫌を損ねたというだけで、居心地の悪さを感じなくてはならないのが不思議だった。

アルカディアが現れたのは、数日後のことだ。

彼女はウィロウと一緒にいた。王宮の庭園にあるキオスクで話し込んでいるのを見かけ、シアンは足を止めた。つい最近までふたりは婚約していたが、それは解消されたはずだ。

「お願い、ウィロウ。このままでは研究所の所長と結婚させられてしまうわ。ふりでかまわないから、もう一度、婚約してほしいの」

くちもとを押さえたアルカディアは、大きな瞳に涙を浮かべた。

嘘泣きだと、一分の疑いもなく思った。なにより殊勝な態度が彼女らしくないと、長い付き合いが告げている。しかし、ウィロウは「ちょっと、泣くなって！」とひとしきり焦っている。

女の涙に丸めこまれてアルカディアとも婚約する気かと思い、固唾をのんでなりゆきを見守った。

「あのさ、悪いけど他のやつに頼んでくれよ。おれもう結婚してるから、あんたの婚約者のふりは無理なんだよ」

「前は四人と婚約していたじゃない。わたくしは二人目の結婚相手でもかまわないわ」

「かまえよ！　っていうか、おれはかまうんだよ！　とにかくあんたに協力はできねーからっ」

ウィロウが走り去ると、アルカディアはその後ろ姿を見送りさっと涙をふいた。まるで初めから近くにシアンがいたと知っていたかのようにまっすぐにシアンに向かって歩いてくると「青の学士、お久しぶりです」と恭《うやうや》しく頭を下げた。

「シャトランジ大会以来だな」

「残念な結果になりましたけれど、歴代最高のアリーヤと同じ舞台に立つことができて光栄でしたわ」

シアンは目を細めて彼女を見下ろした。なにを企んでいるのだろう。何にせよろくなことではないに決まっている。疑いのまなざしを向けると彼女はくすりと笑った。

「恥ずかしいところをお見せしてしまいました。婚約して欲しいなんて、女からお願いするものではないですわね」

「ウィロウに近づくな」

アルカディアは大きな瞳を見張って、「あら」と言った。

「まあ、ウィロウに情がおありになるのね。手駒のひとつで、結婚も見せかけだけなのかと思っていましたわ。でも、そう、情はきっとおありですわね。能力に見合わない者を水道長官に据えるなんて、青の学士らしくない失策ですもの」

「アルカディア、時間の無駄だ。言いたいことがあるなら用件を言え」

彼女は笑みを消した。

「この前、シャトランジの勝負ができなかったでしょう。だからわたくし、青の学士との勝負はもうあきらめました。その代わりに似たような遊びをしてみようと思います。貴方が取られて一番悔しい駒はどれなのか、選んでいるところよ」

シアンはこれ見よがしにため息をついた。実際、話すだけで疲れ切っていた。ひとに恨まれることは多く、敵意を向けられたり陥《おとし》れようと画策されることはあったが、彼女のように真っ向からぶつかってくる相手はめずらしい。

「好きにしなさい」

言い捨てて、その場をあとにした。青の宮殿に戻るとスクワルが待ちかまえていた。

「アルカディア様は相変わらずっすね」

じろりと睨むと、「いや、たまたまです。宰相を探していたらめずらしいお方と話してるんで、ついのぞいちゃっただけっすよ」と言い訳をする。

「どこから見ていた」

「宰相がウィロウとアルカディア様の話を盗み聞きしているとこからっすかね」

盗み聞きしようとしたわけではないと言いかけてやめた。スクワルは「ねんのため、ウィロウの護衛、増やしておきましょうか」と言った。

「いい、護衛は私兵に任せている」

スクワルは顔をしかめて、「宰相の私兵って正規兵じゃないっすよね。素性も一切教えてくれませんけど、もしかして軍から引き抜いてるんですか？　いい加減、俺にも会わせてくださいよ」と言う。

シアンは何度目かの要請を聞き流した。スクワルは肩をすくめたが、それ以上なにも言わなかった。

北方で行われる褒賞式典の話題に移ったので、シアンは人目を避けて執務室に場所を変えた。

「シャーの説得は済みましたよ。北方は警備が難しいので褒賞式典には宰相だけが出席するということで納得していただきました」

「納得したのか」

「……そうだといいなと思ってます」

シアンは息を吐くと執務室の椅子に腰かけた。

「それより宰相だけを北方に行かせるのも心配ですよ。前に三将軍のひとりをパーピュア王が連れていましたよね。北方の英雄だって聞いてたんで会うの楽しみにしてましたけど、宰相に敵意むき出しだったじゃないっすか」

「ヘイズ将軍だ。私もあれが初対面だったが、戦時に援軍の申し入れをされて断ったことがあるので良くは思われていないようだ」

スクワルは北方行きはやめておけと言わんばかりに勢い込んで、「ほら、あんた敵が多いんすから余計な危険は避けてくださいよ」と言った。

〈将軍〉とは北方に古くから伝わる役職で今は北方以外では使われていない。三将軍というだけにヘイズ将軍を筆頭にあとふたりの将軍がいるが、ひとりは病のために床に臥《ふ》せっていた。

「仕方ない。北方は秘匿《ひとく》主義で官職でさえなかなか通行証が出ない。式典でもなければ行くことは難しい」

「なんでそう北方にこだわるんです？　あっちになにかあるんっすか」といぶかしげに尋ねた。

「スクワル、おまえに頼みがある」

「なんなりと」

「近く、私は青の宰相を辞職して北方へ行く。おそらく、病で臥せっている将軍が亡くなるのと同時期に、北方へ行くことになるだろう。パーピュア王の話によるとそう長くはないらしい」

スクワルは言葉の意味を噛みしめるようにしばらく動かなかったが、「青の宰相をやめる……？」と呆然とした様子で繰り返した。

「私のあとを継げそうな者を選んでいるところだ。何人か宰相候補がいるので近いうちにおまえにも引き合わせる。適性を見てくれ」

「そんな話より先に言うべきことがあるでしょう！」

スクワルは執務机に両手をついたが、いつものふざけた口ぶりではなく、本心から焦ったのを取り繕うように、まっすぐな目で「目的は」と尋ねた。

「青の宮殿を守るために駒を手に入れる」

「駒……?」

シアンは説明した。

数年前、西方の暴動のさなかに驚くべきことが起きた。緑の王の両手からティンクチャーが消え、数年が経った今でも、ティンクチャーを持った新しい緑の王は現れていない。

もしも、青の王からティンクチャーが消えれば、パーディシャーとしての権威を保てなくなる。それに王に選ばれる者の多くは特殊な血の病で早世している。青の王が死ぬことがあって、新しい王が現れなければ、青の宮殿は他の宮殿からの圧力によって滅ぼされるだろう。

新しい青の王が現れなくとも確固たる地位を築く必要がある。そのためには北方、南方、西方、東方の弱味を手に入れなくてはならない。

必要なのは5つの駒だ。

ひとつめは水道省。省庁の中で水道省と財務省だけはシェブロン全土に影響力を持っている。シアンはウィロウを水道長官に推挙し、そうすることで水道省がシアンの配下にあると周囲に誇示していた。

ふたつめに容易《たやす》く手に入ったのは西方だ。経済的に破綻《はたん》している西方は援助なくして立ち行かない。支援を許可するのはパーディシャーで、手配するのは青の宰相の仕事だ。

そして砂漠化の進む南方では、ウィロウの考案した新しい施工方法を用いた下水処理のあるユーアービラを欲しているが、水道省の許可なく工事が行えないようシアンが制限した。

残りの東方と北方の弱味はこれから手に入れる。そして、北方の内情は王都にいながら知ることは難しかった。

「青の宰相を辞め、北方で役職に就くつもりだ。すでにパーピュア王にも了承を得ている」

なにか言いかけたスクワルは、言ったところでシアンの意思を変えることはできないと思ったのか、結局はなにも言わずに長椅子の隣に座った。

普段、なにかと口うるさい男が黙ったままでいるので、シアンは「北方へ行くまでまだ時間はある。後任は育てていくから安心しろ」と付け加えた。

「シャーは知ってるんっすか？」

「当然だ。おまえよりも先に伝えてある」

「あのひと視力はもうないでしょう。俺を残していくだけじゃシャーを守れるか不安じゃないんすか？」

近衛隊長らしからぬ弱音を叱責するかどうか少し考えたが、「おまえに任せた」とだけ答えた。


ブロイスィッシュブラウの機嫌が悪い。あからさまな態度を叱責しようとしたが、それより早く「水道長官が謁見の許可を求めています。どうしますか」と言われる。

「私の執務室に通せ」

ウィロウと会うのは久しぶりだった。警備兵に付き添われて執務室に入ってくる。水道長官としての正装をまとっていた。

「青の宰相。急な謁見にもかかわらず御許可を賜《たまわ》りありがとうございます」

綺麗な手紙と同じで、他人行儀な言葉遣いだった。パーディシャーにさえ馴れ馴れしく話しかける男らしくない。すっかり、他人なのかと疑った。

警備兵が執務室の外へ出ると、扉を閉めた。

頭を下げていたウィロウは、水中で息継ぎするみたいに勢いよく頭を上げた。

「はあっ、なんなのあんたのとこの近衛。ブロイなんとかって長ったらしい名前のやつ。取り次いでくれって頼んだら、いきなりつかみかかってくるし。『俺の宰相』に不必要に近づくなって剣で脅されたんだけど？　あんなの副隊長にしておいて大丈夫なのか？」

まくし立てると、返答を求めるように執務机に片手を置いた。

「……あとで注意しておく」

「あんたのまわりって変なやつ多いよな。娯楽所で会った青の近衛の連中もどうかしてたし、アルカディアもあんたに執着しすぎだろ。あんた護衛とかちゃんとつけてんの？」

それを言うなら、初対面から青の学士について熱弁をふるっていたおまえもじゃないのかと思ったが、ウィロウが本当にシアンの身を案じているようだったので、なんとなくくちには出せなかった。

「大丈夫だ。他人には毛嫌いされることのほうが多い」

ウィロウはぽかんとした顔でシアンを見下ろした。

「そう？」

「ああ」

ウィロウは首を傾げてなにか言いたげにしたが、「まあいいや。それよりこれ持ってきた」と紙の束を机に置いた。

「東方の都市計画書」

「……これは採用しないと言ったはずだ」

「の、改良版。防護壁を低くする代わりに壁の外周に堀を作る。橋を架けられた場合は、壁の見張り塔の操作で堀の内側の土嚢《どのう》を崩せるようになってる。ついでに、堀にひきこんだ川の支流は、渇水期の水の蓄えにできるようにしたから、無駄にはならない」

ウィロウはオレンジ色の瞳をきらきら輝かせて、「どう?」と尋ねた。

「自信はあるのか」

「あんたの時間を無駄にはしない」

シアンは計画書を持ち上げると、椅子の背にもたれた。会うのに少しだけ緊張していたから、身体じゅうが安堵で弛緩《しかん》した。

「目を通したら屋敷へ行く」

「それでさ、計画書も出来上がったことだし」

また王都の橋脚工事の視察に出向きたいと言い、「副長官がめちゃくちゃ怒ってて、水道省を出してくれねーから、視察はあんたの指示ってことにならない?」と図々しく持ちかけた。シアンは計画書をぱらぱらとめくり、満たされた気持ちで微笑んだ。

「計画書の報酬は必要ないだろう。おまえは始めから、私のための水道長官だ」

ウィロウはじわりと顔を赤くすると、「くそっ、ケチ上司」と文句を言った。

「はいはいはい、宰相、いつまで寝てるんだ、もう帰る時間だぞ！」

ブロイスィッシュブラウは壁を叩きながら広間に入ってきた。シアンは「うるさい」と顔をそむける。

「ぎゃあっ、動くなー！」

ウィロウとブロイスィッシュブラウの悲鳴が重なった。ウィロウの太ももに乗せた頭をまた動かし、すっかり蒼ざめているウィロウを見上げると、「おまえもうるさい」と睨んだ。ひざまくら程度でふたりとも騒がしい。

「ブロイスィッシュブラウは帰れ。今日は泊まっていく」

「なっ、泊まる⁉」

またしてもふたりの叫びが重なった。シアンはゆっくりと身体を起こすと、できるかぎりウィロウに顔を近づけた。

「だめなのか？」

顔をそむけることに必死になっていた男は虫の息で「あ、んたが、そうしたいなら、ドウゾ」と許可を出した。

「奥の寝室、空いてるからあんたの好きに使って」

「おまえの部屋で寝るなら私の寝室はいらないだろう」

ブロイスィッシュブラウが涙目で逃げ帰るのを見送ると、ウィロウはあれほどブロイスィッシュブラウの奇行を怪しんでいたのに、気の毒そうな顔になった。

「もしかして、あんたブロイなんとかをからかって楽しんでる?」

「なぜそんなことをする必要がある。私は利にならないことはしない」

誠実に見える顔で答えたが、ウィロウの疑惑は解けなかった。誠実なふりはなかなか難しい。

「ほんとに泊まるなら、部屋の用意してくる」と、ウィロウが立ち上がった。

ひざまくらをさせていたせいで、脚がしびれていると文句を言われる。シアンは長椅子に寝そべると床に置いてあった東方の都市計画書を手に取り、続きを読み始めた。

「シアン、準備できたぞ」

「ん」

気のない返事を返すと、「おれ、もう寝るから」とウィロウは引き返そうとした。

「もう少しここにいろ」

シアンの言葉に何を思ったか、ウィロウは計画書をつかんでシアンから取り上げた。

「あんただるいなら、運んでやろうか?」

「おまえに運べるとは思えない」

「馬鹿にすんな、西方じゃ、おっさんたちに混じって石壁も積んでたんだぞ。人ひとりくらい担げる」

「ふうん……寝台まで運んで、子作りにでも持ち込むのか」

軽口めかして、「男相手になにが子作りだ」と言い返されるだろうと思っていた。けれど、ウィロウは唖然とした顔でなにも言わなかった。

「黙るな、冗談だ」

「……あんたの冗談、笑えねえよ。そんなくだらないこと言うなんて、働きすぎで頭まわってないんじゃねーの」

ウィロウは動揺を誤魔化すように、シアンの前髪をくしゃくしゃとかきまわした。思わず、目をつぶってしまう。

「うぎゃ！」

失礼な声を上げて、ウィロウは飛び退《すさ》った。変な男だと、あらためて思った。


連日、うだるような暑さが続いていた。それでもさすがに明け方は気温も和《やわ》らいで、吹き込む風が汗を冷やす。シアンはくしゃりと紙がつぶれる音で目が覚めた。

頭の下からひっぱりだしたのは都市計画書で、走り書きした文字はかすれ、ちょうど真ん中には盛大なしわが寄っている。

寝室の片側の壁は、庭に面しているため、薄い朝陽が差し込んでいる。ブロイスィッシュブラウが迎えに来るまで、あと三十分というところ。寝坊なんて久しぶりだった。シアンは睡眠が短くても体調が悪くなることがないので、長時間眠ること自体が久々だ。

隣に寝転んでいる男は、声をかけても反応がない。平和な寝息をたててぐっすりと眠っている。薄茶色の髪が、汗で首筋に張り付いていた。

「ウィロウ、間に合わなくなるぞ」

「……さい」

「汗が気持ちが悪い。起きて湯浴《ゆあ》みの支度をしろ」

「……てめえ、朝一番から命令かよ！　あんたが暑くて寝れないって言うから、夜遅くまで話に付き合ってやっただろ。くそ、シャトランジにしときゃよかった。夢にまで設計図が出てきて、寝た気がしねえ」

ウィロウは掛け布にくるまったまま、こめかみをぐりぐりと押している。

「六区の水路の仕様書がない。昨夜、書き直したページだ」

「ああ？　床だろ。あ、あんたの下にもあるんじゃねえの。書いてる途中で寝た気がするし」

シアンは上体を起こした。

「背中が痛い」

「そこらじゅうに、本を広げて寝るからだろ。ここにもついてる」

ウィロウは寝ぼけた様子で、シアンの背中に貼りついた紙をはぎとった。

「はは、あんた、背中に文字が写っちゃって……」と笑いかけて、固まった。

「な、んでハダカ⁉」

「裸じゃない、下着はつけて……ああ、そういえば脱いだか」

身体を見下ろすと、ウィロウはすっかり目が覚めた様子で起き上がった。

「あんたなんで、すぐに脱ぐんだよ！　夜着なんか脱いだって、薄いんだからたいして暑さは変わらないだろ⁉」

「暑さはあまり関係ない。服を着ていると寝苦しい」

「羞恥心はないのか⁉」

「見られて困るものはない。青の宮殿では着替えや湯浴みも侍従に手伝わせるのが普通だ」

「これだから王宮育ちは！」と寝台に突っ伏した。

「王宮育ちはおまえも同じだろう。緑の宮殿が王宮内にあった時のままなら、私と同じように王宮で育ったはずだ。研究所で会っていたかもしれないな」

ウィロウは呆れた顔をした。

「研究所って言ったって、あんたがいたのは養成棟じゃなくて、マギが働いている学術棟じゃねーか。学士でも一握りしか入れないとこなんだから、あんたが近衛に入隊する年までに、おれが追いつけるはずがないだろ」

「そうか」

研究所は決して楽しい場所ではなかった。あの頃、もしも、ウィロウがいたらと想像した。がさつで、無神経で、年上のシアンに対しても平気で刃向かってくる少年がいたら。おそらく仲良くはできないだろうなと、おかしかった。

ウィロウは水浴び場へ行くと、しばらくしてぶつぶつ文句を言いながら寝台に戻ってきた。

「あんたなに寝てんだよ。湯浴みの用意してやったぞ。人にやらせといて、まさか入らねーつもりじゃないだろうな」

「ん」

寝台で横になっているシアンは、かすれた声でつぶやく。

「なあ、顔赤いけどもしかして調子悪いのか？」

寝台のふちに腰を下ろすと、散々ためらった挙句、「熱計るだけだからな」と言った。手の甲でシアンのひたいにふれる。

「わかんねえ。起きれないなら、王宮に知らせておいてやろうか」

「調子は悪くないが、今は立てない」

「立てないって、あんたそれ、めちゃくちゃ具合悪いってことじゃ」

「もよおした」

シアンが答えると、「……は？」と目を細める。

「近頃、抜くのを忘れていた。どうせ手が、汚れるから、終わってから湯を浴びる」

さすがに、自慰しながら普通に話すのは難しい。かすれて途切れがちになったが、意味は伝わっただろう。シアンは寝台に顔を押し付けた。下半身はかろうじて布に隠れているので、好きに手を動かした。

「……は？」

「たいして、時間は、かからない」

答えた瞬間、ウィロウに両肩をつかまれ、寝台に押し付けられた。あおむけになったシアンは、熱い息を吐いた。眉間にしわをよせて、「手を離せ」と睨んだが、ウィロウは手を離さなかった。

「聞けるか、ふざけんな！　離したら、あんた続けるつもりだろ⁉」

見上げた男は、涙目になっている。

「自慰行為を見るのは、泣くほど不快か」

「泣いてねえ！」

「潔癖ぶるな。おまえだって、溜まれば抜くだろう」

「たま……青の学士が下品なことを言うな！　あんたほんとに何がしたいの。これ以上、おれの憧れをぶっ壊すんじゃねーよ」

「私がなにをしても好きだと言ったのに、自慰くらいで嫌うのか」

近衛の娯楽所で求婚された時のことを持ち出すと、ウィロウは「それ言えばなんでも流せると思うなよ」と怒鳴った。

「なんで人前で平気で脱いだり、抜いたりできんの、幻滅させんな！」

好き放題言われて、つい反射的にみぞおちを蹴った。ウィロウは痛みに耐えかねて、シアンの胸の上に頭を押しつけた。

「さっさと手をどけろ。寝台でしなきゃいいんだろう」

「水浴び場でやる気満々⁉」

「じゃあ、どこでやれと言うんだ」

「どこでもいいから、おれに想像させんな！」

「うるさい」

蹴ろうとしたひざを防ごうとして、ウィロウはシアンの身体に乗り上げた。

もとから覆いかぶさる格好になっていたので、体重をかけて押さえつけられると抵抗ができなくなる。シアンの左腕には大きな傷があり、その深い傷跡によって、左腕は自由にはならない。身体の弱いところを、ウィロウは押さえつけていた。

それまで、じゃれているような感覚だった。相手がウィロウだったので、危機感などみじんもなかった。男にのしかかられている、と急に認識したとたん、全身が強張りざわりと総毛だった。退け、と命じた。ウィロウは動きを止め、慌てて手を離した。

「悪い」

両手を上げ、腰を浮かせた。その姿を見てもまだ身体の強張りが解けなかった。

「悪かった、腕痛い？」

シアンの傷痕を見ながら、ウィロウは困り切った様子で謝った。一度静かに息を吸い込むと、ようやく、身体から力が抜ける。腹の上に乗っているのは、無害な存在だ。年下で非力で、シアンのために働くことをいとわない、シアンだけの水道長官だ。こんな相手に怯えるなんて、耐えきれないほど恥ずかしかった。

「たいした傷じゃない」

ウィロウは手の置き場に困り、そっとシアンの顔の横に手をついた。

「いたそーだけど」

反撃というほどのものでもなかったが、ウィロウの手を人差し指でひっかいた。ウィロウは刺激にびくりとした。その反応を横目で見て、シアンは息を吐いた。

「指が長い。おまえは身長のわりに、手が大きいんだな」

「ちび扱いするなよ、別に普通だろ。あんたや近衛の連中の背が、高すぎるんだ」

「おまえの手は好きだ」

ウィロウは「あんたは意外と〈水道長官〉が好きだよな」と答えた。当たり前だ。私の水道長官だ。

見上げると、ウィロウは肉欲を感じさせない静かな顔をしていた。それで、途方もないくらいホッとした。爪にインクのしみ込んだ指先に、自分の指を絡める。

「この指が生み出す図面は、美しいと思う」

また悲鳴を上げるだろうか？　それとも、答えに詰まって赤くなるだろうかと、反応を待った。

ウィロウはしばらくシアンの手を見つめていたが、確かめるように指を絡めた。力はこもっていない。ほんの少し、大事なものを守るように握りしめる。

「おれもこの手が剣をとって、戦争の終わりを導いたと思うと、たまんなく好きだよ。手を動かすための思考を生みだす、あんたの皮ふの下につまっている全部が、おれにとっては〈特別〉だ」

真剣な声音につられた。声が上ずりそうになって、つばを飲み込む。ようやく声を絞り出すと、

「そうか」とだけ応じた。

「ところで今、おまえがつかんだ手はさっき」

「言うなッ！」

ウィロウがいつもどおりに怒鳴るので、シアンは耐えきれずに吹き出した。声を出して笑うことはほとんどないので、むせてしまう。やっぱり、シアンの水道長官は間が抜けている。

「私を好きなのに、自慰をしているところは興味がないのか」

「今度そういう笑えねえ冗談を言ったら屋敷に入れねえからな！」

「見るのが好きな男もいたが、そういう嗜好《しこう》は共通のものではないんだな」

ウィロウはぎくりと強張った。それはシアンの思い出なのに、まるで自分がそうされたように傷ついた顔をした。

「それで？　私は裸、おまえは馬乗り、寝台に組み敷かれて、無遠慮に身体をながめまわされている。客観的に見て襲っているのだろう。このまま続けるつもりなのか？」

茶化すと、手を離して飛び退《の》いた。

「誰が男なんか襲うかよ！　おれがこんな格好してるのだって、もとはと言えばあんたのせいだろ⁉」

「男を襲う者は、たいがい私のせいにする」

「あんたがところかまわず、裸になるせいじゃねえの⁉」

ぎゃあぎゃあと騒ぐのが、無害である証拠のようで、シアンは笑みをこぼした。

ふと、気づいて廊下を見た。ひっそりとした足音が近づいてくるのを感じる。シアンはウィロウの胸倉をつかんで、くるりと体勢を入れ替えた。あおむけに寝転がされたウィロウは、馬乗りになったシアンを見上げた。シアンが枕元に置いた短剣をつかむと、「ちょ、まさか、そこまで怒んなくてもっ」と慌てた。

てのひらで口をふさぎ、ひそめた声で、「誰か来る」と伝えた。片手で剣を鞘から引き抜く。

「宰……」

ビィン、と空気が震えた。シアンの投げた短剣が床に突き刺さった。わずかにずれていたら、入ってきた男の足の甲に刺さっていただろう。

「気配を消して近づくな、ブロイスィッシュブラウ」

出入口から見えたのが見知った男だったので、息を吐いた。

「だ……だから、部屋に入る前に声かけただろう！」

蒼ざめた黒髪の男はしばし床の短剣を凝視していたが、ようやくシアンの問いに答えようと、「シャーがお呼びで」と顔をあげかけて、固まった。

「はだ……か⁉」

「寝ていたから、当たり前だ」

シアンは答えるとそのまま寝台を降りた。掛け布だけがはらりと寝台に残る。シアンは服を着ている時と同じように、ためらいなく部屋を横切ってブロイスィッシュブラウに近づいた。

「なん……おまえ、勃って、ないか」

「途中で邪魔をされた」

これ見よがしに舌打ちする。シアンは身をかがめて床に刺さった剣を引き抜くと、石像のようになった部下の胸元に押し付けて、「馬は連れてきたか？」と尋ねた。

「……馬車が、門の、前に」

「馬車は使わないと何度言えばわかる。おまえの馬を貰う。鞘は寝台だ、回収しておけ」

通り過ぎようとしたが、ブロイスィッシュブラウはシアンの二の腕をつかみ鬼気迫る表情で、詰め寄ってきた。

「あの小僧にどこをさわられた⁉　入れたのか入れられたのか未遂で済んだのか、それだけはハッキリしろ！　あまつさえくちづけなんか許していないだろうな⁉」

言い終わる前に、男は腹を押さえてうめいた。

「おまえは何度言っても、上官に対する態度を覚えないな。出来の悪い犬を躾け直すには、蹴るしかないのか？」

「もう、蹴って……」

恨み言を聞き流すと、ウィロウを振り向いた。

「ウィロウは自慰を見ていただけで、おまえの考えるようなことは何もしていない」

「じ？」

ブロイスィッシュブラウはぎこちない動きで寝台のウィロウを見た。ウィロウは身の危険を感じたように後ずさり、とりあえず首を横に振ったが、ブロイスィッシュブラウは真っ黒な目に殺意をにじませた。

「うわっ」

ウィロウが掛け布を振りかぶると、ブロイスィッシュブラウの投げた短剣が弾かれて飛んだ。硬い金属音を立てて落ちると、手入れされた刃が、くるくると円をかいて床を滑る。ウィロウはぜえぜえと肩で息をしながら怒鳴った。

「なんにもしてねーって、シアンも言ってただろ⁉」

「宰相の自慰を見ておきながら、なにもしてないだと⁉　死んで後悔しろ小僧！」

「青の宮殿の近衛はみんな馬鹿なのか⁉　男の自慰なんか喜んで見るわけねえだろ⁉」

「オレは宰相の自慰を見るためなら、有り金をはたく！　たとえ明日から、泥水しか飲めなくなっても、自慰の思い出があれば生きていける！」

ブロイスィッシュブラウは、ものすごく男前な顔で言い切った。ウィロウは途方にくれたように、

「へ、変態」とつぶやいた。

「何が変態だ、おかしいのはおまえの目だ！　宰相が裸でそばにいて襲わないなら、おまえは男じゃ

ないただの不能だ！　ついてるだけ無駄なものなど、さっさと切り落とせ！」

「あんたおれにどうして欲しいんだよ⁉」

「くそっ」

ブロイスィッシュブラウは、力いっぱい壁を叩いた。

「おまえも見るか？」

シアンは小首を傾げた。

「おまえには東方の通行証を手に入れさせた借りがあったからな。散々、貸しだと言っていただろう。いつまでも、貸しと思われるのは癪《しゃく》だ。見たいなら、自慰で清算してもいいがどうする？」

「まさか、小僧とも取引したのか！」

「質問の答えを報酬にしてもいいが？」

「……待て、言うな、それならオレは自慰を見る！　いや、まだダメだ！　おまえと取引できる機会をそう易々《やすやす》と手放したりはせん！」

「私の『自慰を見る』では、報酬には足りないか？」

ブロイスィッシュブラウの首筋をなでると、相手は露骨な誘いにぽかんとした。ためらった後、血のにじむような低い声で、「まだ、考えさせてくだ、さい」と答えた。

「萎《な》えた」

捨て台詞を残してシアンは寝室を出た。背後から「あいつは一体なんだ？」と絶望的な声が聞こえる。

「普段は取り澄まして付け入る隙がないくせに、あの色気はなんだ？　あいかわらず肌は綺麗だし腰は細いし銀色……くそっ、いやらしい！」

ブロイスィッシュブラウは絶叫した後、「自慰……」と、未練たらしい低い声をもらした。あの変態をあきらめさせて東方に帰すのはもしかしたらかなり面倒なのかもしれないと、シアンはため息をついた。


シアンは五日の休みをとった。青の宰相になって以来、というより一度もまとまった休みを取ったことはなかったので、休み当日の朝に聞かされたスクワルは当然のように慌てた。

「ウィロウと円形場へ行く」

「ああ、なんだ。闘羊を観に行くんすね。人気の演目っすから、非番の近衛も何人か行くって話してましたよ。でも円形場ならすぐ近くでしょう？　どうして五日も？」

「捕り物がある」

シアンは笑みを浮かべた。

「財務長官が円形場に出向く。今日は闘羊の最終日だ。円形場は今や役人や諸侯の社交場のようになっているから、王都中の役人が集まっているだろう」

「ウィロウを円形場に連れて行っても、そんな人の多いところで襲うとは思えませんけど？」

「襲わせる。ウィロウの護衛は外してある。財務長官の隣の座席を用意したから、ウィロウがそこへ座ったら、どんな顔をするか見物だ。自分が命を狙っている男の隣で、大人しく闘羊を観ていられるのか、楽しみだ」

「ああ……えぐいっすね」

スクワルはげんなりした表情を浮かべたが、今日じゅうに片が付くと思うと、やはり気分が良かった。

その足でウィロウの屋敷を訪れる。

予想外だったのは、シアンが来る前からブロイスィッシュブラウがいたことだ。食堂の机に向かい合って座っている。ウィロウは朝食の途中のようだった。

「オレはあいつと、友達になろうとしただけなんだっ。下心をもった連中は蹴散らしてきた。守ってやったのに、スクワル隊長からはくぎを刺されるし、あいつは軽蔑のまなざしで見るし、なんだかだんだん、それも気持ち良いような気がしてきて……あ？」

「へ、変態」

ウィロウのつぶやきにブロイスィッシュブラウは両手で机を叩いた。

「だから違うと言っているだろう！　あいつとは何年も上官と部下をやってきた。そういう関係も悪くないと思っていたのに、急に王宮を出ていくと言いだして、ぶっ壊したのはあいつのほうだ！」

「あんたと何の関係があるんだよっ」

「何年も澄ました顔しか見せなかったやつに、八つ当たりで絡まれてみろ。甘えられてるのかと思うだろ⁉　シャーとも険悪で危なっかしくて、そうだオレはあの雰囲気につられたんだ！」

答えを見つけたと言わんばかりの目の輝きに、ウィロウは水を差した。

「あの時は、怪我して近衛を降りることになったんだから、くさくさしてもしょうがねえだろ」

「くさくさなんて言葉で、あの色気垂れ流しの状態を言い表せるか！」

「青の学士に色気とか言うな！　そんな風に見えるのは全部、あんたの勘違いなんだよっ」

ウィロウは怒鳴り返してから、自分も同じ勘違いをしたことを思い出したのかブロイスィッシュブラウと同じように頭を抱えた。シアンが西方にいた頃、ウィロウのことを好きだと勘違いしていた。その思い込みのために求婚する羽目になったのだから、落ち込むのも仕方ない。

「邪魔をする」と声をかけ、庭から食堂に入る。ブロイスィッシュブラウが勢いよく立ち上がり「宰相！」と歓声を上げた。

無視してウィロウに声をかけた。

「水浴び場を借りる」

ウィロウは動揺した顔で「い、今の話、聞いてた？」と尋ねた。

「なんの話だ」

とぼけるとあからさまにホッとした表情に変わった。ウィロウはシアンの手を見て、「なに、そのビン」と尋ねた。

「庭師にもらった」

植木の剪定《せんてい》をしている庭師を振り向くと、人の良さそうな男は頭に巻いた布を取って会釈した。

「ウィロウ、来い」

呼びかけると、「どこへ？」と警戒心が丸出しの表情に変わった。

「水浴び場を借りると言っただろう。髪を洗ってくれ」

ウィロウは意味を考えるようにじっと食べかけのスープ皿を見下ろしていたが、皿のふちを叩くと「おれは今後、全面的にブラウの側につく」とうめいた。

シアンは仕方なくひとりで水浴び場へ向かった。一時間もせず食堂に戻ってきたが、まだブロイスィッシュブラウがくだを巻いているのを見て呆れた。

「早く帰れ。私は非番だから護衛は必要ない」

犬にするように出て行けという意味で庭を指差したが、ブロイスィッシュブラウはぽかんと大口をあけたまま固まっている。ウィロウもぽかんとしてスプーンを落としたのにも気づいていない。

「あんた……頭、へんじゃない？」

失礼な物言いだが言いたいことは伝わった。シアンは髪をひと房つまむと「この色は似合わないか？」と尋ねた。

庭師に貰った薬剤を混ぜ合わせ染め粉を作った。髪の色を変えるためだ。すっかり茶色に染まった髪は街でよく見るありふれた色で、二、三日は元の色には戻らない。

「おまえが来ないせいで後頭部がうまく染まらなかった」

「おれのせい⁉　なんでもかんでも命令しやがって、あんたの召使いじゃねえぞ！」

「外を出歩くのに私を連れて行くと目立つから嫌だと言っただろう。まだらに染まっていたら余計に目立つ」

それは嘘ではなかったが、ウィロウが言ったのは「髪に布でも巻いたら銀髪が目立たないんじゃねえ？」だった。シアンにとってはどうでもいい違いなのだが。

「それより、いま着ている服と、これとこれなら、どれがいいと思う？」

シアンは片手に持っていた服を、自分の身体にあわせるように広げてみせる。

ウィロウは机に両ひじを乗せると、「なんでもいいよ」と力ない声で答えた。

「よく見ろ、適当に答えるな」

スープの皿に落としていた視線を渋々あげ、「光沢がないほうがいいんじゃねえの。左のやつは?」と言い直した。

「ではこれに着替えよう」

「それより帯、別のに替えろよ。その青色、けっこう派手だろ」

模様が織られた帯をスプーンで示す。シアンにとってはたいして派手とも思えない色だったが、「わかった」と帯に手をかけた。

「ここで脱ぐなよ」

「これより地味な帯は持っていない。おまえのを貸してくれ」

「寝室の奥にあるから、好きなの使えば」

素っ気ない返答に、「おまえが見立てたほうが早い」と答える。

「ついて来いってこと? おれ、まだ食事中なんだけど見てわかんねえ? あんたの部下に付き合って、まったく食えてないから腹減ってんだけど」

ウィロウは抗議のように、握りしめたスプーンで銅製の皿をカツンと叩いた。

「私も朝から何も食べていなくて空腹だ。早く支度を終わらせたい」

じっと見つめると、ウィロウは歯ぎしりして、「ああ、もうっ」と立ち上がった。

「その首飾りも絶対つけてくなよ」

「外したほうがいいなら外してくれ。見てのとおり、両手がふさがっている」

「おれは召使いじゃねえって、言ってんだろ!」

恨み言など聞こえなかったように背を向けると、律儀な男は文句を言いながらも白銀製の首飾りに手をかけ、留め具を外した。

「宰相っ！　その髪はどうした⁉」

ブロイスウィッシュブラウが息を吹き返した。

「ウィロウがこの色のほうがいいと言うから、仕方なく染めた」

「はああ⁉　あんたが勝手に染めたんだろ⁉　おれは銀髪じゃ目立つから、布でも巻いたらって言っただけなのに、やることが極端なんだよっ！」

「おまえは銀髪が好きだったのか」

「人の話を聞けよ！」

「この色は私に似合わないか？」

首を傾げると、ウィロウは頭のてっぺんから足先までシアンをながめ、怒りに震えながら答えた。

「……あんたはなんでもお似合いだよッ」

あいだに割って入ったブロイスウィッシュブラウが、「オレの目の前でいちゃいちゃするなあ！」と、雄たけびを上げた。

「死にたいのか小僧⁉」

「いちゃいちゃなんかしてねえよ！　頭わいてるんじゃねえのか⁉」

「わいてるのはおまえの頭だ！　なにが帯は替えたほうがいいだ、宰相に意見するなんて何様のつもりだ⁉」

ブロイスウィッシュブラウは向きを変えると、シアンの肩をつかみ、「おまえもおまえだ！」と詰め寄った。

「街の女みたいに服なんか気にして、髪の色まで変えて媚びて、そんな可愛げ、おまえにはちっとも似合わない！　可愛……かわいくも悔しくもないが、一体どうしたんだ⁉　まさか、この小僧に弱味でもつかまれて仕方なく……っ」

ひざ蹴りをくらわせると、ブロイスィッシュブラウはひざを折ってよろめいた。

「不用意にふれるなと言っているだろう。反吐《へど》が出る」

「そういつも、オレが同じ手で引っ込むと」

思うなよと言おうとしたのだろうが、「では手加減はやめるか」とかぶせると、片手をあげて降参を示した。

「待て、宰相。オレがここへ来た用向きを言おう。シャーが」

「拒否する」

シアンはにべもなく断った。

「昨日のうちに五日先の仕事まで済ませている。会合の予定も来訪もなく、側近には緊急時は早馬を使えと言い含めた。私が王宮に戻らなくとも事足りる用しかないはずだ。くだらん呼び出しには応じない」

「いや……だが」

「戻ってシャーにお伝えしろ。久しぶりの休みの朝から顔を見たくない。今日はウィロウと街に出かけて、円形場で闘羊を観る。おまえもこれ以上、居座って邪魔をするな」

「……邪魔」

「ああ、それもシャーに伝えておけ。『邪魔をするな』」

じろりと睨むと、ブロイスィッシュブラウは沈んだ声で「わかった」とつぶやいた。あきらめて出て行くかと思ったが、その黒い目には別の力が込められていた。

「わかったぞ。この小僧を特別扱いするのは、オレへのあてつけじゃない、シャーへのあてつけなんだな」

「……なんだと」

「はは、おかしいと思ったんだ。シャーならともかくおまえがこんな男に入れあげるなんてありえない！」と、ウィロウを指差した。

「それは、私が青の女だという意味か」

「違うと言えるのか？　シャーは近衛にいた頃から、おまえを自分のものだと言って憚《はばか》らなかった。かつての近衛隊長のバルナスとのうわさなんかより信憑性《しんぴょうせい》があったのは、おまえのあの人に対する態度が他とは違ったからだ！」

予期せずバルナスの名が出てきて、シアンは動揺した。

たぶん、誰も知らない。シアンが青の王に手ひどく裏切られたことはスクワルでさえも知らない。エールの記憶を失っているあいだ、青の王を疑いもせず仕えていたことをつい最近までシアン自身も知らなかった。周囲から〈青の女〉と揶揄されてもなんとも思わなかった。記憶が戻るまでは、本当になんともなかった。

過去にあんな目に遭わなければきっと今でも青の王のために生きていた。

「楽しそうだな、ブロイスィッシュブラウ。それで私の弱味を握ったつもりか？」

シアンは低い声で応じたあと、くちの端だけで笑った。

「シャーにあてつけるためだけに結婚するなら、相手はウィロウでなくとも良いはずだ。私を好きだという男なら誰でも良い。何年も私のケツを追いかけながら、当て馬にさえ選ばれなかった気分はどうだ?」

ブロイスィッシュブラウは顔色を失い立ち尽くした。それでもまだ足りない。二度と生意気なくちをきけないようにしてやらないと気が済まないほど腹立たしかった。

ウィロウが手を伸ばし、シアンのくちを押さえた。とっさにその手を振り払うと、ウィロウは叩かれた手の痛みに少しだけ顔をゆがめた。

「あんた、性格悪いよ」

「私が?」

まさかウィロウがブロイスィッシュブラウの味方をすると思わなかったので唖然とした。シアンに反抗的なことを言っても、誰かがシアンの敵に回れば無条件に〈青の学士〉の側につくと思っていた。

「青の女とか根も葉もない暴言吐かれて腹立つのはわかるけど、腹立つこと言われたからって同じことやり返していいわけじゃないだろ? 嘘ならちゃんと否定して、相手に謝らせろよ」

ウィロウは子どもの喧嘩を仲裁するように説教じみたことを言い、「それからブラウも、先に馬鹿げた喧嘩売ったんだからまずあんたからシアンに謝れよ」とブロイスィッシュブラウを指差した。

「イヤだ」

ブロイスィッシュブラウが簡潔に返事をした。

「なんで小僧に仕切られなきゃいけないんだ、オレは絶対にイヤだ!」

「私も謝罪など必要ない。こいつに謝られたところで気は晴れない」

「あんたら子どもかよ！」

ウィロウがさじを投げると、ブロイスィッシュブラウがおもむろに切り出した。

「わかった、『貸し』を使う。王宮に戻ってもらうぞ、宰相。シャーの命令には逆らえないからな」

「職務に誠実なふりをしてよく言う。私を無理に屈服させるのは自慰を見るよりも楽しいのか？」

「ああ、楽しい。おまえがオレと対等に会話し、素直にうなずくのは、シャーの名を出した時だけだからな。心置きなくおまえを従わせられるのは楽しい」

ブロイスィッシュブラウはすっかり涙目だ。シアンは思わず声をかけた。

「……泣くくらいなら言うな」

「あんたたちもしかして、仲良いの？」

ウィロウが呆れながら突っ込んだ。

結局、シアンは王宮に戻ることになった。青い服に着替えていつもどおりの格好になると、茶色い髪はやはり違和感がある。きっと青の宮殿でも色々と言われるのだろうと思うとますます面倒になった。財務長官の尻尾をつかむための罠《わな》も無駄に終わり、無力感を味わう。

紐《ひも》を使って頭の後ろでひとつに束ねようとした。

「ウィロウ、結んでくれ」

「あんたなあ……」

「左腕が上がらない」

ウィロウはなにかを思い出したように目を見張ると、神妙な顔つきに変わった。椅子を引いてそこにシアンを座らせると背後に回った。こんなに騙されやすい男を水道長官に据えて大丈夫だろうかと、騙した立場ながら先々が不安になる。

「この辺で結べばいい？」

「おまえはいつの間にブロイスィッシュブラウと仲良くなったんだ」

ウィロウは自分に言われたと気づかなかったようだ。シアンはあごを上げて同じ質問を繰り返した。

「おれがブラウと？　別に仲がいいわけじゃねえけど。むしろ、あんたたちのほうが仲良いんじゃねえの。付き合いも長いんだろ」といぶかしげに答えた。

「あいつを愛称で呼んでいる」

「長いから略したほうがラクだろ。ブラウも別に気にしてないみたいだったし」

「そうか……だが、私のことは愛称では呼ばないな」

「あんたの名前のどこを短くしろって言うんだよ！　シアンなんて三文字しかないだろ」

「それくらい自分で考えろ」

適当に応じると、ウィロウは心から嫌そうな声で、「じゃあ聞くけど、あんたはおれのことはなんて呼ぶんだよ。省略しようがないだろ」と言った。

シアンは少し考えて答えた。

「ウィーくん」

「……壊滅的だな」

部屋を追い出されていたブロイスィッシュブラウが、「宰相、まだか⁉」と尖った声で促し、庭に面した扉から顔をのぞかせた。待てを覚える前の小犬のように落ち着きがなく、シアンは低い声でていたのを思い出す。

「駄犬め」と毒づいた。

ウィロウが髪を結い終わるのを待って椅子から立ち上がる。

「暗くなる前には戻る」

「あ、待て。おれも出かけるから、鍵、持ってけよ」

ウィロウは箱から鍵を取り出すとシアンに手渡した。それから「鍵の使い方、書いておくな」と白紙を手にして鍵穴の絵を描き始めた。以前、門と玄関は同じ鍵で開くが、開け方にコツがあると言っていたのを思い出す。

「水道省へ行くのか？」

「仕事がたまってるんだよ。今日中には帰って来ないから、屋敷に戻るなら鍵使えよ」

シアンは鍵に視線を落としてから眉をひそめた。財務長官を罠にはめるため、ウィロウの護衛は昨日のうちに解除してしまった。シアンがそばにいれば安心だと思っていたが、ひとりで外出させるのは危険だ。

「私が戻るまで家にいろ」

「は？　そんなに闘羊が観たかったのかよ」

「ん」

シアンが返事をすると、ウィロウは困ったように「無茶言うなって」と言った。

「明日から南方でビレットの水道省と交流会があるし、あんたが強引に休みを取れって言わなきゃこんな時期に休むわけないだろ。あんたを待って時間をつぶすなんてもったいないことできるかよ」

「では、私も王宮へは行かない」

ウィロウはぎょっとしたようにシアンを見て、「拗ねんな、バーカ！」と言った。

「私を馬鹿と言うのはおまえくらいだ」

「みんな遠慮してるだけだって気づけよ！　いい年してくちびる尖らせるな、ん、とか返事するな、くっそ、早く連れてけよブラウ！」

ブロイスィッシュブラウは、「オレに命令するんじゃねえ！　あと、いちゃいちゃするなと何度言ったらわかるんだ⁉」と叫んだ。

「行くぞ、宰相！」

シアンは呼びかけを無視して、「ウィーくん」と呼んだ。

「えっ、それ定着したの⁉」

「用が済んだら水道省に寄る。先に屋敷に帰るなよ」

「なんで⁉」

じっと見つめると、ウィロウは根負けした。

「了解……シーくん」

「私の真似だな、独創性がない」

「鼻で笑われたくねえ！」

歯ぎしりしたあと、地べたを這いずるような低い声で「シーちゃん」と言い直したので、シアンはやっぱりおかしくなった。

馬車に乗ると鍵を見つめた。銀製の鍵だ。ウィロウと揃いの銀製品。髪をしばっていた紐を取り、鍵に結び付けると首から下げた。

「なにしてるんだ、宰相」

「ブロイスィッシュブラウ、ひとつ先の通りで馬車を止めさせろ」

「おい、王宮へ行くんじゃないのか」

シアンは馬車の窓から外を見て、「この界隈には高官と諸侯しか住んでいない。貸馬車の利用者も富裕層だ。その割にみすぼらしい馬車が止まっている」と言った。

「財務長官のところへウィロウを連れて行く気なら、証拠になる」

ウィロウは屋敷から出てくると、門番と一言二言なにかを話した。貸し馬車でも待っているのだろう。怪しげな馬車が動き出し、のろのろとウィロウに近づいていく。

その時、意外なことが起きた。もう一台、豪奢な馬車が現れるとウィロウの屋敷の前に止まった。そして一瞬でその場から走り去った。あとに残されたのは門番ひとりで、慌てて屋敷の中に戻っていくところを見るとウィロウが馬車に押し込められたのは間違いない。

「追いかけさせろ」

ブロイスィッシュブラウは窓に張り付いていたが、「今の馬車、どこかで見たことがあるな」とつぶやいた。

「なに？」

「このあいだのシャトランジ大会だ。高官の中でも一握りしか乗れないような高級車だから、見間違いじゃない」

「私も思い出した。おまえにシャトランジ大会の警邏を任せたはずだが、なぜスクワルの隊がいたんだ」

「……それ、は、今する話か？」

「答えろ、ブロイスィッシュブラウ」

冷ややかに尋ねると、「俺だって、おまえが大会に出ていると知っていたら警邏を引き受けた」としどろもどろになる。

「スクワル隊長が警邏を代わると言ってくれたんだ。そのかわり、ある女を見張っていろと命じられた。まだ若くかなりの美人だ。さっきの馬車はその女が使っていたから、相当の家柄の令嬢だろう」

そんな女の心当たりはひとりしかいない。だとするなら、スクワルがブロイスィッシュブラウに任せた仕事の意味は、シアンの護衛だ。直接、シアンのあとをつけさせると護衛を撒くので、アルカディアを見張らせたのだろう。

しかし、いくらアルカディアと不仲だからといって女に攫《さら》われると心配されていたのなら心外——そこまで考えて、たった今、彼女に攫われた男がいたことを思い出した。

馬車は王都を横切り、ひと気のない街へ入り込んだ。広場に出ると待ち構えていたように脇道から馬車がわらわらと出てきてアルカディアの馬車を取り囲んだ。一台はウィロウの屋敷の近くで見たみすぼらしい馬車だ。

アルカディアの護衛らしい男が馬車から出てきて応戦したが、多勢に無勢では勝ち目がない。けれど、護衛が引きつけているあいだにアルカディアは馬車から飛び降りた。彼女はしっかりとウィロウの手を握りしめている。

「逃げるわよ、ウィロウ！」

ウィロウがよろけながら馬車から降りた。どう見ても主導権はアルカディアにある。路地へ逃げ込んだふたりの後を馬車から降りた男たちが追う。

「行け」

シアンが命じるとブロイスィッシュブラウは馬車から降りてアルカディアたちを追った。シアンは馬車を路地に止めさせると、御者に来た道を引き返すように伝えた。

「円形場への通り道で馬車を止め、若い男女が来たら乗せて逃げろ。男は赤毛だ」

御者はうなずき馬車を出した。

王都の地図は頭に入っている。今いる場所は円形場からさほど離れていない。もうすぐ闘羊が始まる時間だ。だから街はひと気がなく静まり返っていた。ウィロウがそのことに気づけば、助けを求めて警備兵の大勢いる円形場に向かって逃げようとするはずだが、捕らえられてここに戻ってくる可能性も高い。

アルカディアの護衛は苦戦していた。シアンは暴漢に近づくとひとりを倒し、近くに止めてあった馬車に蹴り入れた。シアンに気づくと男たちはぎょっとした。一掃するのにたいして時間はかからず、意識を失った連中を馬車に押し込めると、一台だけ残して他は路地に隠すよう誘導した。

話を聞こうとしたアルカディアの護衛まで気を失っていたので、襟をつかみ邪魔にならないように建物のかげに引きずり込む。女の声が聞こえたので、残した馬車に乗り込んだ。

「汚い手でさわらないで！」

アルカディアの声が響く。捕らえていた男が品定めでもするように彼女の顔を上向かせた。

「良い女だな、このまま殺すのはもったいない」

「好きなところへ連れていけ。終わったら間違いなく始末しろよ」

男たちに引きずられた彼女は、馬車に放り込まれた。馬車の中で待機していたシアンは彼女を抱きとめると、背後から手を回してくちをふさいだ。

あとから乗り込んできた男の頭を殴って意識を失わせ、扉を閉める。アルカディアはシアンの手を退けると上ずった声を出した。

「え、あ、青の学士……？　その髪は…⁉」

「静かに」と耳元でささやく。

「くっ、くちを押さえたりなさらなくても悲鳴なんか上げませんわ」

「それは失礼」

シアンは馬車の窓から外をうかがった。

「いつまでも寝てんじゃねえぞ、ブラウ！」

怒鳴ったのはウィロウだった。後ろ手に縛られ、地面には同じように縛られたブロイスィッシュブラウが倒れている。あの役立たず、絶対に近衛を辞めさせてやると心に決めた。

ウィロウが肩を押さえつけていた男に体当たりすると、不意をついたせいで男はよろけて、一緒に倒れ込んだ。

「取り押さえろ！」

もみ合う中、ウィロウは男のひとりから剣を奪った。剣は放り投げられ、ブロイスィッシュブラウのところへ飛んだ。身体を起こしたブロイスィッシュブラウはぶれのない動きで剣を蹴りあげて、手首を縛っていた紐を切った。

自由になった手でその剣をつかむと、押さえつけようとした男を切りつけ、相手の剣を奪う。取り囲んでいた男たちは近づきがたい雰囲気を感じ取って後ずさり、ブロイスィッシュブラウは険しい顔で剣を構えて怒鳴った。

「オレは、宰相の自慰を見るまでは死なない！」

やはり、絶対に近衛を辞めさせてやる。決意がいっそう固くなった。ウィロウも場にそぐわない生あたたかい目でブロイスィッシュブラウを見上げていたが、「先に赤毛を殺せ！」という声が上がってびくりと身体を震わせた。

アルカディアが急に動き、「殺されるわ！」と馬車の扉を開けた。

「出るな！」

後ろから捕まえたが、すでに男たちに気づかれたあとだった。アルカディアを引き寄せ、シアンは空を見上げた。

「放て」

銀色の矢がシアンの目前に迫っていた男の頭を貫いた。わずかなあいだに無数の矢が降ってくる。建物の屋根から放たれた矢は、的確に男たちを射抜いた。

シアンが手を上げて合図すると、矢は止まり、馬車から降りてウィロウに近づいた。背中に矢が刺さった男の身体を足で退けると、その下からウィロウが這い出してきた。

「し、死ぬかと思った。今の青の近衛？」

「私が雇っている私兵だ。それよりその手はどうした」

ウィロウの縛られた両手から血が滴っている。緊張感のない声で「うぎゃ、なんだこれ！」と悲鳴を上げた。

「剣をつかんだ時に切ったのか。指がちぎれていたらどうするつもりだ」

「怖いことを言うんじゃねーよあんたは、どうせ図面が引けなくなるとかそういう心配をしてるだけだろーけど」

ウィロウの手首に繋がれた紐の結び目を切ってやり、シアンは建物の屋根から下りてきた私兵に向かって、「残りは取り押さえろ」と命じた。

「射殺すだけでは飽き足らない。私の嫁を傷つけたむくいは受けてもらう」

ブロイスィッシュブラウが地獄の番犬のような唸《うな》り声をあげて、ウィロウを睨んだ。シアンはためらいなくブロイスィッシュブラウを足蹴《あしげ》にすると、倒れた男の背を踏んだ。

「おまえが捕らえられてどうする。私は使いみちのない駄犬を飼った覚えはない」とさらに踏みつける。

「さ、宰相、夢ならもっと強く踏ん……」

「一生、寝ていろ」

黒髪を蹴とばした。ウィロウはようやく、先ほどのシアンの言葉が自分のことだと気づいて「誰が嫁だ！」と叫んだ。

アルカディアの馬車で、円形場に向かう。ブロイスィッシュブラウは御者の代わりをしているので車内には三人だけだ。

「なぜウィロウを攫った。また婚約を迫るつもりだったのか」とアルカディアに尋ねた。

彼女はウィロウに復縁を迫っていた。シアンに対する嫌がらせかと思っていたが、誘拐までするとなると狙いは本当にウィロウなのかもしれない。

向かいの席に座った彼女はずっとうつむいていたが、覚悟を決めたように重ねた手をひざの上でぎゅっと握りしめる。

「ソーサラーよ」

意外な名前が出てきてシアンは驚いた。

「ソーサラーは青の姫だったと聞いていたわ。けれど王の渡りはなく、むしろ青の学士が頻繁に出入りし、夜はともに過ごすことも多かったのでしょう。青の学士が女を好きになったと王宮でうわさになっていた」

ソーサラーは幼児並みの知能しか持っていなかった。シアンと過ごすことが多かったのは彼女の世話係を青の王から命じられていたためだったが、アルカディアはそこまでの情報を得ていなかった。

「だから思ったの。青の学士が女性を愛せるのなら、なぜわたくしは振られたの？　パーディシャーがいるせいだと思っていたのに！」

とにかく青の学士が女を好きになった。もしくは、好きになれるようになったことはアルカディアにとっては朗報だった。

「それなのにどうしてウィロウと結婚するの⁉　やっぱり男が好きなの？　男っていうかなんでこれなの。こんな男、パーディシャーとは見た目も性格もまったく違うじゃない！」

シアンの隣で手の傷に包帯を巻いていたウィロウは、涙目のアルカディアに指差されて「なあ、おれ今、怒っていいよな」とつぶやいた。

「青の学士が取られて一番悔しい駒がどれなのかを調べたかった。本当にウィロウなのか、それともパーディシャーにあてつけるためだけにウィロウと付き合っているのか、確かめるつもりでウィロウに近づいたわ」

「私の弱味をつかむのが目的だったということか」

アルカディアはぐっと言葉に詰まったが、開き直ったように「そうよ」と言った。

「こうでもしなきゃ、青の学士はわたくしのことなど眼中にないでしょう。憎まれたとしても無視されるよりもずっといいわ！」

ウィロウが呆れたように「憎まれたほうがましなんて本気で思ってるなら、あんたおかしいぞ」と言うと、アルカディアは鋭く睨みつけた。

「憎しみは他が見えなくなるほど強く想うことでしょう。恋と同じくらいに大変なことよ。青の学士にそんな風に思われるなんて考えただけでもゾクゾクする！」

ウィロウがぽかんとくちを開けた後、「だめだこいつ頭の病気だ……」と肩を落とした。

シアンもため息をつきたくなった。アルカディアといいブロイスィッシュブラウといい、なぜ自分のまわりには癖のある者ばかりが集まるのだろう。仕方なくアルカディアに向き合った。

「前にも言ったと思うが、私は君を好きにはなれない。君が男でも女でも人として君を愛することはない。この先、君がなにをしても私の気持ちが変わることはない。時間を無駄にしていると早く気づいたほうがいい」

アルカディアは十年前と同じで、ひどく傷ついた顔をした。ウィロウが驚いたようにシアンの腕をつかみ「ちょ、それはさすがに言いすぎだろ。あんた実はもてないだろ！」とくちを挟む。

「庇《かば》わないで！　あなたに庇われたら余計にみじめだわ」

怒鳴られたウィロウは納得いかないという表情で黙った。

円形場につくと、シアンはウィロウとともに馬車を降りた。ブロイスィッシュブラウに、アルカディアを屋敷まで送り届けるようねんを押す。ブロイスィッシュブラウは不安げにシアンを見てから円形場を見上げた。中の熱気が伝わるほど外まで観戦する声がもれている。

「財務長官は来ているのか」

「ああ、隣の席を押さえている」

「証拠なら連中でじゅうぶんだろう」

そう言って、あとから来た馬車を指差した。初めにシアンが乗っていた馬車には縛り上げられた男たちが乗せられている。

「財務長官はウィロウを狙った連中がどうなったのか知らない。自分たちが差し向けた刺客が狙っている男の、隣に座るのは勇気がいるだろう。円形場に配備した私兵には刺客のふりをするよう指示してある。どれほどの間、冷静に観戦ができるか見物だ」

「そんな面倒なことをしなくても、襲ってきたやつらともどもファウンテンにつきだせばいいだろう」

「実行犯との関係を否定し、連中の仲介役になっている者がとかげの尻尾切りにされて終《しま》いになる」

そうやって逃げ切られたことが何度もあった。

「最大の証拠は財務長官に認めさせることだ」

シアンはウィロウをともない円形場の入口に向かおうとしたが、途中で足を止めた。馬車を振り向くと「アルカディア」と呼びかけた。

「私が取られたくない駒は、ウィロウだけだ」

彼女よりも、ブロイスィッシュブラウのほうがとどめを刺された顔をしたので満足する。

しかし、円形場に入ったところでウィロウが決心したように顔を上げ、妙に真剣な目をしてシアンを見た。

「なあ、ブラウもアルカディアも言ってたけどさ、もしかしてあんたが好きなのはパーディシャーなのか?」

「私が青の女のはずがないと言っていたのは、おまえだろう」

嘘ではないのに、どうして嘘のように聞こえるのだろうと不思議に思った。


青の宮殿を足早に歩いた。執務室に入るまで話すつもりはなかったが、我慢ができずに怒鳴った。

「おまえのせいで台無しだ!」

「仕方ねーだろ、あんたと財務長官がいつまでも腹黒い会話してるから、イライラしたんだよ!」

ウィロウが怒鳴り返した。

侍従たちがなにごとかという顔で振り向いた。簡素な服装のシアンを足元から茶色の髪までながめた後で、青の宰相だと気づいて慌てて頭を下げる。

「くそっ、連れていくんじゃなかった。いつから準備していたと思っているんだ」

思い返すも計画は散々だった。円形場でウィロウを財務長官の隣の席に座らせるところまでは予定どおりだったのに、「ああもう、めんどくせえな。東方のためになることなんだから、あんたも協力しろよっ。おれに腹立ててるなら、正々堂々と命を狙えばいいだろ！」と財務長官に詰め寄ったところで、シアンは作戦終了を悟った。

「財務長官がなにを仕掛けてくるかわからない、しばらく屋敷には戻るな」

交渉どころか、財務長官が刺客を差し向けたことすら追及できないまま、円形場から逃げられたので、ウィロウの身の安全はいまだ保障されていなかった。

「侍従に部屋を用意させる。それまでここにいろ」

「部屋ってまさか、青の宮殿に泊まれってこと？　片が付くまでなんて何日かかるんだよ。明日から南方に行くって、あんたも知ってるだろ。ビレットのお偉いさんも来るんだから、おれの都合で延期はできねえよ」

「おまえは交流会には出席しないことになっている。水道省の副長官が責任者となるよう、各所への根回しも済んでいるから問題はない」

「……はあ？」

ウィロウはシアンの腕をつかんだ。

「ふざけんな、半年前から進めてた話なんだぞっ。なんで、あんたの都合で勝手におれを外してんだよ！　他のことはともかく、水道省の仕事にまで口出しするのはやめろ！」

険しい表情で怒鳴ると、乱暴にシアンの腕を振り払った。そのままシアンに背を向け、来た道を戻ろうとする。

「待て、どこへ行くんだ」

「どこでもいいだろ。これ以上、あんたの言いなりにはならない」

「緑の宮殿へ行くなら、ここにいても一緒だろう。くだらない意地を張るな」

ウィロウは見たこともない冷めた目で、シアンを睨んだ。

「わかんねえの？　今はあんたの顔、見たくないんだよ。正直に言えよ、おれを青の宮殿に閉じ込めるのは、心配しているからなのか？　また、財務長官をおびきよせるための囮じゃねえのかって、いちいち考えねえといけないんだよ！」

「おまえは嘘がつけない。だから、計画も秘密裏に進めた」

「おれのせいだって言うのか？　素直に、作戦を話す価値もない駒だって、言えばいいだろ」

今はなにを言っても無駄だった。シアンはため息をついた。

「わかった、『貸し』にしてもいい。望みがあるなら叶えてやるし、おまえが殴りたいのならそうすればいい。私は殴り返さない」

譲歩したが、ウィロウは「馬鹿にしてんのか」と怒りに震えた。それから、手を差し出した。

「じゃあ、鍵、返せよ。それで『貸し』はなしだ」

「鍵？」

意外なことを言い出されて驚いた。

「もう必要ないだろ。他人にいつまでも家の鍵を持っていられたら気分悪いんだよ」

「……離婚には応じない」

「そもそも、おれたちは結婚してるのか？　この結婚だって別の理由があるんじゃないのか。あんたはおれになにも本当のことは言わない。そんなやつとは暮らしていけない」

「秘密を話せば、鍵は返さなくて済むのか？」

信じられないような顔をしたので、しまったと思ったが、仕方なく、ブロイスィッシュブラウのことを話した。東方のサトラップにして利用するために、自分から近衛を辞めさせようとしていた。だから、ウィロウと結婚し、見せつけるようなことをした。

「しん、っじらんねえ。ブラウが近衛になったのはあんたといたいからだろ！」

「そんなものが理由なら、さっさと近衛を辞めるべきだ。近衛とは王に忠誠を誓う兵で、私に尽くす者が必要なわけじゃない」

「バカじゃねえの。人の気持ちをもてあそんで楽しいのか。ブラウの気持ちに応えられなくたって、都合よく振り回す権利なんかあんたにはない！」

「気持ちに応えられないなら、同じことだ」

「同じなわけねえだろ！　あんたのことを好きだっていうやつを平気で利用して、駒みたいにしか考えていなくて、それでもブラウに悪いと思わないなら、最低だ！　あんたがどれだけ国に尽くしてたって、東方のためだなんて言ったって、そんなのはただのバカだ！」

どうして、ウィロウがこんなに怒るのかまったくわからなかった。自分のことでもないのに、どうして怒るのかわからない。ただ、怒っている意味はわかった。シアンは過去に、自分が同じように利用されたことを思い出した。

シアンはのろりとした動作で、首からかけた紐を外すと、ウィロウに差し出した。

軽蔑したように睨んでいる。ウィロウはもう、ブロイスィッシュブラウに見せつけることに協力はしないだろう。結婚している意味もなくなる。それなのに、鍵を渡したくなかった。

「南方へは行くな」

ウィロウは鍵を奪った。紐が付いているのを見て顔をしかめたが、首から下げた。

「王様に護衛を借りる。それでいいだろ」

「だめだ、今日のことは他言するな。緑の方に尋ねられても、しらをきり通せ」

「なにそれ？　おれは王様に嘘つかなきゃいけねーの？　あいつはバカで鈍《どん》くさいけど、おれを嵌《は》めようなんて考えつかないし、命が狙われてるって知ったら助けになろうとしてくれる。信用してんだよ」

立ち去ろうとしたので、シアンは腕をつかんだ。

「待て、緑の方と私とどちらが大事だ！」

「はあ⁉」

ウィロウは振り向くと、シアンの胸倉をつかんで引き寄せた。

「そんなもん、一番大事なのはおまえに決まってるだろ！　何回、青の学士が特別だって言わせりゃ、気が済むんだよ！」

予想もしなかった返しに、ぎくりとした。すぐに赤くなる男のくせに、少しの照れもなく挑むように見つめるからシアンのほうが狼狽えた。

「お、まえ」

「なんだよ！」

「おまえって、言うな」

「はあ？　名前で呼べってこと？　王様なんかと比べもんにならねーくらい、シアンが大事だよ！　誰になにを聞かれよーが、あんたの不利になる話を、おれがもらすわけがねえだろ⁉」

「違う！」

「なにが！」

「もう一回、言えなんて、私は言ってない」と、ぼそぼそと答えた。

特別なんて、娯楽所で言われた時は、口先ばかりの世辞だと言えたのに、どうしてかそう思えなくなっていた。

こういうのは、苦手だ。まともに好意を向けられたことがない。好意をうれしいと思ったことがないから、余計なことを考えてしまう。もう何の意味もない、偽物の結婚が、惜しくてたまらなくなったらどうしたらいいのだろう。

胸倉をつかんでいるウィロウの腕を強くつかんだ。

「騒々しい。休暇を取ると言っていなかったか」

ハッとして振り向くと藍色の服を着た男が立っていた。

「シャー」

青の王への敬称をくちにするのと同時に、シアンの気持ちは火が消えるようにすっと冷めた。動揺も混乱も、青の王の前では決して見せたくない。気を引き締めいつもの無表情を保つと、ウィロウの腕を離し、「私の執務室へ行っていろ」と低い声で命じた。

青の王は引き連れていた侍従を視線だけで下がらせた。ウィロウはわずかにためらったが、それにならいシアンたちから距離を置いた。

「朝方、ブラウを遣いにやったはずだ。ずいぶんと遅かったな」

「申し訳ありません。留守にしておりましたので」

シアンは素っ気なく答えた。

「御用向きは何でしょうか。五日ばかりお暇をいただくと昨日も申し上げたはずですが」

「久しぶりの休みだ。ゆっくり過ごせと言ったはずだが、一体なにをして遊んでいる」

「公務以外のことを詮索されるのは好きではありません」

「スクワルには教えても、私には知られたくないというわけか」

「私にはおっしゃる意味がわかりません」

青の王はささやかに笑うと、「くだらない手にはひっかからないと言いたいのだろうが顔に出ているぞ」と言った。

「この世に知らないことなどないと思っているのだから『意味がわからない』などと言わない。適当に話を合わせず挑発するからにはよほどの秘密だろう」

一歩、近づかれて、ひりりと緊張が高まった。青の王は手を伸ばし、ほおをなでるようなしぐさでシアンの髪をひとふさつかんだ。もとの色を確かめるように茶色い髪を指先でなぞる。

「この髪はどうした?」

「離してください」

「息抜きならもう少し平穏なものを選べ。忘れるなよ、シアン。おまえはワズィールだ」

「立場を忘れ、シャーに迷惑がかかるようなことを、私がするとでもお思いですか」

「初めてブラウを遣いにやった日だ。あの朝、私がおまえを呼ぶように仕向け、ブラウになにを見せようとした？　それとも、動揺させたかったのは私か。王の気持ちを操りたいのならもっとうまく立ち回れ。おまえは昔から、自分の気持ちのからむ取引が下手だ」

言い返そうとくちを開いた。その時、目の前に茶色の髪が飛び込んできた。

「さわるな！」

ウィロウはシアンを背にかばうようにふたりのあいだに入ると、青の王を睨みあげた。

「あんたら過去に付き合っていようが、シアンがあんたのことを好きだろうが、そんなのは関係ないんだよ。からかうためだけに、こいつにさわるな！」

青の王はそれまでシアンの髪にふれていたてのひらを、ウィロウに見せつけるように開いた。

「まだ、私を好きだとは思わなかった」

嫌な笑い方をした。ウィロウは怒りをにじませた声で、「あんた、うちの王様とも付き合ってるんだろ」と言った。

「王様が好きなら、王様だけ見てろ。シアンは誰かの次に扱われるような人間じゃねえんだよ。大事にされて、たったひとりの〈特別〉にされるのが当たり前の人なんだ！」

「よせ、ウィロウ」

シアンは肩に手を置いたが、それより早く青の王はウィロウのあごをつかんで上向かせた。ウィロウの目をのぞき込む青い目は色が濃かった。彼のまとう服と同じ藍色に見える。

「盲目的だ。スクワルの言うとおりだな」

ウィロウは身体を強張らせた。色を変える青い目は、ひとの記憶や感情をよむ。本能的に怯えるくらい異質なものだ。しかし、ウィロウははっきりと宣言した。

「シアンはもう、あんたのものじゃない。おれの嫁に二度とさわるな！」

青の王は目を見開いた。めずらしく、驚いた様子だった。

少しの間のあと、ウィロウを解放し、そのティンクチャーのしるされた手を口元にあてて、視線をそらした。シアンはウィロウの肩に顔を押し付けて、かすかに身体を震わせた。

「えっ、泣いてんの？」

ウィロウが心配そうに振り返る。

「ば……馬鹿！　私を笑い殺す気か」

シアンは堪《こら》えきれずに笑った。青の王までも機嫌が良くほおを緩めている。

「スクワルの言うとおり、盲目的でバカ正直な結婚相手だ。うちの腹黒い宰相にはもったいないほどの暇つぶし相手だな」

「な……」

ウィロウはぽかんとしていたが、馬鹿にされたことに気づいてカッと赤くなった。シアンの手をつかむと、引きずるようにして廊下を歩いていく。青の王は呼び止めなかった。

「あんたら本当に最低だ！」

「シャーのせいだ。私は関係ない」

妙に絡まれるから何かといぶかしんだが、青の王の視線が近くにいたウィロウに向いたのでひっかけるつもりだと気づいた。シアンを責めてウィロウがどうするか試すのは、性格の悪い男らしいやり方だったけれど。つい、シアンも乗ってしまった。

「それだけ笑ってて言い逃れすんな、あんたも同罪だろ！」

「違う。これは、シャーが本気で驚いていたから……」

言い訳の途中でまた笑いが込み上げる。ひとの記憶や感情をよむことができる青の王は、その能力を使う前にウィロウに言い返されていた。本心しか話さない人間が相手では、神の血もまったくの役立たずだ。

「いい気味だ」

「最低」

「私に面と向かって最低と言うのも、おまえくらいだ」

そうして、もう一度笑うと、ウィロウの手を握りしめた。


青の宰相の自室は広く、寝室も民の屋敷の広間ほどの面積があった。

それにもかかわらず妙な閉塞感があるのは床に積み上げられた書物のせいだ。大きな寝台だけが、寝室では唯一、無事な場所と言える。

ウィロウは寝台の上に座り、その前にシャトランジの盤を投げた。子どもの頃に使っていたもので、黒と赤に塗りわけられた駒はところどころくすんでいるが、使えないほどではない。

シアンは髪を拭《ふ》きながら寝台に乗り、「おまえも湯を浴びてきたらどうだ」と尋ねた。

「いや、ぜんぜんお構いなくっ！」

ウィロウは後ずさると、寝台の背もたれにぴたりと張りついた。

「では勝負に負けたほうが、『嫁』ということでいいな」

「いいわけないだろ！」

「おまえが暇だと言ったんだろう。時間をつぶすにはちょうどいい」

シアンはウィロウの足先に盤を押しやった。枕を身体の下に引き込んで腹ばいになり、盤上に黒い駒を並べはじめる。ウィロウとの勝負はいつも口頭で行っていたので、駒を持ち上げてする遊びは久しぶりだ。ウィロウ側の駒を並べ終えると手前に赤い駒を配置した。

「私の駒は半分落としておくか。そうでなければ、万に一つもおまえが勝つことはないからな。男の矜持《きょうじ》を失わないために、本気で向かってこい」

「きょうじ？」

「男に掘られたら失うだろう」

ウィロウは寝台に突っ伏してうめいた。

「……あんた、男とやったことあるのかよ」

シアンは首を傾げて、「私を青の女だと疑っていなかったか？」と聞いた。

「ちゃんと否定しろよ！」

「おまえの言う『好き』は、見栄えのいい鑑賞品のようだな。〈青の学士〉も一皮むけばただの男で肉欲もある。理想どおりの、お綺麗な男でなくてすまないな」

「それ、パーディシャーとやったって意味じゃないよな」

「〈青の学士〉が男と寝るような人間では幻滅するか？」

兵の役目をするバイダークを動かし、ちらりとウィロウを見上げた。

「おまえは私が裸になると真っ赤になるだろう。本当にこれまで一度も、交尾したいと思わなかったのか？」

「……こ」

あまりにも重苦しい声だったので、「ご」くらい濁って聞こえた。ウィロウは聞かなかったことにしたようで、深呼吸すると塔のかたちを模した駒を握りしめた。

「あんたこそ、おれを負かしたところで、欲情するわけ？　利のない勝負をするなんて、あんたらしくねーだろ」

「そうだな、質問に質問で返すのは利口だ。だが、利がないと思っているのはおまえだけかもしれない。そうでなければ結婚なんかしない」

「さっき、ブラウを引っかけるためだって言ったばっかりじゃねえか。どうせおれの気をそらそうって魂胆だろうけど、あからさま」

とげとげした言葉に、「疑うなら、私の目を見て確かめたらどうだ」と誘ってみる。

「邪魔すんな、こっちは真剣なんだよ」

「そんなに私を『嫁』にしたいのか。男同士で交尾する時、女性器の代わりにケツの穴を使う。大きさからいうと、私がおまえに挿入したほうが怪我をしなくて済む可能性が高い。おまえは体格のわりに男性器がでかいから、『嫁』になってくれたほうが丸く収まる」

「……大きさ、なんて変わんねえだろ」

性的な話を嫌う男は、息も絶え絶えに反論した。

「やはり、私の裸を盗み見ていたんだな」

「露出狂がなに言ってんの⁉」

ウィロウはいよいよ泣きそうになりながら叫ぶと、「もう黙ってろよ。おれ、勝ちにいくから」と言った。シアンは皮肉げに微笑んだ。

「勝つつもりもないのによく言う。私を相手に引き分けに持ち込めると思っているところが、まだ若いな」

「歳なんか変わらないだろ。なんだよ、こんなことして自棄になってんの？　あんたがパーディシャーを好きだったのはわかったよ。さっきはおれをダシにして気を引けてうれしかったか？」

ぴくりと手を止めた。

「おれとどうこうしたいわけじゃないくせに、八つ当たりして憂さ晴らししようとしてるつもりなら、怒るぞ。言っとくけど、おれはあんたにさわりたいなんて考えたこともないし、望んでない。冗談でも男にそんなことを言われると、気色悪いんだよ」

「そうだな、私をねじ伏せたい者は多くいたが、抱き合いたいと言われたことはなかった。何年もそばにいたのに、ブロイスィッシュブラウでさえそうだ」

シアンはまた無表情に戻って小さくつぶやく。その言葉にウィロウは顔を上げてシアンを見つめた。

「まだ次の手を打たないのか？」

盤を指さして話題をそらした。ウィロウは慌てて駒を進め、赤いバイダークを取るとカツンと良い音がした。

「私がシャーの女だったという話は、まったくのデマだ」

「へ？」

「子どもの頃に嫌がらせのようなキスしかされたことはない。食べていたものを強引に奪い取られただけで、キスなどと呼べるものじゃなかった。もちろん、抱かれたこともない」

「……だから？」

「手つかずと知っても、初めての男になる気はないのか？」

「もうその冗談はやめろよ、あんたに興味ないって言ってんだろ……って、あれ？」

ウィロウは気づいたようだ。いつの間にか、盤上がめずらしい配置になっている。シアンは意味のない駒を動かした。それから、意味ありげにウィロウを見つめた。

あとはウィロウが手にしたファラスを動かして通り道を作ったら、王手をかけることができる。

ウィロウは他に打つ手などないとわかっているはずなのに、馬を意味するファラスを取り上げていいものか迷っていた。

「……なあ」

助けを求めるような声に、首を傾げた。

「どうした、早く駒を置け」

ウィロウは逃げ道を失い絶望した顔をしたが、意を決したようにファラスを手にした。

「シャーマッ……」

最後の一文字を言う前にシアンは身体を起こした。ウィロウの襟元をつかむと、息がかかるほどの近さに迫った。

くちびるがぶつかりそうになる。ウィロウはとっさにお互いの顔のあいだにてのひらを挟み、シアンの口元を押さえた。静かに見つめ合うと、シアンは息をついてウィロウの手を外した。

「合格だ」

「は？」

「盤上をよく見てみろ、ウィロウ。この手では詰んでいない」

「でもあと三手で」

シアンは赤い駒を動かし、ウィロウが置いたファラスを弾き飛ばした。

「私のバイダークが相手陣に入ってワズィールに成ったことを見落としている。おまえは頭の中で対戦している時のほうが集中力がある。見えるものに惑わされやすいんだな。ついでに言うと、フィルを置いて誘ったのもファラスを取るためだ。手駒を犠牲にして罠をしかけ、相手の駒を食う。クルバンという作戦だ。私がわざと負けようとしているとでも思ったか？」

「……は？」

「おまえが私の言うことにいちいち腹を立てて駒を強引に進めたせいで、布陣は隙だらけになっている。いくら私でも駒を半分取り上げられてはやりづらかったが、これで攻めやすい形になった。おまえに勝ち目はもうない」

ウィロウは意味を確かめるようにじっと盤上を睨んでいたが、やがて、がっくりと肩を落とした。

「じゃあ、交尾とか言ってたのも勝負に勝つためか……焦らせるなよ」

「いや、おまえと本気で対戦するつもりはなかった。どう反応するのかを見たかっただけで、シャトランジを持ち出したのは、いわば囮だ」

「……囮？」

「くち先だけで同性愛を嫌っているという男などは大勢いるから試させてもらった。おまえのことは気に入っているが、雄同士で交尾なんて考えただけでも吐き気がする。虫でもないのにそんな間抜けな真似ができるか」

シアンは顔をしかめて吐き捨てた。ウィロウは呆然としていたが、急にハッとして身を乗り出した。

「まさか、おれが本気で勝ちにくるか見てたのか？　あんたにシタゴコロを抱いてないか確かめるために？」

「ここまで露骨に誘われてもなびかないのなら、おまえが私にいだいているのは『尊敬』だ。それも崇拝に近い。そばに置いておいても無害だし、結婚相手として合格だ」

「じゃあ『嫁』とか言ってたのも、おれを試してたせい？」

「いや、最初からだ。初めておまえの屋敷に行った時から、ずっと試していた」

シアンはもとの場所に座ると、「おまえは自慰を見せても水浴び場に誘っても、喜ぶどころか迷惑そうにしていた。体術の嗜みもない男にねじ伏せられるとも思わないが、警戒が必要な場所では息抜きにならないからな」と、淡々と種明かしをした。

「おれがもし、あんたの誘いに乗って手を出したら別のやつを探したってこと」

「いや、おまえにだけだ。おまえが求婚してきたからこれを思いついた。普通なら、騙されたと知って私を嫌いになる。だが、おまえは何をされても、私のことを好きなのだろう？」

ウィロウは立ち上がった。オレンジ色の瞳が怒りに燃えている。

シアンの顔を両手で挟み込むと、ぶつけるようにくちびるを押し付けた。抵抗せずにいると、ウィロウは顔を離していぶかしげにシアンを見下ろした。

ウィロウの肌にふれ、首からかけた紐に指を引っかけてゆらゆらしている鍵を握りしめた。

「秘密を話したから『貸し』はなくなっただろう。私の鍵を返せ」

「あんた、やっぱりバカだろ。なんでこんな簡単なことわかんないんだよ。鍵なんか欲しがって、好きだと勘違いされてもいいのかよ」

肩をつかまれ、あおむけに寝台に押し倒された。シアンの腹の上にひざを乗りあげられる。

ウィロウの手が頭を押さえつけ、親指でシアンの歯をこじ開けてから、くちびるを押し付けた。舌をいれて内側のやわらかいところを舐めまわされる。

気持ち悪い記憶がよみがえり、思わずウィロウを寝台から跳ね飛ばした。床に叩きつけられてウィロウが転がると、積み上げられた本の山が崩れ、頭から分厚い本が落ちて追い打ちをかけた。

「いっ、てえな、素人《しろうと》相手にマジで投げるか⁉」と本を払いのけて起き上がった。

「建築士は指が折れたら使いもんになんねえんだぞ！　だいたい最初に仕掛けてきたのあんたのほうだろ、おれは悪くないんだから、絶対に謝らねえっ！」

好き勝手にわめき散らしている。シアンは手の甲で乱暴にくちをぬぐいながら、「違う、投げるつもりはなかった」と言い訳した。

「あんだけ綺麗に投げといてなに言ってんの⁉」

「……虫の味がした」

小さな壺に入った蜜のからんだ虫。甘ったるくて気持ちが悪いあの味を思い出した。警戒する必要もない非力な男相手に、青の王に感じたような嫌悪感を覚えるのが自分でも意外だった。油断しても大丈夫な相手だと見くびっていただけに動揺が大きかった。シアンが顔をゆがませると、ウィロウはそれ以上に絶望的な表情を浮かべていた。

「はああ⁉　虫ケラ扱いかよ⁉　下僕だの駄犬だのはともかく『虫』は悪口にしたって言いすぎじゃねえのか！　しょせんは虫程度の存在かよ、ちくしょう、散々たぶらかしたくせに、謝れ！　おれに謝れ！」

「あ……いや」

言いよどんで言葉を探したが、ちょうどいい説明の言葉が思い浮かばず、すぐに「もういい」とあきらめた。

「もう二度とおまえの屋敷には行かない。結婚もやめる」

ウィロウは「はあ⁉」と声を荒げた。

「なにそれ、パーディシャーとしかキスはしたくねえってことか？」

「違う」

「じゃあなんでそんな顔するんだよ⁉　あんた、本当はパーディシャーのことが好きなんじゃないのか⁉」

青の王を好きなわけがない。シアンを手ひどく裏切ったくせに、シアンが生涯、自分に尽くすことを疑ってもいない不遜な王だ。

「あんな男、大嫌いだ」

人を小馬鹿にした笑みを思い出すだけで腹の奥が煮えくり返る。

「一生、好きにはならない」

どうしてか、ウィロウはひどく傷ついた顔をした。大嫌いだと言ったはずなのに、おかしかった。

「おれだって、あんたにキスしただろ。おれのことも大嫌いになったのかよ」

ウィロウは——最適な結婚相手だ。水道長官としての手腕に期待していて、シアンに性的な欲求も持っていない。シアンのことを心から尊敬しているから、なにをしても許してしまう男だ。

それから、手紙に書かれた文字の美しさと、それ以上に美しい図面を書き起こす左手を持っていて、民のために街を造る意義を知っている。シアンが持っていないものを持っている。

「おまえのことは、大好きだ」

ウィロウは怒りの表情をすうっと消した。わなわなと震えると耳まで真っ赤になった。

「さいってい！　最低の性悪！」

部屋を出て行こうとするのでシアンは寝台から下りてあとを追った。逃げ出すように廊下を走る後ろ姿に向かって怒鳴る。

「待て、南方へ行くなら護衛をつけろ！」

ウィロウはほとんど泣きそうな顔で振り向くと、「うるせー！　あんたのことなんか二度と〈青の学士〉とは思わねえからな！」と叫んだ。

シアンは執務机をこつこつと叩いた。呼び出していた財務長官が向かいに座っていた。

ウィロウとアルカディアが襲われた現場を押さえたことで、罷免を言い渡せるだけの材料は得ていた。これで意のままに操ることができる。

財務長官もそれをわかっていただろうから、シアンが「捕らえた者と東方のサトラップの関係性までは追及するが、長官の関与は世間には明かさない」と言いだすと意外そうな顔をした。

「シアン宰相、サトラップは私の親戚です。ご考慮を」

調子に乗るなと苛立ったが、食い下がればさらに足元を見られる。

「わかった。サトラップの名は出さない」

「よろしいでしょう。それでなにをお望みですか?」

引き換えに約束させたのは、ウィロウの見張りを引きあげさせること。証拠を押さえてからウィロウの身辺をうろついていた見張りを捕まえる手はずが、まさかその前に南方へ行くとは思っていなかった。

すぐに水道省にウィロウの出立を止めるよう命じたのだが、視察団には合流せず自分で馬車を手配して南方へ向かったという回答がきた。常日頃、勝手に遠方の視察をする男らしい向こう見ずさだ。南方へ向かう道中に何が起きても不思議ではない。

「すぐに引き上げさせます」

そう言った後、財務長官が抜け目なく「私は水道長官を侮《あなど》っていたようです。それほどまでに大事に思われているとは意外でした」と続けた。

財務長官が出て行きひとりになると、どうしようもなく腹が立った。

胸元を押さえた。そこにはなにもない。屋敷の鍵はウィロウに返してしまった。鍵はウィロウの屋敷のものでシアンのものじゃない。だから、ウィロウが南方で殺されてもシアンのもとには鍵は届かない。

自分が死ぬ場合しか考えていなかった。もしもシアンが北方で死んだら、ウィロウに返されるだろうと思った。だから欲しかった。銀製の揃いの装身具の代わりに鍵が欲しかった。

自分が死ぬ時に誰かが悲しめばいいのにと、十六の時に願ったのと同じことを今でも願っているのが情けなかった。

ビレットの水道省との交流会が済み、水道省の役人は先週のうちに南方から戻っていると聞いていた。

報告書か会合かシアンの執務室に来るか、とにかくなにかしらの連絡はあるだろうと思っていたがウィロウからは音沙汰がなかった。

しびれを切らし、水道省宛てに交流会の結果報告をするようにと通達したが、副長官から作成に時間を要するため待ってほしいとの返信があったきりだ。避けられているにしても、仕事の連絡もないなんてらしくない。

スクワルが執務室に入ってきた。

「あれ、宰相、お出かけですか」

「水道省へ行く。急ぎの報告書が出てこないので様子を見てくる」

「ああ、大変みたいっすね」

眉間にしわをよせるのを見て「なにがあった」と尋ねた。

「えっ、聞いてないんですか。ウィロウだけまだ南方から帰ってきてないらしいですよ。あっちでなんかあったんじゃないかって、緑の宮殿じゃ騒ぎになってるみたいですけど」

シアンはすべて聞き終わる前に執務室を飛び出した。青の宮殿を出ると、カテドラルの廊下を通り抜け紫の宮殿につながる庭園を歩いた。手続きを踏む時間が惜しかったので、緑の王が青の宮殿に忍び込む時の道筋をたどった。

紫の宮殿を通り過ぎたところに、以前は侍従の住居として使われていた建物がある。そこが今の緑の王と侍従たちの住まいになっていた。

扉の前に立っていたのは近衛隊長のレネットで、面識があった。寡黙《かもく》でいかにも武人といった面相の男だがシアンが現れると動揺したようだ。

「緑の方にお会いしたい」

「申し訳ありません、青の宰相。今は取り込み中でして、日を改めてくださいませんか」

レネットに断られ、ちらりと横目で建物を見た。中に緑の王がいることは間違いなさそうだ。それなら引き返すわけにはいかない。

開け放たれた窓からひょこんと顔を出したのは緑の王だった。

「レネット隊長もお茶いかがです……え、うえええ、シアン様ッ！」

緑の王はなぜか赤くなると、慌てふためいて窓を乗り越えて出てこようとした。レネットがぎょっとして「シャー！　危ないです！」と駆け寄った。冷静沈着な兵士かと思っていたが、幼い息子に手を焼く親のようになってしまっている。

シアンはそばに近寄ると、緑の王に手を貸した。

「お時間をいただいてもよろしいでしょうか」

「は、はいっ！　あの、よろしければ中へどうぞ。お茶も用意しますからゆっくりしていってください。ちょうどお菓子を焼いたところで……」

緑の王はハッとしたように部屋の中をのぞいて、「ガゾン！　お菓子ってまだ残ってますよね！」と叫んだ。

シアンは「いえ、ここで結構です」と辞退した。ウィロウの消息を確認するだけだ。

「そ、そんな。すみません」

すっかり打ちひしがれたような姿を見下ろして、相変わらず調子が狂うとため息をつきたくなった。

部屋の中に人影がよぎる。緑の王はシアンの視線に気づいて背後を振り向いた。隠れるように窓の下にしゃがんでいるのか、金髪のてっぺんがちらりと見える。

侍従らしき青年が「シャー」と小声で呼んだ。指先で小さなバツを作って、窓枠のすみから王に合図を送っている。緑の王がどうこうよりも緑の宮殿がおかしいのだと認識をあらためた。

「そ、そんな」

緑の王は窓に駆け寄ると部屋の奥に向かって怒鳴った。

「ウィロウのバカー！　なんでお菓子を全部食べちゃうんですかっ。残しておいてくださいって言ったじゃないですか！」

その言葉に、シアンは緑の王の背中に覆いかぶさるようにして部屋をのぞき込んだ。腹のあたりにぶつかっている緑の王が「うわっ、ひゃあ」と悶《もだ》えているが無視する。

部屋の中はおおよそ王の居住とは思えない質素さだ。片手に皿を抱えたウィロウが、「皿ごと持ってっただけだろ。まだ残ってるよ」とくちを尖らせた。

シアンと目が合った。少しは気まずい様子を見せるかと思ったが、ウィロウはきょとんとしているだけだ。

「あれっ、あんたなんでここに？」

消息不明と聞いて焦ったからだと怒鳴りたかったが、シアンはぐっと堪えた。健康そうな顔で菓子をほおばっている男にそんなことは知られたくない。心配したなんて、本当に馬鹿みたいだ。

「いつ王都に戻ったんだ。交流会の報告書がまだ出ていないと水道省に通達を送ったが見ていないのか」

「あー、悪い。おれだけ、さっきビレットから帰ってきたんだよ」

「ビレットから？」

聞き間違いを疑ったが「交流会で知り合ったおっさんが、ベンド砂漠に建設中の地下水路を見せてくれるっていうから、そのまま行ってきた。やっぱり砂漠化対策じゃかなわねーな」と、こともなげに答えた。

緑の王が、「護衛を撒いていくから心配したんですよ。スノーなんか泣いてたんですから」と怒った。

「悪かったって。だから最初に顔みせに来ただろ」

ウィロウは皿を緑の王に渡すと、窓枠に手をかけた。庭に出ると「シアンとちょっと話してくる」と背後を振り向いた。

緑の王は驚いた顔をして、「ええっ、ずるい」と言った。

建物からは見えない庭園のすみまでやってくると、ウィロウはキオスクの椅子に腰を下ろして胸に手を当てた。

「やべえ、緊張した。王様たちあんたとおれが結婚していること知らねえんだから、急に来るのやめろよ。どんな顔していいかわかんねえだろ」

「もう別れたんだからかまわないだろう」

ちょっと驚いたように「え、別れたんだっけ」と言われる。

のんきな言い草に、いい加減、腹が立ってきた。ウィロウはすぐに怒るくせにすぐに許す。シアンには理解ができなかった。

「帰る。交流会の報告書を早く提出しろ」

「あ、そうだ。報告書に地下水路の調査報告も盛り込もうと思ってたから、副長官に提出は待てって言ったんだっけ。水道省に戻ったら怒られそうだな。っていうか、あんたもなんか怒ってる？」

「誰のせいで機嫌が悪いと思っている！」

「久々に会ったのに、あんたの不機嫌までおれのせいだって言うのかよ⁉」

「命を狙われていると知っていながら王宮を出るなんて自殺行為だ。単独で南方へ向かったと聞いた時には死んだものと覚悟した。財務長官との取引が遅かったら、おまえは今ここにはいなかった」

ウィロウはぽかんとした。

「あ、悪い、心配してたってこと？」

「おまえなんかのたれ死ねばよかったんだ」

シアンは行儀悪く舌打ちした。

「おまえの身の安全と引き換えに、財務長官相手に必要以上の譲歩までする羽目になった」

「……スミマセン」

「しばらく死んだことにしておけ。おまえが消息不明だと言って財務長官を脅して、東方のサトラップの解任を要求する」

「あんた、なにも反省してないな」

ウィロウは顔をひきつらせたが、ほんの少し笑った。変わりのない様子にようやく安堵した。青の宮殿に戻ろうとしたが袖を引っ張られる。

「これ、やる」

白に近い銀色の鎖を手渡される。細長く質素な首飾りのようだが、目立つ飾りはなにもついていない。それからウィロウはもったいぶって服から屋敷の鍵を取り出すと、「こっちは返答次第だ」と言った。

「あんたなんでこれにこだわってたんだ？　おれの家なんて、門番も召使いもあんたのこと知ってるんだから鍵がなくても入れるだろ」

シアンが欲しいのは屋敷の鍵じゃなかった。

「王都のふうふのあいだでは、結婚すると揃いの銀製の装身具を身に着ける習慣があるらしい」

「うえー、少女趣味」

「戦死した兵の遺品として伴侶に装身具を届けていたことがある」

ウィロウはシアンを見上げた。それから、「おれ、青の学士が鍛冶屋のおっさんの家に来たのを見たことあるよ」と言った。

「後ろ姿しか見えなかったけど、青の学士は鍛冶屋の奥さんにめちゃくちゃ罵倒《ばとう》されてた。あの時、渡そうとしてた指輪がおっさんのだったのかな」

「軍の参謀だった頃だ」

「そっか」

ウィロウは目の高さに鍵を掲げると、「あんたが死んだら、この鍵がおれのところに返ってくるってこと？」と聞いた。

「そうだといいと思っている」

ウィロウはシアンの手から鎖を抜き取ると鍵を繋げた。

「わかった」と鍵を手渡されて、シアンはくらりとした。

手に入れたかったのは本物のふうふのしるしではなく、自己満足だ。意味がわかっていてもくれるとは思わなかった。

ウィロウが椅子から立ち上がった。

「おれが死んでもおれの家の鍵があんたのとこに行くとは思えないけど、それでもいいのか？」

「おまえのはいらない」

「てめ、なんでそう勝手なんだよ！」

怒ったように声を荒げるウィロウを無視して、シアンは自分の耳飾りを片側だけ外した。

「こっちへ来い」

「痛っ……なに⁉」

まるで子どもを叱りつける時のように、ウィロウの左耳をギリギリと引っ張った。ウィロウは水道長官になって以来、耳飾りのたぐいはつけていなかったため、少し狭くなった耳たぶの穴に無理やり耳飾りを嵌めこんだ。

「裏に青い石が埋まっているが、髪で隠れる位置だから青の装身具とはわからないはずだ」

「へ、あんたがいつもつけてる白銀のやつ？」

「ああ」

昔、耳飾りを貰ったことがある。死んだら返してもらうと言って預けられた。遺品を渡す家族もいなかったシアンは舞いあがった。この世にひとりきりのような気がしていたから、自分は相手の〈特別〉だと思った。けれどシアンが本物の〈特別〉なら半分だけを分け与えられたのだろうと、あとになって思った。

ウィロウの左耳にはシアンと揃いの装身具の片割れが、あった。

「もう行く。ひとと会う約束をしている」

「あー……うん、また」

じわじわと赤くなるウィロウの顔を見つめてから、シアンはその場を去った。


約束の時間になり紫の宮殿へ出向いた。

パーピュア王は庭園にたたずんでいた。肩で切り揃えられた金色の髪が風に吹かれた。人間離れした美貌と謳《うた》われているだけあって美しく、どことなく中性的な印象の女性王だ。大きな鳥が飛来し、彼女の肩に止まる。そんな姿まで絵に描かれたように現実味が薄かった。

「シアン、来たか」

しゃべると急に雰囲気が変わる。生命力と自信にあふれている。

シアンはふと、どうしてだろうと思った。エールは彼女のどこをそれほど愛したのだろう。命を捧げてもいいほど他人を愛する意味がシアンにはわからなかった。

「駒は持ってきたのか？　使い勝手次第で、おまえの北方行きを許可するかを決める」

「ご用意しました」

「見せてみろ」

彼女は歌うようなくちぶりで、シアンを試した。

「北方軍と隣国ブレイゾンとの百年にわたる戦いを私が終結させ、あなたをパーディシャーにします。引き換えに私を『紫の宰相』にしていただきます」

「ブレイゾンを下した功績をもってしても、アジュールがサルタイアーを破った時のようにすんなりとパーディシャーになれるわけではないだろう。おまえに北方軍の指揮を執らせれば、アジュールの手柄にされる恐れさえある」

あっさりとそう反論し、「わたしはなあ、どうにも信用できないんだ。おまえがアジュールを裏切るとは思えない」と続けた。

「青の王には視力がありません」

初めて彼女の表情が変わった。安全な陣地を越えて置かれた駒が、力の強い駒に成って威力を発揮する。

「パーディシャーの地位をはく奪するにはじゅうぶんな理由です。未来のない王に仕え、ともに倒れたいとは思いません。私のいるべき場所は『パーディシャーの宰相』です」

パーピュア王は目を細めてにこりとすると、「悪くない」と言った。

シアンは嘘をついていた。

スクワルに言ったことは目的以外は真実だ。青の王からティンクチャーが消えても王の地位をゆるぎないものとする。そのために5つの駒を手に入れようとしている。水道省、西方、南方、東方の弱味を握り、あとは北方だけになった。

ティンクチャーは王の証《あかし》だ。緑の王のようにティンクチャーを失い、証を持たない人間でも王として君臨できるのならば、たとえばティンクチャーを持たない者であっても——王になれる。

5つの駒を手にして5人の王を廃《はい》す。シアンの目的は神に選ばれた王を廃し、自らが王になることだった。

幕間　水道長官の特別

ウィロウが初めて〈特別〉を見つけたのはシャトランジ大会の夜だった。祖父のベールロデンに連れられてメイダーネ・シャーを訪れた。

緑色の大きな天幕をくぐり祖父に手招きされて席につくと、まわりの観客は小声で「昨年の試合に勝てたのは、王の息子だからと相手が遠慮したのだ。白銀王の子どもがまさか実力で勝てるはずがない」とうわさしていた。

祖父に尋ねると、昨年の大会で優勝したのはウィロウより二つだけ年上の、まだ六歳の少年だと小さな声で教えてくれた。彼は青の王の息子で、王の身びいきで出場したのかと思うと、初めて見るシャトランジの試合を台無しにされた気がした。

壇上に現れた子どもは肌の色が白く、それよりもさらに髪の色が白かった。淡い銀色の髪は女の子のように柔らかい面立ちを引き立て、薄暗がりの天幕の中でもわかるほどにきらきらと光って見えた。華美な正装を着せられた物慣れなさが、あどけなさを引き立てていた。観客の中には「白銀王の子どもだから」とすり替えた都合のいい感嘆をもらす者もいた。シアンは美貌の王の息子だと言われれば納得してしまうほどには綺麗な少年だった。

シアンは進行役に招かれ、大きな椅子に座らされた。それはアリーヤに与えられる席で、青の王の思惑のためだけにそぐわないアリーヤに仕立てあげられていると思うと、ウィロウは嫌な気持ちになった。

ウィロウは綺麗な子どもが苦手だった。黙々と駒を動かすシアンの横顔は感情が抜け落ちた人形のように美しく、大勢の民の『見世物』になっていた。そういうものがひどく苦手だった。

緑の宮殿には王の奴隷がたくさんいる。下働きをする者もいたが、半数はハリームで過ごす少年たちで、いくらウィロウが同じ年頃の友人を欲しいと思っても彼らに声をかけたいとは思えず、祖父もそれを望んではいなかった。

美しい少年たちはウィロウにとって『見てはいけないもの』だ。裸に近い格好を装身具で彩られ、幼いながらに自分が美しいと知っている。男のくせに弱々しくて女のように媚を売って、王にさわられるためだけに生きている『もの』だ。だから、美しい子どもを見るだけでも苦手だった。

シャトランジ大会が終わり、シアンは再び優勝したがにこりともしなかった。挑戦者をしりぞけ、アリーヤの地位を守ったのに少しもうれしそうには見えなかったから、彼がただの見世物だといううわさはその通りなのだろうと思った。

初めて〈青の学士〉を見た夜、幼いウィロウはただ漠然と彼を嫌いだと思った。うごめく虫を怖がるような我慢のきかない気持ちだった。


ウィロウがシアンと結婚して間もなく、青の近衛のブラウが頻繁にウィロウの屋敷を訪れるようになった。青の宰相が外出するなら警護が必要だ、というのが名目だったが今夜は屋敷にシアンはいなかった。

それでもかまわずブラウは広間に居座り、酒を片手に滔々《とうとう》と「オレが初めて宰相と会ったのは戦場だった。くそ生意気なガキだと思ったよ」と語り出した。

正直に言って、ウィロウはブラウとシアンの出会いには興味がなかったが、ただそれが青の学士の若い頃となれば話は別だ。戦場での青の学士の話に気を引かれ、ブラウを追い返そうとしていたのについ聞き入ってしまった。

「今でこそああだが、当時の宰相は『お嬢ちゃん』って呼び名がぴったりくるほど華奢で、戦場にいること自体がなにかの間違いとしか思えなかった。しかも東方で忌み嫌われていた白銀王の息子だ。あいつはひとめでわかる〈特別〉だ。戦場の特別なんて兵にとっちゃ足手まといでしかない」

今とは比べ物にならないほどに東方は荒れていた。そして東方を守る青の軍に所属する兵たちも、サルタイアーに苦戦を強いられ疲弊していた。明日、死ぬともしれない絶望感から、愚行に走る兵が現れた。

「宰相は街で、奴隷の女たちが軍属の兵に襲われていると気づいて助けようとした。女を襲っていた十数人をほとんどひとりで倒し、オレが加勢する暇もなかった。あいつは刃向かう連中がいなくなっても剣を手放そうとしなかった」

人を殺すことがはじめてだったのかもしれない、とブラウはその光景を思い出すように目を細めた。

シアンはブラウが声をかけると思い出したように息を吐き、苦しげに荒い呼吸を繰り返した。けれど、すぐにくちびるを引き締め、地に伏した男たちを蔑んだ目で見下ろした。返り血でどす黒く汚れていても潔癖さを失わない態度に、ブラウは「正直、ぞくぞくした」とたまらない声を上げた。

ブラウの向かいで、ひとりがけの椅子に座っていたアルカディアが冷めた目をして「そうして変態が生まれたわけね」と長い足を組み替えた。裾の長い服がひらりと翻る。

「誰が変態だ！　オレはそういうやつらから宰相を守ってきたんだ。事件後も、女を襲った兵より仲間を殺した宰相へ恨みが向いた。宰相はくちを開けば辛辣で、へし折りたくなるほど気位が高かった。男ばかりの軍では良からぬことを企てるやつらもいたんだ」

「どうせ、あなたもそのひとりでしょう」

「な、馬鹿な！　オレは連中から宰相を庇ってきたんだ！」

「青の学士があなたごときに頼るとは信じられないわ」

アルカディアが鼻で笑うと、ブラウは図星だったのか絶望的な顔した。

ところで、どうしてふたりがウィロウの屋敷にいるのかというと、アルカディアもまた、先日の事件以来ウィロウの屋敷に出入りするようになったからだ。彼女いわく「青の学士に会うならこの屋敷を張っているのが一番だからよ」ということだった。

今日も我が物顔で屋敷に乗り込ん来たので、シアンが来るかどうかわからないと言って追い返そうとしたが、彼女は確信を得ていて「青の宮殿に間諜を潜り込ませているから、青の学士が屋敷に来るかどうかわかるわ」とこともなげに答えた。

「シアンの動向を探らせてるってことか？」

「尋ねても答えてくれないのだもの、当然よ。この屋敷の召使いにもわたくしの手の者がいるわ」

ウィロウは質問したことを後悔した。

アルカディアもブラウも、シアンと結婚したウィロウを敵視している。屋敷に上げるのは危険すら感じるが無下に追い返せなかった。理由は簡単でシアンの部下であるブラウや子どもの頃からシアンを知っているアルカディアから聞く〈青の学士〉の話に興味を引かれてしまったためだ。

アルカディアはブラウに対抗するように身を乗り出した。

「わたくしだって初めて会った時から青の学士が〈特別〉とわかっていたわ。知識量の多い者も算術に長けた者も王宮の研究所には大勢いる。でも、ひとめで古文書を読み解くことができるなんて、そんなの青の学士だけだったわ」

「古文書って?」

ウィロウがつい期待を込めた目で見てしまうと、アルカディアはまるで自分の手柄であるかのように満足そうな笑みを浮かべた。

「専門のマギが解読に数十年を費やしていた古文書よ。マギたちは読めるはずがないと疑ったけれど、青の学士は絵本でも読むみたいに最古の星見の記述を朗読して、どうして読めないのかとマギたちに尋ねたわ」

ブラウが酒を飲みながら、「昔の話なら尾ひれがついているだろ」と話に水を差した。アルカディアは可愛らしくにこりとして答えた。

「いいえ、わたくしが証人。おじいさまに連れられて研究所を訪れた時、その場に居合わせたの」

ブラウが鼻を鳴らし、「学士としての宰相より、近衛に入隊してたった四年で剣術も武術も近衛隊長並みに腕を上げ、知略でサルタイアーを退けたことのほうが大きな功績だろう」とくちを挟んだ。

「功績というなら、近衛になる前に青の学士が提唱した税法案に勝るものはないわ。戦後の東方の急激な復興だって新しい税制のおかげでしょう」

「税制? ふん、所詮、女には戦場での宰相のすごさがわからないんだな」

「あら、あなたこそ筋肉馬鹿らしく青の学士の内政における貢献度を知らないようね」

一触即発の雰囲気になりそうなところで、ウィロウはいがみあうふたりの間に割って入り「比べて競うところじゃないだろ」とたしなめた。

「どっちつかずの小僧は黙ってろ！」

「そろそろわたくしたちのどちらの味方かはっきりさせましょう」

アルカディアは優雅なしぐさで椅子から立ち上がると、ウィロウの目の前に立った。身をかがめてウィロウの顔を覗き込む。

「答えは出た？　ウィロウはどちらの青の学士が好きなの」

ブラウは武官としてのシアンを好きで、アルカディアは文官としてのシアンを尊敬している。そのどちらも〈青の学士〉の話であれば気になってしまうウィロウにとっては、ふたりの昔話を聞くのは嫌いではなかったし、さらに言えばこれまで誰とも〈青の学士〉の話題で盛り上がったことがなかったので、素直にシアンをたたえるふたりと話すのは楽しい。

ウィロウが子どもの頃は、手放しに青の学士を褒めることはできなかった。

数十年前に東方がサルタイアーに侵攻され、王都との境まで撤退を余儀なくされたのはシアンの父親である白銀王のせいで、逝去したあとも『白銀王の息子』の肩書はシアンについて回った。

シアンが兵から嫌われていたとブラウが話していたが、それは王都の街でも同じだった。戦況の悪化により東方軍は王都でも兵を募った。戦地へ赴けば生きて帰れないと言われるほど状況は悪く、民の不満は軍の参謀本部に向いた。

参謀本部にはシアンがいた。白銀王の息子は批判が集中しやすいほどに目立つ存在だった。

当時、青の騎馬隊に『悪魔』と呼ばれた男がいた。戦場で無茶な作戦を実行し味方の兵までも死に至らしめる男のうわさは王都にまで届き、それはもちろんシアンではなかったけれど、民のあいだでは『悪魔』はシアンを指していると思われていた。死んだ兵の遺品を持って遺族に死を告げにくる悪魔だと、悪しざまに言われていた。

そんな中で、青の学士を声高に褒めたたえることなどウィロウにはできなかった。

「おまえたち、ここで何をしている」

ブラウが勢いよく広間の入口を振り向いた。シアンは蔑むような目で「また来たのか」とブラウを見た。それからアルカディアに視線を向け、ため息をついた。

上着の留め具を外すと、脱ぎながら彼女のところまで歩く。身をかがめてウィロウに詰め寄っていたアルカディアは、シアンにまっすぐに見つめられて身体をこわばらせた。

動揺したように彼女のほおがかすかに赤くなる。普段は高圧的なくせにシアンの前では意外と可愛いところがあるよなと、ウィロウはちらりと考えた。けれど、その可愛らしさはみじんもシアンには伝わらなかったようで、シアンは彼女の目の前までやってくると急に視線を外し、ウィロウの隣に座った。

もったいぶってウィロウの顔を眺めると、ふたりを振り向き「邪魔だ、消えろ」と言った。本当に性格が悪いよなと、言葉を無くしているアルカディアとブラウを見ながら、ウィロウはため息をつきたくなった。

「オレは宰相の護衛としてそばを離れるわけにはいかない。出ていけというのならおまえも引きずっていくぞ!」

ブラウが精いっぱいの虚勢を張った。シアンが不愉快な顔を通り越して無表情に変わる。

嫌な予感がする、と思う暇もなく予感が的中する。シアンはウィロウの太ももに手をかけると、身体を倒して銀色の頭を太ももの上に乗せた。まるで寝台で眠る時のように自然にひざまくらの体勢になる男に目まいがする。

おまけに心底馬鹿にしきった口調で「見ていくか？　ブロイスィッシュブラウ」と挑発した。なにを、と言わないところがいやらしい。

追い払うための言葉だったのだろうが、ブラウはひざまくらを凝視したあげく絞り出すような声で、「わかった……ひざまくら一回で出て行ってもいい。小僧、場所をかわれ」と言い出した。

アルカディアが血相を変えた。まるで自分がひざまくらをしろと言われたかのように嫌悪感丸出しの表情で、「馬鹿を言わないで！　あなたなんかにひざまくらを許すわけないでしょう！」と食ってかかる。

今にもつかみかからんばかりの剣幕だ。ウィロウは呆れて、シアンに聞こえるくらいの声でこっそりとつぶやいた。

「悪化してんじゃねえか。どうすんだよ」

シアンは眉をひそめた。ふたりから顔をそむけると、もそりと身体ごと横を向く。しばらく首のすわりが悪そうに身じろいでいたが、楽な姿勢を見つけたのかウィロウの太ももにほおを擦り付けた。

「手を貸せ」

返事をする前にウィロウの手首をつかんだ。さほど力は入っていなかったが不意にさわられてぎょっとした。

「な、なに……」

裏返った声が出たが、シアンは気にせず、強引にウィロウのてのひらを自分の耳に当てた。

「あいつらの声がうるさい」

耳当てがわりのウィロウの手の上から自分の手を重ねて強く押さえると、聞こえ具合を確かめてから手を下ろし、満足したようにひっそりと目を閉じた。

「いなくなったら起こせ」

「起こせって、ここで寝るのかよ⁉」

「嫌なら早くふたりを追い出せばいい」

そう言うと寝入ってしまう。まくらがわりにされるのは初めてではないがいつまでも慣れない。

きっとシアンにはたいした意図はないのだろう。ブラウたちに当てつけるためか、思わせぶりなことをしてウィロウをからかうくらいの意味しかない。

そもそも、シアンがウィロウと結婚したのは事情があってのことだ。ブラウやアルカディアから敵視される理由もない。ただ利用価値があるからウィロウを選んだ。結婚相手どころか、扱いやすい駒のようにしか思われていない。他の男と違ってウィロウには下心がないと知っているからひざまくらなど許しているのだ。

「……青の学士に下心なんか持つはずねーだろ」

思わず声に出してしまったが、耳を塞いでいたおかげでシアンには聞こえなかったようだ。息をしているのか心配になるほどぴくりとも動かない。

白銀色の長い髪。伏せたまつげも同じ色だ。顔立ちが整っているといっても、女と見間違えるようなか弱さは微塵もなく、むしろ、厚みのないほおや高い鼻梁は男らしいと言えた。ウィロウよりも背は高く、引き締まった筋肉は服越しにもわかるほどだ。

けれど、綺麗な女を目の前にした時のようにそわそわと落ち着かない気持ちになる。ふれるのをためらうほど緊張する。その気持ちは時々、耐えられなくなりそうなほどウィロウを落ち込ませる。

視線を感じて顔を上げるとブラウがすぐそばに立っていた。真剣な顔で眠っているシアンをじっと見つめている。

「宰相も寝るんだな」

そりゃそうだろ、と返事をするとブラウは「側仕えの侍従にもいつ寝ているかわからないと言われている」と言った。

「へえ？　家だとわりといつもゴロゴロしてるけど……」

付き合いの長いブラウが驚くほどなら、王宮では寝る間もないほど多忙なのだろう。まるでその息抜きをするように、屋敷に居る時のシアンはだらしない。

ウィロウが図面を引いている時はそばの寝台で寝そべっているし、隙あらばひざまくらだし、屋敷にふたりきりでいるせいかと思って釣りに連れ出しても釣り糸すら垂らさずにウィロウの背にもたれて日向ぼっこするだけだ。ウィロウが文句を言うと、釣れないのにご苦労だなと嫌味を言うことも忘れない。

「さすがに寝ている時は無防備だな」

ブラウの不穏な言葉に、ウィロウは我に返った。ブラウは穴が開きそうなほど熱の籠った視線を向けていたので、確かにこれではシアンが下心のある男を毛嫌いしても仕方ないと思えてくる。

ウィロウはシアンの顔を隠すように身を乗りだして、「もう帰れよ、ブラウ」と睨んだ。

ハッとした顔になったのでようやく正気を取り戻したかと思ったが、予想に反してブラウは力強くこぶしを握った。

「宰相が寝ている機会を逃すはずがないだろう。小僧、いますぐ場所を代われ！」

「いいえ、この変態に譲るくらいならわたくしと代わりなさい！」

ブラウとアルカディアに肩をつかまれ、ウィロウは長椅子の背に押し付けられた。アルカディアは凄むようにぐっと顔を近づけてくる。

「言うとおりにすれば、婚約解消の時にあなたが払った慰謝料を払ってもいいわよ」

「それもうすでに慰謝料じゃねえし……あんた、釣書に才媛だのしとやかな令嬢だの書いてあったけど絶対嘘だろ」

アルカディアは深窓の令嬢らしからぬ皮肉った笑みを浮かべた。

「覚えておきなさい、ウィロウ。女には二種類しかいないわ。釣書に嘘を書く女か、正直に書いて上玉をつかみそこねる愚か者かよ」

頭が痛い。ブラウが「嘘を書かなくても結婚できる女もいるだろ」と、もっともなことを言ったが、もっともな話が喜ばれることは案外少ない。彼女にじろりと横目で睨まれる。

「あなただって諸侯の息子なら見合いの経験くらいあるでしょう。釣書にはなんて書いたの。青の宮殿の近衛副隊長、高身長、筋肉質、上官に足蹴にされて喜ぶ変態？」

「だから変態と呼ぶのはやめろ！」

「それが真実でも書かないでしょう？　その上、この程度の顔立ちで美男子と色を付けるに決まっているわ」と、貝殻のようにきらきらした爪先でブラウを指差した。

「わたくしが今まで引きあわされた男なんてひとり残らず釣書詐欺《さぎ》よ。そんな見栄と嘘だらけの釣書

だって青の学士の子どもの頃にすら敵わない！　王宮生まれの王宮育ち、六歳で学術棟に出入りを認められた学士なんて冗談だと思うのが普通よ」

「確かに、学士から近衛になって四年で近衛隊長まで登りつめるなんてありえないな」

ブラウがうなずくと、アルカディアは「おまけにこの顔でこの身体なのよ。誰かひとりのものになるなんて国の重大な損失じゃない！」と悲鳴じみた声を上げた。

ふたりは射殺しそうな目でウィロウを見下ろした。アルカディアはウィロウの隣にどさりと腰を下ろし、ブラウは床に座り込むと「くそっ、酒だ酒だ！　そこのガキ、酒を持ってこい！」と荒れた。

召使いの少年を呼び寄せると酒の銘柄を告げるが、酒に詳しくない召使いはブラウの小難しい話が理解できないようで、首をかしげている。

「ブラウ、自分で貯蔵庫から持ってこいよ」

「小僧がそうやって甘やかすから、いつまでもこのガキがオレの好みを覚えようとしないんだ」

「はあ？　なんでうちの召使いがブラウの酒の好みなんか覚えなきゃいけないんだよ。あんたんちの召使いじゃないだろ」

言い返したが、ブラウは無視して召使いを指差した。

「オレは今言った酒以外は飲まないからな。ここの貯蔵庫は品ぞろえが良い。間違った酒をあけたら、おまえのひとつきの賃金なんか吹っ飛ぶぞ」

召使いは萎縮して泣き出しそうに表情をゆがませているが、そのおどおどした態度が余計にブラウを楽しませているのは明白だった。

「ブラウ、うちの召使いに嫌な態度とるなら帰れよ」

ウィロウが注意すると、ブラウは「なんだと」と凄《すご》んだ。

「文句あるのか？」

「……おまえなんか宰相がいなきゃギタギタにしてやるのに！」

ブラウは捨て台詞を吐きながら席を立った。ウィロウの隣を通り過ぎ、貯蔵庫へ向かう。アルカディアが椅子から身を乗り出すとその背に声をかける。

「そこの変態、ついでにわたくしのグラスも持ってきなさい」

「小僧ッ、この女はッ⁉　こいつのオレに対する態度のほうがよほどひどくないか⁉」

「ブラウはうちの召使いじゃねーからな」

「くっそおお、おまえら覚えてろよ！」

アルカディアが「あ、オレンジ色のグラスがわたくしのよ。間違えないでちょうだいね」と追い打ちをかける。

「マイグラス⁉　女め……いつの間に」

ブラウは険しい顔をしたが、「オレも明日持ってこよう」とつぶやいた。アルカディアは長椅子の背にあごを乗せると、くちびるを尖らせた。

「あなたまさか明日も来るの？　この屋敷に入り浸るのはやめてほしいわ」

「おまえの家でもないだろ、傲慢女め！」

勝手な縄張り争いにうんざりする。ブラウが貯蔵庫へ向かうと、アルカディアに話しかけた。

「なあ、ここに来る前にも飲んできたんだろ。もう酒はやめとけって」

忠告すると彼女は嫌なことを思い出したと言わんばかりに眉をひそめた。

「研究所の所長との会食なんてたいして飲めないわよ。なによ、おじい様ったら内緒で見合いの段取りなんかして、酔わなきゃやってられないわ」

「見合いってことは結婚するのか？」

期待をこめて尋ねたが、アルカディアにきつく睨まれて視線をそらした。

「十二も歳上の脂ぎったおっさんなんか断ったに決まってるでしょう。いくら次代の賢者と言われていたってお断りよ。あんな丸い男と結婚させられるくらいなら、いっそのことウィロウとまた婚約しようかしら」

そう言うと、わざとらしく艶っぽい声を出す。

「ウィロウはもともと男が好きってわけでもないのよね？　女性がそばにいれば楽しいこともあるんじゃないかしら」

流し目を送るアルカディアに呆れて、「あんた馬鹿だろ？」と答えた。

「ふん、わたくしに馬鹿と言うのはあなたくらいよ」

どこかで聞いた台詞だ。シアンに同じことを言われたのを思い出してウィロウは思わず苦笑した。育ちが良くて賢くて他人に高圧的な態度をとるような者は、同じ台詞を言うのかもしれない。

アルカディアはムッとしたようにくちを尖らせた。

「なあに？　笑わないでよ、感じ悪い」

「や、あんたとシアンって意外と似た者同士なのかと思って……」

「ウィロウ」

それまで寝ていたシアンが急に声を上げた。低い声で「ちゃんと耳を押さえていろ。うるさくて眠れない」と文句をつける。

「おれが耳栓《みみせん》する意味がわかんねえんだけど。あんたもう寝室に行ったら？」

「私を追い出す気か」

「はあ？　疲れてんじゃないの。アルカディアたちまだ居座る気だぞ」

「おまえがいつまでも相手をするから帰ろうとしない。文句なら私じゃなくてふたりに言え」

「あんたがここにいるから帰らねえんだろ」

反論するとシアンは眉間のしわを深めた。

「私が帰ってくる前から入り浸っていた。初対面は最悪だったはずだが知らない間にずいぶんと懐かれたようだな。案外、私を口実にしておまえと話したいだけじゃないのか」

八つ当たりのようなことを言われて戸惑った。

ブラウが広間に戻ってきた。両腕に抱えた酒瓶をがちゃがちゃ鳴らし、「今日は朝まで飲むぞ！」と雄たけびを上げた。

シアンは勢いよく身体を起こして「うるさいぞ、ブロイスィッシュブラウ！　さっさと帰れ！」と怒鳴った。ブラウは顔を輝かせる。

「宰相、目が覚めたのか⁉　さあ、早くオレの脚へ！」

「いいえ、青の学士、ひざまくらでしたらこんな筋肉ダルマよりも、わたくしの脚のほうが寝心地がよろしくてよ！」

アルカディアまで立ち上がってブラウの横に並んだ。

「黙れ、肉ダルマ！　脂肪が多いだけじゃねえか！」

「なんですって、この変態！」

「振られてもしつこく迫るような変態女に変態なんて言われる筋合いはない！　宰相、どっちのひざを選ぶんだ⁉」

シアンは珍獣を見るようないぶかしげな顔付きで、両手を差し出しているブラウと両脚を叩くアルカディアを見つめて「……あいつらあんな性格だったか？」とつぶやいた。

「おれには初めからあんなだったけど。あんたの前で猫被るのやめただけじゃねーの」

「駄犬と狂犬でお似合いだ。いっそ、つがいになればいいのに」

シアンは低い声で吐き捨てると、またウィロウのひざまくらに戻った。涙目のふたりから強烈に睨まれて「おれが言ったんじゃねーだろ！」と叫んだ。


酔いつぶれて床にへばりついてるブラウを見下ろした。それからシアンを振り向いて「布くらいは掛けてやる？」と尋ねる。

「庭に叩き出せ」

シアンは顔色ひとつ変えずに酒を飲み続けていた。ブラウとアルカディアを追い返すことをあきらめて、酒に付き合い酔い潰させてもまだシアンの機嫌は治らないらしい。

ブラウはともかく長椅子で眠っているアルカディアをそのままにしておくことはできない。客室に移動させるために抱き上げようとしたが、ウィロウも相当に酔っていたので足元がふらつく。

「アルカディアを寝室に運ぶ気か」

「ブラウと一緒に置いておけねーだろ。いちおう女だし」

なんとか両腕に抱き上げ、よろけながらも客室まで連れて行く。持ち上げた時はさほど重いとは思わなかったが、客室の寝台に横たえると頭がふらふらした。ふたたび、広間に戻って召使いに帰っていいと伝え、シアンがいないことに気づく。

「あれ、シアンは？」

ついさっきまで長椅子にいたはずなのに、召使いはわからないと首を横に振った。嫌な予感がして自室に向うとやはりシアンはそこにいた。ウィロウの寝台に寝そべり酒瓶まで持ち込んでいる。

「おまえも付き合え」

「あんた底なしだろ。付き合ってらんねえよ」

シアンの横に倒れ込むと、酔いが回ってそのまま眠ってしまいそうなほどに気持ちがよかった。しかし、すぐに耳を引っ張られて痛みに悲鳴を上げた。

「なにすんだよ！」

「腹が立った」

「そんなのおれの台詞だろ！　ひざまくらも耳塞ぐのもやってやったのに、この上、寝ずに酒に付き合えって言うのか！」

シアンはいつもどおりの感情の読めない無表情でウィロウを見下ろしていたが、少しだけゆっくりした口調で「いや」と言った。

「アルカディアを自室に連れ込んだのかと思った」

聞き捨てならないことを言われて、ウィロウは身体を起こした。笑えない冗談を言っているようには見えないのでいっそう腹が立つ。

「なに言ってんの?」と凄んだが、シアンの表情はやはりぴくりとも動かなかった。

「おれがアルカディアに手を出すんじゃないかって思ってたのか? 確かめるためにわざわざおれの部屋に来たってことは、酔いつぶれてる女を襲うような人間だと思ってるってことだよな」

シアンに疑われたことが思いのほか衝撃だった。他の誰に思われるよりも嫌だった。それはきっとシアンが〈青の学士〉だからだ。憧れた相手にそんなふうに思われたら耐えられない。

「疑いは晴れただろ。出ていけよ」

「怒るな」

カッとなってシアンの胸倉をつかんだ。勢いでシアンの手から酒の器が飛び床に落ちたが、相手はされるがままだった。抑揚のない声でもう一度、「怒るな」と言う。息を吐くだけでも精一杯とでもいうような小さな声だった。

「疑ったわけではない。アルカディアを自室に入れる気かと思って、腹が立ったから邪魔をしに来ただけだ」

「同じことだろ。それのどこが疑ってないって言うんだよ?」

「……同じか?」と、シアンは初めて少しだけ表情を変え、水色の瞳を大きくした。

「おまえがアルカディアを抱き上げるから腹が立った。不埒《ふらち》な真似をする男だと疑ったわけではない」

シアンは正体のわからないものをひとつずつ並べて確かめるように、慎重に言葉を選んでいるようだった。

「彼女のグラスがおまえの目と同じオレンジ色だった」

「……は？」

「おまえが私と彼女を似ていると言ったから腹が立った。一緒に部屋へ行ったら、アルカディアがおまえを横取りするんじゃないかと思った。今夜は腹が立つことばかりだった」

そうは見えないけれどシアンも酔っ払っているのかもしれない。それより、ウィロウ自身もおそろしく酔っているのかもしれない。

アルカディアがたまたまオレンジ色のグラスを持っていたことが気になり、酔いつぶれたから抱き上げただけのことが嫌で、彼女とどうにかなるなら邪魔してやろうとした、と言っているように聞こえる。それはほとんど。

「やめた。この話は終わりだ」

もう考えたくないと頭が拒否している。シアンの胸ぐらをつかんでいた手を放した。シアンは服にこぼれた酒のあとを見下ろし、ためらいなく服の帯に手をかけた。

「待て！」

両手で二の腕をつかんで脱ぐのを止める。

「なあ、あんたなんかまた企んでるだろ？」

勘違いさせてからかっているだけだろうと、望みを込めておそるおそる尋ねた。

「企む……どの話だ？」

「『どの話』って、なんかは企んでるってこと⁉」

ウィロウが驚くと、シアンは綺麗な顔をゆがめておかしそうにくつくつと笑った。冷淡な笑みを浮かべるのはよく見るが、そうやって心から楽しそうに見える笑みを浮かべるのはふたりきりの時だけだ。

利用しただけだ、と言われたり、嫌味ったらしく「本気にしたのか？」と言われるのならば答えは簡単だ。ウィロウはシアンを人でなしだと怒って、けれど〈青の学士〉を許してしまえばいい。

本当は人でなしのそばにいるなんて嫌で、相手が高官だろうがパーディシャーだろうが、許せないものに頷くのは我慢ならない。目の前にいる男が青の学士でさえなければ、初めて会ったシャトランジ大会の夜、嫌悪した少年でなければ話は簡単だ。シアンは思い出よりもずっと精悍な顔で、「なんだ、笑顔に見惚れているのか」と言う。

「いや、あんたの顔好きじゃないし」

ウィロウがうんざりしながら答えると、シアンは「そうか」とまばたきした。

子どもの頃はもっと女の子のようなやわらかな顔立ちだった。シャトランジの試合をする美しい少年を見た時、綺麗だと思うよりも嫌悪感のほうが先立った。

だけど、翌年もまた大会を見に行ってしまった。シアンは肩書のついた大人を次々と負かし、「白銀王の子が、まさか実力でアリーヤになれるはずがない」とあざけった観客たちを黙らせた。それから毎年、大会を見に行くことが当たり前になった。

ウィロウは早いうちに建築士として抜きんでた才があると言われ、同時に宮殿の建築士から生意気だと小突かれることや、祖父の気の弱さをあげつらわれる痛みも経験した。けれど、そんなことは全部、ちっぽけな悩みだと思えた。青の学士が迷いなく戦い、年上の男たちを片っ端から負かすのを見るだけで、もやもやした思いなどかき消えた。だからシャトランジの夜はいつだってウィロウの〈特別〉だった。

それから何年も経たず、シアンは出場禁止となった。空席となったアリーヤの座を狙う白熱した試合に会場は盛り上がったが、ウィロウは自分が見たかったものがシャトランジではなかったことを思い知った。胸にぽかりと穴があいたような気がして、大会を観に行くことはそれ以後なくなった。

記憶の中の銀色の髪の少年は面倒くさくなったように仰向けに寝転がり、ウィロウの袖を引いた。

「おまえが好きなのはどんな顔だ？」

だらしなく寝転がっているだけなのに、綺麗な女を見た時かそれ以上に心臓がうるさく鳴る。怖いくらいに心奪われている。子どもの頃からずっと英雄に憧れるように〈青の学士〉のうわさを集めた。手の甲でシアンのほおにふれると、「さわるな。私の顔は嫌いなのだろう」と拗ねたように言う。

「嫌いって言うか、あんたって笑うの下手だよなって思って」

ほおをつねってみる。皮が薄いせいで痛々しく思えてすぐに手を離した。その手をシアンの顔の横に置いた。

「声出して笑うと顔ひきつるし、ぶさいくだよな」

「……つまり笑っている時が最も嫌いということだな」

気分を害したように、すうっといつもの無表情に戻った。人間らしい表情を消してくれたらウィロウはいつだってシアンを〈青の学士〉と思うことができる。憧れにひびを入れようとするぎこちない笑みは嫌いだった。

シアンは笑うのが下手で、慣れていないことをさせられた時みたいにひどくぎこちない。たわいのない会話やくだらない冗談でさえも下手だった。

綺麗な男は苦手だ。けれどそれ以上に、シアンが笑うのはもっと苦手だ。つくりものじゃない笑顔で楽しそうにされると普通の人間みたいに見えるから。青の学士が普通の人間みたいで、どうしたらいいかわからなくなって困る。

「おれは昔、あんたを見たことがあるよ」

「シャトランジ大会でだろう？　前にも聞いた」

そうではなかった。シャトランジ大会に姿を見せなくなって数年が経ち、王都に〈戦場の悪魔〉のうわさが広がった。兵の命を危険にさらす悪魔のような存在として、青の学士の名が再び表舞台に現れた。

ウィロウが世話になっていた鍛冶師の家にも悪魔は訪れた。深い紺色のフードを目深にかぶった華奢な男は、鍛冶師のものだった銀製の指輪を鍛冶師の妻に返した。彼女はふくらんだ腹を片手で守るようにしてうずくまると、拾い上げた石を青の学士に投げつけた。

「ひとごろし」

青の学士の背後にいた従者がとっさに剣を抜いて構えた。しかし、青の学士はそれを制止すると従者から剣を取り上げた。そうして、うずくまった鍛冶師の妻に剣を差し出した。彼女はわずかに戸惑ったあと、差し出された剣の柄を握りしめて尋ねた。

「馬具を……あのひとに造らせただけじゃ足りなかったの。死なきゃいけなかったの？」

「彼は自分から軍へやってきました」

「行く必要なんかなかった。鍛冶師は武器を造ることを強要されても徴兵には応じなくていいはずよ」

「何度でも言います。彼は自らの意志で軍に入り、第六歩兵隊の一員となったのです。二十一日の夜、ヴェア・アンプワントとの国境で敵の攻撃に遭い亡くなりました。彼を殺した相手は馬に乗っていて、傷から察するに刺殺ではなく馬に乗りかかられたことによる圧死と思われます。遺体はオータム・アジュールという街の火葬場で」

「やめて、聞きたくない、聞きたくない！」

彼女が剣を放り出して耳を塞ぐのと、従者が青の学士の肩を押さえるのは同時だった。

「参謀、奥方は身籠っています。これ以上、興奮させては……」

言葉をかぶせるように彼女が「あなたには人の気持ちがわからないの⁉」と叫んだ。涙まじりの恨み言を青の学士は黙って見下ろした。地面に落ちた剣を拾いあげて、もう一度、彼女に持たせようとした。それすら彼女が嫌がると強引にその手を握った。

「彼は自分の意志で軍に来ました。死ぬ時は兵になったことを後悔したかもしれない。兵になることを自分で決めた彼が恨むとすれば彼自身でしかない」

平坦な声がいっそう無慈悲に聞こえて、ウィロウの胸をえぐった。夫を奪われた彼女も「あのひとの自業自得だって言いたいの？」とか細い声で反論した。

「彼と同じ歩兵団の者に話を聞きました。あなたがいるから入隊はできないと思っていたけれど、あなたがいるからシェブロンの平和を望んだ。彼にとって軍は決して居心地のいい場所ではなかったでしょうけれど、あなたと子どものために耐えた。それが真実です」

青の学士は剣に添えていた手を離した。

「彼が恨むべきは彼自身だが、あなたが恨むのは彼が死ぬような作戦しか立てられなかった私だ。戦が終わり平和が訪れても、それでも許せないと思ったら私を殺しにきなさい」

「……なにを」

「この戦争が終わるまでは責任があるが、機会はかならずやってくる。この国が平和になった時が来たら急いで私を殺したほうがいい。私は王都中の兵の家族から狙われています」

青の学士は「それまで剣は預けておきます」と彼女に告げた。静かに泣き崩れる彼女を置いて『悪魔』は屋敷を後にした。ウィロウは思わず、植え込みの影に隠れた。そばを『悪魔』が通り過ぎ、後を追いかけた従者が「参謀、あんまりじゃありませんか」と低い声で彼をひきとめた。

「彼女に剣なんか渡して、ひやひやしましたよ。本当に彼女に殺される気なんですか」

「さあ」

「さあって……」

青の学士は足を止めた。

「私は空々しかったか？　彼女が言うように私は人の気持ちに疎い。家族も恋人もいないし、誰かのために死ねるとも思えない。それがたとえシャーのためであってもだ。軍の戒律のほうがまだ納得できる」

「『国のために死ぬ』と？」

「それが運命なら。彼女は私を殺すまで意地でも生きようとするだろうか？」

「わたしなんかにはわかりませんよ。ただ、次の家ではもう少し穏便にお願いします」

青の学士が答えずにいると、従者は我慢ならないように「だいたい参謀が『使者』なんて無茶なんですよ！」と愚痴った。

「遺品を集めるのだって寝る間を削っているじゃないですか。家族への報告まであなたがする必要はありません。もう十分でしょう」

「死の報いに『じゅうぶん』はありえるのか？　今度の作戦で歩兵団に犠牲が出ることもわかっていた。わかって指揮したのは私だ」

「それは……戦争なんですから犠牲は仕方がありません」

「犠牲とはなんだ。原因が病でも事故でも戦争でも死の価値は変わらない。その価値をうみだすのは生きている人間だけだ。私はもう価値があいまいになるほど死に慣れた。哀しいとも思えないしその死が必要か必要でなかったかしか判断できない。私にできることは戦に勝つことだけだ」

従者は納得のいかない顔をしたが、すぐにあきらめたようにため息をついて、すでに歩き出していた青の学士のあとを追った。彼らが見えなくなると、ウィロウは植え込みから出てきて、鍛冶師の妻のそばに駆け寄った。うずくまって泣く彼女は蒼く塗られた剣の柄を握りしめていた。

肩を抱きしめてなぐさめる、そんな優しさを青の学士は持っていない。本当に死んだ鍛冶師のことなどどうでもいいのかもしれない。国を守って、民をひとつにして、いずれ平和を導くことしか考えていないようだった。

もしも、と思った。もしも神さまがもっと公平でシェブロンの王が神さまのきまぐれではなく民の声で選ばれるのなら。ウィロウは国のために尽くす青の学士こそが『王』に相応しいと思った。

「ウィロウ、大丈夫か？　酔っているのか？」

シアンは手を伸ばしウィロウのほおにふれた。

指先でひっかくようにしかさわろうとしないけれど、心配していることは伝わってくる。時々、錯覚してしまう。ウィロウを試す『ふうふごっこ』にたいした意図などないのに勘違いしそうになる。西方で勘違いした時みたいに、ウィロウを好きだと思っているんじゃないかと思ってしまう。

ほおにふれていたシアンの手をつかみ寝台に押し付けた。顔を近づけるとシアンは目を見開いた。

青の宮殿で無理にキスした時みたいに投げ飛ばしてくれればいい。ブラウや大勢の兵と同じように下心のある男のくくりに入ってしまえば、シアンから近づいてくることもなくなり、勘違いしてしまうことだってなくなるはずだ。

文官であっても武官であっても〈青の学士〉なら、ウィロウはどちらも選べない。だけど、青の学士と、ぎこちなく笑う男なら迷いようもない。青の学士以外は選びたくない。

青の学士への憧れに恋などという甘ったるい欲はひとかけらも入っていないし、今でも、〈青の学士〉が誰にもさわれない高貴なものであるほどうれしいと思う。ウィロウの〈特別〉はそういうことだ。

息がかかってしまうほど近くにシアンの顔がある。銀色の髪はひやりとした色なのに、指に絡めて握りしめると恐ろしく柔らかかった。

「やめろ、ウィロウ。酔っている時にさわられるとムラムラする」

たぶんこのひとはちょっと馬鹿なのだろう。

肝心なところが無防備で、国一番の天才のくせに言っていいことといけないことの区別もついていない。腹の奥からこみあげるのは怒りだった。顔を寄せてくちびるにふれたが、シアンは抵抗しなかった。

「早く投げ飛ばせよ。おれのキスは虫の味がするって言ってただろ」

「虫？」

シアンは一瞬、何を言われたのかわからなかったような表情を浮かべた。

「それは青の王にキスされた時の話だ」

青の王の名前を出して牽制されたのかと思い、ウィロウは怯んだ。シアンは片ひじをついて上体を起こした。押しのけられるかと思ったが、シアンはそうしなかった。

自分から顔を近づけてウィロウのくちを塞いだ。ふれるだけのかすかな感触はすぐに離れたけれど、ウィロウは何が起きたのかわからず呆然とした。

シアンは難しい顔をしながら自分のくちびるをひとなめして「大丈夫だ」と、ちっとも大丈夫そうではない声で告げる。

「虫の味はしない。もう、おまえの味しかしない」

本当にこいつは馬鹿なんじゃないかと疑う。ウィロウは絶望して「なんであんたが青の学士なんだよ」とつぶやいた。シアンは途端に表情を険しくした。

「しゃべるな。酒臭い」

嫌そうに顔をそむけるのでシアンのあごをつかんだ。

「あんたもじゅうぶん酒臭い」と言いながらくちびるを塞いだ。なぜ逃げないんだろうと思ったけれど、尋ねたらなにもかも終わってしまう気がしたから酔いに任せてキスをした。

第Ⅱ巻につづく

なにをしても良い相手だと思っていたのに
いつのまにか、
なにもできない相手になっていた——

5人の王 外伝Ⅱ

2015年12月22日頃発売予定

5人の王 既刊案内

原作「5人の王」の美麗イラストを
そのままに、緻密で壮大な
ストーリーを描く!!

コミカライズ
DARIA COMICS

5人の王
1巻

著:絵歩 原作:恵庭

本体価格 676円+税

大好評発売中!

重厚なストーリーで描かれた
ネットで話題の
BL長編ファンタジー。

原作小説
Daria Series

5人の王
I〜III

著:恵庭 *ill:*絵歩

本体価格 1,300円+税 (各巻)
判型・仕様:四六判 ソフトカバー

大好評発売中!

この本をお買い上げいただきましてありがとうございます。
ご意見・ご感想・ファンレターをお待ちしております。

＜あて先＞
〒173-8561　東京都板橋区弥生町78-3
(株)フロンティアワークス ダリア編集部
感想係、または「恵庭先生」「絵歩先生」係

初出一覧

5人の王 外伝 I
「ムーンライトノベルズ」(http://mnlt.syosetu.com/)
掲載の「5人の王　外伝」を加筆修正

Daria Series

5人の王 外伝 I

2015年11月20日　第一刷発行

著　者 ── 恵庭

発行者 ── 及川 武

発行所 ── 株式会社フロンティアワークス
〒173-8561　東京都板橋区弥生町78-3
[営業] TEL 03-3972-0346
[編集] TEL 03-3972-1445
http://www.fwinc.jp/daria/

印刷所 ── 図書印刷株式会社

装　丁 ── nob